世界少年文学
经典文库 | 升级版

任溶溶——主编

爱的教育

［意］亚米契斯/著　马默/译

浙江少年儿童出版社·杭州

图书在版编目(CIP)数据

爱的教育/(意)亚米契斯著;马默译. —杭州:浙江少年儿童出版社,2021.6
(世界少年文学经典文库:升级版/任溶溶主编)
ISBN 978-7-5597-2478-6

Ⅰ.①爱… Ⅱ.①亚… ②马… Ⅲ.①儿童小说-日记体小说-意大利-近代 Ⅳ.①I546.84

中国版本图书馆 CIP 数据核字(2021)第 084612 号

世界少年文学经典文库　升级版

爱的教育

AI DE JIAOYU

[意] 亚米契斯/著　马默/译

责任编辑　王　漪
美术编辑　鲍春菁
装帧设计　Bao 米花
插图绘制　戴晓明
责任校对　苏足其
责任印制　孙　诚

浙江少年儿童出版社出版发行
地址:杭州市天目山路 40 号
杭州印校印务有限公司印刷
全国各地新华书店经销
开本 880mm×1230mm　1/32
印张 10.5
字数 193000
印数 1—10000
2021 年 6 月第 1 版
2021 年 6 月第 1 次印刷
ISBN 978-7-5597-2478-6
定价:29.00 元

(如有印装质量问题,影响阅读,请与承印厂联系调换)
承印厂联系电话:0571-85229873

前言

我们即将阅读的这部作品《爱的教育》,是意大利著名儿童文学作家德·亚米契斯的代表作。它自1886年问世以来,已被翻译成数百种文字和语言,还多次搬上银幕和舞台,又改编为连环画,成为各国一代又一代读者尤其是青少年读者爱不释手的读物。

《爱的教育》风靡世界,历久弥新,不是偶然的。一个小学三年级学生恩里科在一个学年里的记事,构成这部作品的主要内容,其间穿插着老师每个月给学生讲述的一则美好和真实的"每月故事",一个小学生的世界活泼泼地呈现在我们面前。作者通过一件件平凡、细微的事情,娓娓地记叙师生之情、父子之爱、朋友之谊,展示人性的善良与纯洁,讴歌爱祖国、爱社会的精神。整部作品并不刻意讲究修辞和结构,语言也异常朴实、晓畅;但由于它饱含了作家对在社会中下层艰辛度日的大众的深沉的关爱,对普通人纯真心灵的热忱赞颂,由于它洋溢着博大的人道精神和温馨的人性之美,使作品于细微处见真情,平凡中寓崇高;读者阅毕全书,激荡于胸怀的感情波澜久久难以平息。不妨说,作者用爱的钥匙,打开了人们的心扉。或许正是这个缘故,这部作品的名字在意大利文中就叫《心》。

作为一个把自己的文学活动同现实生活紧密联系在一起的作家,德·亚米契斯注意到,意大利在1870年实现民族统一以后,人民大众的处境并没有得到改善，建立现代文明的民主社会的理想还有待实现。不过，他认为，借助学校教育，借助博爱、谅解的精神，可以改变现状。他特别重视学校教育，因为学校承担着培养社会新一代成员的使命。这也正是德·亚米契斯倾注心血于写作《爱的教育》的社会背景和思想渊源。

《爱的教育》在我国获得了久远的、广泛的传播，可以称得上是一部家喻户晓的外国文学名著。

在"五四"新文化运动的影响下，20世纪20年代，外国文学的翻译与引进在我国形成一个高潮。正是在这个时候，来自浙江的作家夏丏尊应商务印书馆之邀，开始翻译德·亚米契斯的《爱的教育》。1924年，译文在《东方杂志》刊登，分十三期连载。两年后，单行本由上海开明书店出版。

有意思的是，夏丏尊是在浙江山水如画的白马湖畔完成《爱的教育》的翻译的。他当时有两位邻居。一位是大作家朱自清。每期译稿完成，朱自清就是第一位读者，并帮助他校正。另一位邻居也是浙江人，大名鼎鼎的画家丰子恺，他为夏丏尊的译本制作了封面，绘制了插图，可谓珠联璧合，相映生辉。

此后，这个译本经夏丏尊多次修订，十余年间便印行一百版左右，印数之多，已无法精确统计。还先后被编入"世界少年文学丛刊"，被当时各地小学采用为课外辅导读物。

这部作品的中译本为何取名《爱的教育》，说来话长。夏丏尊从日文转译，并参考了英文译本。日文译本取名《爱的学校》；他考虑到，作品描写的事情不只发生在学校，也发生在社会和家庭，日译本书名不准确。受法国作家福楼拜小说《情感教育》的启发，夏尊便将中译本取名为《爱的教育》。这个译名从此就流传了下来。

谈到德·亚米契斯及其作品在中国享有的非同寻常的声誉，不能不提及我国文学界老前辈巴金先生。

巴金对德·亚米契斯始终怀着崇敬之情。他从世界语翻译了德·亚米契斯的剧本《过客之花》，1930年发表于上海的《小说月报》上，三年后由开明书店出版单行本。此后两次再版。巴金在《过客之花》中译本的序言中写道，他最初是满含热泪读完《爱的教育》的，受到了深深的感动。

作为一部代表作，《爱的教育》映照出德·亚米契斯对社会现实和人际关系的审视，反映了他在思想和道德上的取向。

埃得蒙多·德·亚米契斯（Edmondo De Amicis, 1846—1908），是意大利民族复兴运动时期的爱国志士。青年时代，他矢志从军，为争取祖国的独立、自由和民主而战斗，曾参加1866年解放意大利的战斗。后来，他担任军事刊物《战斗的意大利》的特派记者。他写了不少通讯、报道和短篇小说，把民族复兴运动时期的意大利军队，作为祖国解放和复兴的重要力量予以热情的颂扬。22岁那年，他发表处女作《军营生活》，就是这段难忘的生活的结晶，而脍炙人口的小说《卡尔美拉》，就是其中的一篇佳作。

德·亚米契斯的人生阅历丰富。他多次周游世界，开阔了眼界。他的许多游记，如《西班牙》《伦敦游记》《摩洛哥》《巴黎游记》，既写异国的风土人情，更重于向同胞宣扬爱国主义和博爱精神。作为一个博爱主义者，他后来参加社会主义运动，加入了社会党。他在19世纪末发表的许多作品，如《朋友们》《在海洋上》《一个教师的小说》等，都充溢着博爱精神，或把社会主义思想与博爱精神熔于一炉，以谋求各社会成员的情感融合和社会平等。这种像一根红线一样贯穿德·亚米契斯整个文学创作的人道主义、博爱精神，流光溢彩，意蕴深远，使得他的作品超越了时空，获得了普遍的、永恒的价值。

此次浙江少年儿童出版社重新推出直接从意大利文翻译的德·亚米契斯的《爱的教育》，既为我国读者重新阅读这部世界文学名著提供了良好的际遇，又续写了当年由夏丏尊、朱自清、丰子恺三位文化名人在白马湖畔留下的文坛佳话，值得庆贺。

著名翻译家　吕同六

目录 | contents

10月

开学的第一天 / 001

我们的老师 / 003

意外事件 / 005

卡拉布里亚的男孩 / 007

我的同班同学 / 008

高尚的行为 / 010

一年级时的老师 / 013

在阁楼上 / 015

学　校 / 017

帕多瓦的爱国少年

　（每月故事） / 018

11月

扫烟囱的孩子 / 021

亡灵节 / 024

我的朋友卡罗内 / 025

卖炭人与绅士 / 027

弟弟的女教师 / 029

我的母亲 / 031

我的同学柯莱蒂 / 032

校　长 / 037

士兵们 / 039

奈利的保护人 / 041

全班第一名 / 043

伦巴第的小哨兵

　（每月故事） / 044

穷　人 / 051

12月

小商人 / 053

虚荣心 / 055

初　雪 / 057

小泥瓦匠 / 059

一只雪球 / 062

学校里的女教师 / 064

在受伤者家 / 066

佛罗伦萨的小抄写匠

（每月故事） / 067

毅 力 / 076

感 恩 / 078

1月

代课老师 / 080

斯塔尔迪的图书室 / 083

铁匠的儿子 / 085

快乐的来访 / 087

维托里奥·埃马努埃莱国王的
　葬礼 / 090

弗兰蒂被开除了 / 091

撒丁岛的小鼓手
　（每月故事） / 093

热爱祖国 / 103

嫉 妒 / 104

弗兰蒂的母亲 / 106

希 望 / 108

2月

受之无愧的奖章 / 110

决 心 / 112

玩具火车 / 114

傲 慢 / 117

受伤的工人 / 119

囚 犯 / 120

爸爸的护士
　（每月故事） / 124

铁匠铺 / 134

马戏团的小丑 / 136
狂欢节的最后一天 / 141
双目失明的孩子 / 143
病中的老师 / 150
街　道 / 153

3月

夜　校 / 155
打　架 / 157
家长们 / 159
七十八号犯人 / 161
小男孩之死 / 163
3月14日的前一天 / 165
颁奖仪式 / 166
争　吵 / 172
我的姐姐 / 174

罗马涅的热血
　（每月故事） / 175
病中的小泥瓦匠 / 183
加富尔伯爵 / 185

4月

春　天 / 189
翁贝尔托国王 / 190
幼儿园 / 197
体育课 / 201
父亲的老师 / 204
病　愈 / 215
工人朋友 / 217
卡罗内的母亲 / 218
朱塞佩·马志尼 / 220
公民荣誉奖章
　（每月故事） / 222

5月

佝偻病儿童 / 229

牺　牲 / 231

火　灾 / 233

寻母记

（每月故事） / 237

夏　天 / 273

诗　意 / 275

聋哑女孩 / 277

6月

加里波第 / 287

军　队 / 289

意大利 / 292

酷　暑 / 293

我的父亲 / 295

郊　游 / 297

劳动者的颁奖仪式 / 300

女教师之死 / 303

感　谢 / 305

海　难

（最后的每月故事） / 307

7月

母亲最后的话 / 315

考　试 / 317

最后的考试 / 319

告　别 / 321

10月

开学的第一天

17日　星期一

今天是开学的第一天。在乡下三个月的假期如梦一般地度过了！该上三年级了。早晨母亲送我到巴勒底学校去报到的时候，我还在想着乡下的事情，很不情愿地随着母亲向学校走去。街上到处都是学生。在附近的两个书店里，挤满了忙着给自己的孩子买书包、夹子、作业本之类东西的家长们。学校门前，人头攒动，工友和警察尽力维持着秩序，疏通着学校门前的道路。在校门口，我忽然觉得有人拍了一下我的肩膀，原来是我二年级时候的老师——他是一个长着满头红色鬈发、生性快活的人。他对我说："这么说，恩里科，我们就要永远地分开了！"这一点我心里是很明白的，但经他这么一说，让我心里很不是滋味。我们进到学校里面，学校的门口和楼梯上到处站满了一手拉着孩子、一手拿着升级通知书的贵妇、绅士、普通妇女、工人、军人、老年人和仆人。学校里人声鼎沸，就像在一座大戏院里一样。我高兴地看着一层的大厅，大厅与四面的教室相连。在过去的两年里，我几乎每天都要从这里经过。大厅里老师们来来往往忙来忙去的。一年级快班的老师看到我，对我说："恩里科，今年你的教室在楼上，你不再从我这里经过了。"他的眼中充满了留恋的神情。妇女们围着校长问这问那，因为没有名额，她们的子女不能在学校里就读。校长看上去头发似乎比去年更白了些。我觉得学生们也比以前长高了，长壮实了。在一楼上课的学生都已经分好了班。新入学的孩子像小犟驴一样拧着不肯进教室，只得把他们硬拖进去；有的孩子又从教室里跑出来。有的看见自己的父母离开了，就大哭起来，大人们只得又回去哄他们，再把他们送进教室里，弄得老师们束手无策。我的小弟弟被分在女教师德尔卡蒂的班里，我被分在佩尔波尼老师的班里。十点时，大家都坐进了教室。我们班一共有五十四名学生，只有十五个或十六个人是我二年级的同班同学，包括考试成绩总得第一名的德罗西。我脑子里仍然想着夏天里走过的树林和高山，觉得学校的天地真是又小又闷。我还想着我二年级时候的老师。他的身材和我们差不多，总是面带着微笑，他是一个好老师。但可惜的是我再也看不见他和他那一头红色的鬈发了。我们现在的老师，身材高大，没有胡须，花白的长发遮掩着额头上深深的皱纹，他说话的声音很大。他仔细地，一个一个端详着我们，好像一下就把我们的心思看透了似的。他很严肃，脸上没有一丝笑容。我暗自说："这才是第一天哪，以后还有九个多月的时间哪！什么功课、月考呀，真够烦人的了。"我想象着跑到了母亲身边，吻着她的手，母亲就对我说："勇敢些，恩里科，我们一块儿学习吧！"带着这样一种美好的愿望，在开学的第一天结束后，我高高兴兴地回到家里。但是，我一想起从今以后到学校再也见不到那个总是笑容可掬的、长着满头红色鬈发的老师了，就感觉到在学校的日子再也不会像以前那么有意思了。

我们的老师
18日　星期二

从今天早上起，我开始喜欢我们现在的老师了。早晨当我们走进教室的时候，老师已经在讲台前坐下了。这时不断有他去年教过的学生，从教室门口伸进头来问候他。

"早上好，老师先生！""早上好，佩尔波尼先生！"有的还走进教室来，同他握一握手，再匆匆跑出去。看得出大家都很爱戴他，都愿意再上他教的课。在这种时候，他一面回答那些问候他的学生们，说："早上好！"一面去握握他们伸出的手，但眼睛却不看着他们。他和这些学生打招呼的时候，也总是皱着眉头，表情十分严肃，而且脸总是转向窗外，眼睛望着对面的屋顶。学生们问候他，本应是一件高兴的事，但对他来说却好像让他活受罪一样。然后，他把目光集中在全班同学的身上，一个一个仔细地注视着我们。让我们听写时，他从讲台上走下来，在课桌中间来回走着。当他看到一个孩子的脸上出满了红疱疹，就停止了听写，用两手托着他的下巴仔细查看，问他得了什么病，还用手摸摸他的前额，看他是不是在发烧。这时老师身后的一个学生，趁机爬到桌子上，做起鬼脸。老师突然转过身去，这个孩子赶紧坐下，低着头等着老师责罚他。出乎同学们的意料，老师把手放在他的头上，只说了一句"以后不要再这样了！"就再没有说别的话了。

　　老师回到讲台上，给我们做完听写，在默默地注视了我们一会儿以后，用他那浑厚而亲切的声音慢慢地说道："孩子们，从今以后我们要共同相处一年的时间，我们要很好地度过这一年。你们要好好学习，遵守纪律。我没有家庭。自从去年我的母亲去世以后，我就再也没有别的亲人了，也就再也没有别的牵挂了。现在我把你们都当成是我的亲人，你们都好像是我的孩子一样，我爱你们，希望你们也爱我。我不愿处罚你们中的任何人，在我面前你们要表现出你们是好孩子。现在你们全班就是一个大家庭，你们是我的安慰和骄傲。我不要求你们向我做任何保证，但我知道你们心里已经像我刚才说的那样暗下决心了，我感谢你们。"

　　这时，学校的工友走来说下课的时间到了，该放学了，我们谁都没有说话，静静地离开了教室。这时，那个站在桌子上做鬼脸的学生走到老师面前,用发抖的声音说:"老师先生,请原谅我吧!"老师在他的前额上亲了一下,对他说:"回家吧,我的孩子。"

意外事件

21日　星期五

　　刚开学就发生了一件不幸的事情。今天早上在上学的路上,我正在向父亲讲述我们老师说的话,忽然看见街上到处都是人,而且是朝学校方向拥去。父亲马上说:"肯定是发生了什么事了!怎么新学期刚刚开始就有不顺利的事情啊。"我们费了很大的力气才从人群中挤进学校,学校大厅里站满了学生和家长,老师们无法让学生们回到教室,大家都朝校长室那边挤去。只见有人说:"可怜的孩子!可怜的罗贝蒂!"从人们头顶上望过去,只能看见校长室里一个警察的头盔和校长秃顶的头。不一会儿,有一个戴着高帽子的绅士走进校长室。大家都说:"医生来了。"父亲向一位老师打听:"出了什么事?"老师回答说:"车轮子把他的脚压了。"另一位老师说:"骨头都压碎了。"原来这个孩子是二年级的学生,是一位炮兵上尉的儿子,早晨上学的时候,看见一个低年级的小学生离开母亲后,在大街上跑时摔倒在路的中间,这时刚好有一辆马车冲着他驶过来。就在这一刹那间,罗贝蒂勇敢地跑过去,把那个孩子拖到一边，小学生得救了，罗贝蒂却来不及躲开，被车子压着了脚。我们正在听人讲述这件事的时候，忽然有一个女人发疯似的拨开人群冲进来。原来是罗贝蒂的母亲，人们刚刚把她叫来的。接着又有一个女人跑到她面前，两只手搂着她的脖子抽泣起来。她是被救的孩子的母亲。两人跑进校长室里，人们立刻听到一个撕心裂肺的哭声："我的朱利奥啊，我的孩子！"这时一辆马车在校门口停下来了，校长抱着罗贝蒂走出来。罗贝蒂的头靠在校长的肩上，他闭着双眼，脸色苍白。人们立刻安静下来，只能听见他母亲的啜泣声。校长把罗贝蒂举得高高的，使大家都能看得见他。老师、家长和学生们异口同声地说："罗贝蒂，你真勇敢！你是个勇敢的孩子！"大家纷纷向他送着飞吻，离他近的老师和同学们都去吻他的手和胳膊。罗贝蒂睁开眼睛说："我的书包呢？"被救的孩子的母亲把书包拿给他看，流着眼泪对他说："我替你拿着吧，好天使，让我替你拿着吧！"她边说边去搀扶罗贝蒂的母亲，罗贝蒂的母亲两手掩着面孔，哭得像泪人一样。他们走出去，把罗贝蒂小心地放在马车里，马车便离去了。

　　大家都默默地走进了教室。

卡拉布里亚的男孩

22日　星期六

　　昨天下午正在听老师告诉我们罗贝蒂得拄着拐杖走路这一消息的时候，校长领进来一个脸色黑黑的、浓眉大眼的、黑头发的男孩子。他穿着一身黑色衣服，腰里系着一条黑色的摩洛哥皮带。校长在老师耳边低声说了几句话，把这个男孩留下就离开了。那个男孩子用他那双大大的黑眼睛怯生生地看着我们。老师牵着他的手对全班说："今天我们班分来一个新生，他是卡拉布里亚人。他的家乡离我们这里有五百多里地，你们要热爱这个来自远方的兄弟。他的家乡出过很多有名的人，那里有很多能干的劳动者和勇敢的战士。那个地方很美，有很多树林和山川，是我国有名的地区之一。那儿的居民非常聪明和勇敢。你们要好好地对待他，不要让他感到远离了自己的家乡。要让他知道一个意大利的孩子，无论在意大利的哪一所学校里，都有自己的兄弟。"说完老师站起来，在意大利地图上指着卡拉布里亚的位置给我们看，然后叫着那个经常得第一名的孩子："埃尔内斯托·德罗西！"德罗西站起来。"到这儿来！"德罗西离开座位，走到教桌前面，面对着那个卡拉布里亚的孩子。"你是班长，请你代表全班向这位新同学表示欢迎，代表皮埃蒙特的孩子们拥抱卡拉布里亚的孩子！"德罗西拥抱那个男孩，大声说："欢迎！"那个男孩也热烈地吻着德罗西，大家都高兴得拍起手来。老师对我们说："安静！教室里是不能拍手的。"可是看得出来，他自己也非常高兴，卡拉布里亚的孩子也非常高兴。老师把他带到一个位子面前，让他坐下，然后他又说："你们要记住我刚才说的话。卡拉布里亚的孩子来到都灵要像在自己家里一样，都灵的孩子到了卡拉布里亚也应该不觉得陌生。为达到这个目的，我们的国家曾奋战了五十年，有三万意大利人为此英勇献身。所以你们一定要相互尊重，相互热爱。要是有人因为这个孩子不是本地人，就伤害他，那他就愧对我们的三色国旗。"那个卡拉布里亚的男孩刚刚在座位上坐下，邻座的孩子们就纷纷送给他钢笔和画片什么的，坐在最后面的一个孩子还送给他一张瑞典的邮票。

我的同班同学

25日　星期二

在班里我最喜欢的是送给卡拉布里亚男孩邮票的那个同学，他叫卡罗内。他是班上年龄最大的，已经十四岁了。他的头很大，肩膀宽宽的，笑的时候，样子很可爱，像大人一样总喜欢思考问题。班上其他的同学我也已经认识好几个了。有一个叫柯莱蒂的我也很喜欢，他常常穿着一件咖啡色的外套，戴一顶猫皮帽，他总是那么快活。他的父亲是柴火铺的老板，曾参加过1866年的战役，在翁贝尔托亲王的率领下，据说他得到过三枚勋章。可怜的小奈利是个驼背，他身体弱小，面庞消瘦。班里有一个穿着讲究、很注意服装整洁，总在摘衣服上沾着的小细毛的那位同学，叫沃蒂尼。坐在我前面的同学，大家都叫他小泥瓦匠，因为他的父亲是个泥瓦匠。他的脸圆圆的，像个苹果，鼻子像蒜头。他有一种本事，会做兔脸，他做的兔脸，总逗得大家哈哈大笑。他时常把他那顶破旧的小帽卷成一团，像手帕似的塞在衣袋里。坐在小泥瓦匠旁边的是鹰钩鼻子卡洛菲，细高个，小眼睛，常把钢笔、画片、火柴盒等东西拿来倒卖，还把功课写在指甲上，打算作弊。还有一个是高傲的小绅士，叫卡洛·诺比斯。我喜欢在他旁边的两个孩子。一个是铁匠的儿子，穿一件长过膝盖的长衫，脸上苍白得像病人一样，从来没见他笑过，老是胆小害怕的样子。另一个是个红头发的孩子，他有一条胳膊残废了，用带子挂在脖颈上。他的父亲到美国去了，母亲在街上靠卖野菜为生。坐在我左边的是个性格古怪的孩子，叫斯塔尔迪，五短身材，他从不主动去和别的同学说话，好像他什么都听不懂似的。上课时他总是皱着眉头，紧闭着嘴，眼睛一眨不眨地听课。要是有人和他说话或问他什么，第一次、第二次他还不吭声，第三次他就要用脚踢人了。坐在他旁边的是弗兰蒂，一副狡猾无赖的样子，据说他是从别的学校被开除出来的。班上还有一对长相、衣着完全一样的两兄弟，他们都戴着卡拉布里亚式的帽子，上面都插着鸡毛。然而同学中间最漂亮、最有才干的要数德罗西了。他今年肯定还要得第一，老师已经看出来了，上课总是提问他。不过，我更喜欢铁匠的儿子，那个穿着长长的上衣、像病人一样的普雷科西。听说他父亲经常打他，他非常胆怯，每当他和别人说话或不小心冒犯别人的时候，他总是用善良又内疚的眼光看着别人说："请原谅我。"总之，班里年龄最大、品行最好的同学还得数卡罗内。

高尚的行为

26日 星期三

今天发生的事情，让我们真正了解了卡罗内的为人。早晨，刚走进学校大门，一年级的老师叫住我，问我什么时候在家并说要到家里来看望我们，所以我到教室的时间比平时晚了一些。我走进教室的时候，老师还没有到。只有三四个同学正在戏弄红头发的克罗西——就是那个一条胳膊已经残疾、母亲卖野菜的孩子。他们用尺子捅他，将栗子壳朝他脸上掷去，学他一只手挂在脖子上的样子，把他比画成残疾和怪物。克罗西一个人坐在凳子上，脸色煞白，一会儿看看这个，一会儿又看看那个，好像在向他们求饶。那几个人见他这样，越发起劲了。克罗西涨红了脸，气得发起抖来。忽然那个一脸无赖相的弗兰蒂跳到凳子上扮起克罗西的母亲挑担卖菜的样子来，克罗西的母亲通常就是这个样子到学校来接儿子的，最近她生了病没有来。学生们看了哄堂大笑。克罗西气极了，从桌子上抓起墨水瓶，狠命地朝弗兰蒂的头上扔过去。弗兰蒂闪在一边，墨水瓶恰好打在正走进来的老师的胸上。

大家吓得不敢出声，赶紧逃回到自己的座位上去。老师气得脸都变了颜色，走到讲台跟前，厉声问道：

"这是谁干的？"

没有人回答。

老师提高了声音，又问：

"是谁干的？"

这时卡罗内出于同情可怜的克罗西，突然站起来毅然地说：

"是我干的！"

老师看了看他，又望了望全班发呆的学生们，平静地说："不是你干的！"

等了一会儿，又说："我不处罚犯错误的人，扔墨水瓶的人站起来吧！"

克罗西站起来，哭着说："他们打我，欺负我，我气昏了，就扔……"

"坐下。欺负他的人站起来！"老师说。

那四个人站起来。

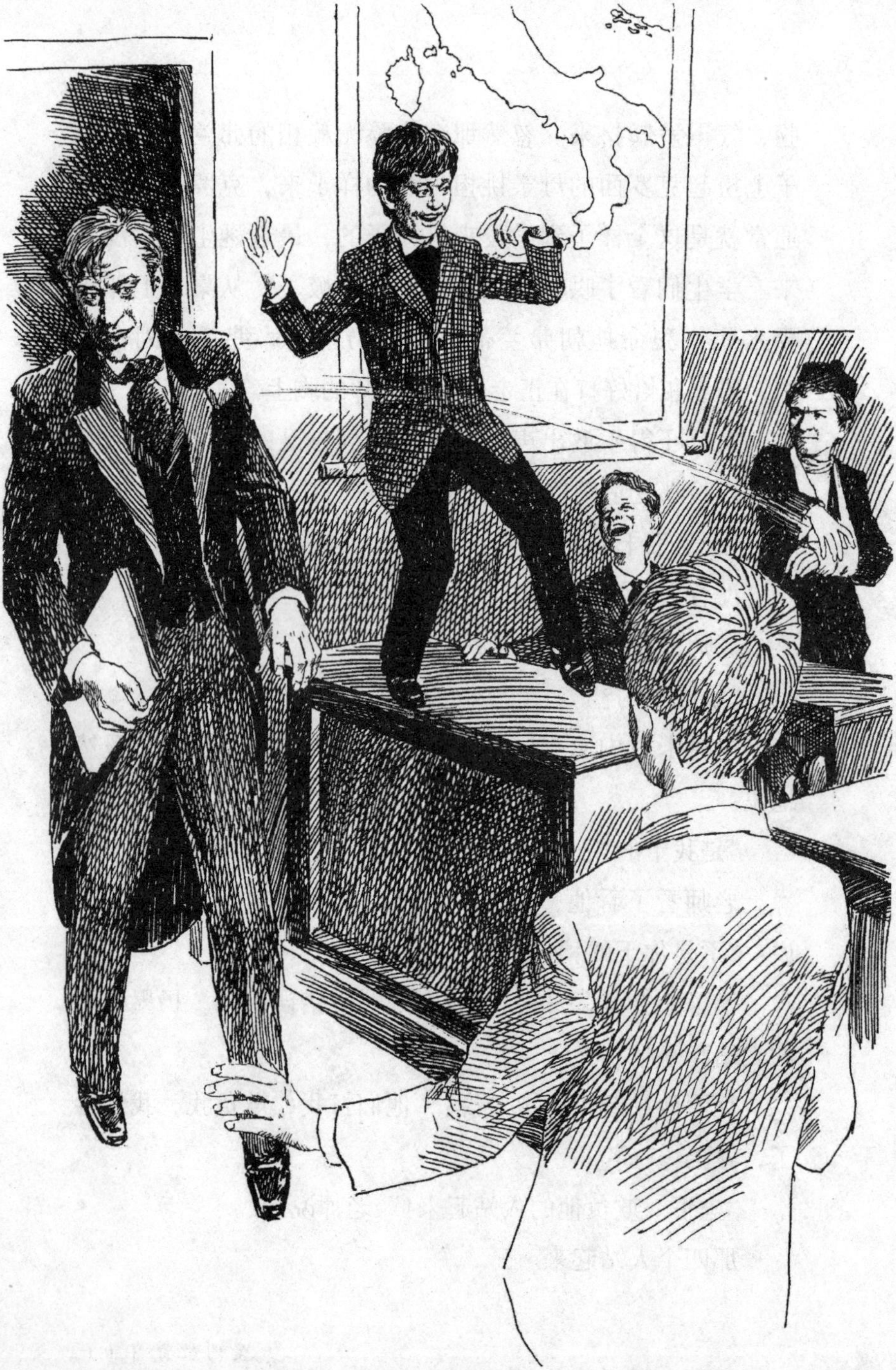

"你们！"老师说道，"欺负一个无辜的人，侮辱一个不幸的孩子，欺负一个不能自卫的人，你们应该感到耻辱，你们简直不配做人，太卑鄙了！"

说完，老师从讲台上走下来，来到卡罗内面前，注视着他的眼睛说："你的心灵是高尚的！"

卡罗内乘势附着老师的耳朵，低声说了些什么，老师忽然转身向四个犯错误的同学说："我宽恕你们！"

一年级时的老师

27日 星期四

今天，我正要和母亲出门给报纸上报道的一个贫穷的妇女送一些衣物，我一年级时的女老师如约来访了。我们非常高兴，她已经有一年时间没有到我家来了。老师仍然是从前的那个样子，小小的身材，穿着朴素，头发也不修饰，因为她没有时间打扮。帽子上还是罩着绿色的细纱巾。她的脸色没有去年那样红润，已经开始有白头发了，还是像以前那样总是咳嗽。母亲问她说："您的身体怎么样？亲爱的老师，您太不知道照顾自己了！""唉，没关系。"老师脸上带着既高兴又忧伤的微笑回答说。"老师讲话声音太大了，您太为孩子们操劳了。"母亲又说。的确，老师上课时总是使自己的声音让大家都能听得很清楚。我记得，上课时她总是一刻不停地讲着，这样孩子们就没有工夫去开小差。她总是站着讲课，从来都不坐下。我相信她一定会来看我的，因为她从来不会忘记自己教过的学生。凡是她教过的孩子，不管过多少年，她都能记得住他们的名字。每逢月考时，她都要到校长那里去打听他们的成绩。有时她在校门口等着学生，检查他们的作文本，看他们有没有进步。她教过的很多学生已经是穿长裤、戴手表的高中生了，但他们还经常回校来看望她。以前，她每周四都带我们去参观博物馆，把一件件展品详细讲解给我们听。今天，她刚刚带学生们去参观过绘画展览，从美术馆赶回来还气喘吁吁的呢。可怜的老师显得瘦多了，但她还是那么精神爽朗，讲起学校的事情来兴致勃勃的。老师想看看两年前我生病时睡过的那张床，现在那张床已经给弟弟睡觉用了。老师看了一会儿，也没来得及说什么就告辞了。她还要去看她班里一个生病的学生，这个学生是一个皮匠的儿子，正在出麻疹，在家里养病。在她自己家里还有一大堆作业本需要批改，这得花费她整整一个晚上的时间。此外，晚上还要抽出时间教一个女店主学算术。临走时老师对我说："啊，恩里科！现在你已经能解难题，能作长文章了，你还爱你从前的老师吗？"说完她就吻了吻我。下了楼梯，她又一次对我说："不要忘记我，知道吗，恩里科！"啊，我亲爱的老师，我永远、永远不会忘记你！就是我长大了，我也一定还会记住你，会和同学们一起到学校去看你的。无论到了哪里，我只要听见学校里有女老师说话的声音，我就会像听见你的声音一样，就会回忆起你教我的那两年的情景。在这两年中，你教会了我那么多东西，你因劳累而生病，身体不好，但你还是那么热心地教我们，关心我们。要是我们字写不好，你就很着急。算术老师提问我们时，你就担心得坐立不安。我们表现好时你就从心里高兴，你对我们就像母亲般善良、慈爱，我怎么能忘记你呢，亲爱的老师我永远不会忘记你！

在阁楼上

28日　星期五

　　昨天傍晚，我和母亲与姐姐希尔维娅给报纸上刊登的那个贫穷女人的子女送去一些衣物。我拿着包裹，姐姐拿着刊登了那个妇女的地址和姓名的那张报纸。我们走进了一所楼房，一直上到顶层的阁楼里，那里有很多门，我们在长长的走廊里最后一扇房门跟前停下来，母亲敲了敲门。一个年轻、苍白而清瘦的妇女给我们开了门。我一看见她就觉得很面熟，她头上的蓝头巾也好像看见过似的。"您就是报纸上登过的那位妇女吗？"母亲问。"是我，夫人。""我们给您送来一些衣物，请收下吧！"那妇女收下了衣物，千恩万谢地说个没完。这时我看见在这间空荡荡的、黑暗的房间里有一个孩子正跪在墙角的一把椅子跟前，背对着我们，好像在那里写字，他的确是在写字，椅子上铺着纸，地板上放着墨水瓶。可是房间里是那么黑，他怎么能写字呢？我正想着，忽然认出那孩子的红头发和粗布上衣，他就是那个一条胳膊残疾的、卖野菜妇人的儿子克罗西。我趁他母亲收拾衣物的时候，悄悄地把这事告诉了母亲。"别作声！"母亲说，"要是他知道自己的母亲接受同学家的施舍，他会感到难为情的，别叫他。"就在这时，克罗西正好回过头来，他向我微笑。我不知道怎么办才好，母亲推了我一下，让我过去和克罗西拥抱。他站起来拉住我的手，我们拥抱在一起。这时克罗西的母亲对我母亲说："家里就我和这个孩子，丈夫在美国，已经六年了，我又生了病，不能去卖菜，家里没有钱，连给我可怜的小路易写作业的桌子都没有。原来我们在门口还有一张桌子，起码他还可以在那里写字，现在他们把桌子也搬走了。家里也没有一盏用来念书的灯，至少得不至于弄坏眼睛。现在市政府赠送给他书和笔记本，能送他上学已经很幸运了。可怜的孩子，他是那么想上学！我真是个不幸的女人啊！"母亲把钱包里的钱都拿出来给了她，又吻了吻克罗西，出来时母亲都落泪了。母亲对我说："你看那个可怜的孩子，学习多么刻苦啊！你什么都不缺少，还觉得学习苦呢！恩里科啊，那孩子一天所学到的比你一年所学的东西都要多。像他们这样的孩子，才应该得到奖励呢！"

学 校

28日 星期五

是的,亲爱的恩里科,正如你母亲所说的,学习对你是一件辛苦的事。我真想看见你高高兴兴、心甘情愿地到学校去学习!你还不够听话。可你想想,假如你不去上学,你会觉得多么无聊,多么乏味!只要一个星期,你就会合着双手祈求把你再送去上学的。因为整天游戏和玩耍,时间长了,你一定会厌倦的。要知道,如今所有的人都在学习,想想工人们劳动了一整天,晚上还要到夜校去学习。妇人们、姑娘们辛苦劳动一周以后,星期日还要到学校里去学习。士兵们训练了一天,回营房后还要拿出书来读,还要做功课。你再想一想聋哑人和失明的孩子,他们也在刻苦学习,甚至狱中的囚犯都在读书和写字呢!你再想一想,早晨你去上学的时候,城里有三万个同你一样的孩子也都到学校里去,要整整在教室里学习三个小时的时间呢。还有,差不多就在这同一时刻,世界各国又有多少孩子正在上学去呢!他们行走在乡村宁静的小路上,穿过城市喧闹的街道,在阳光的照耀下,沿着江河湖海,在雾霭之中,他们或乘船,或骑马,无论是在一望无际的平原上,还是在峡谷、山丘中,穿沟渠,过雪地,他们或者一个人,或者两三个人成群结队,拿着书本,穿着各种不同的服装，说着不同的语言，从覆盖在冰雪中的遥远的俄罗斯的学校到椰林深处的阿拉伯的学校，成百万上千万的孩子以不同的方式正在学习同样的知识。你能想象上百个国家的孩子是多么巨大的数字吗？他们的运动有多么庞大，而你正是这其中的一员。假如这一运动停止，世界必将又返回到野蛮中去。想一想吧，正是这一运动使世界进步，给人类带来了希望和光明。振作起来吧！恩里科，你就是这个庞大军队里的一名士兵，你的书本就是你的武器，你的班级就是连队，你的战场就是整个世界，人类文明必将胜利。我的恩里科，不要做一个懦弱的士兵！

——你的父亲

帕多瓦的爱国少年（每月故事）
29日　星期六

不，我绝不是"懦弱的士兵"！但如果老师每天都能给我们讲一个像今天早晨讲过的那种故事，可能我会更加情愿上学呢！老师对我们说：他以后每个月都要给我们讲一个真实的少年儿童的勇敢事迹，而且要让我们写出来。今天上午给我们讲的故事题目是"帕多瓦的爱国少年"，故事的情节是这样的。

一艘法兰西的轮船从西班牙的巴塞罗那起航，开往热那亚。船上有法国人、意大利人、西班牙人和瑞士人,其中有一个十一岁的穿着褴褛衣衫的少年,他不和任何人在一起,像一只野兽一样远离人群,总是用一种阴沉沉的眼光望着人们。他之所以这样对人们恶眼相看,是有原因的。两年前,在帕多瓦乡下种田的父母把他卖给了一个卖艺的班子。班主强迫他学艺,动辄打他、踢他,让他饿肚子。后来带他到法兰西和西班牙去卖艺,仍然总是打骂他,而且从来不给他吃饱饭。到了巴塞罗那以后,他的处境更悲惨了。因为实在忍受不了这种虐待和饥饿,他终于从班主那里逃走,请求意大利领事馆保护。领事很可怜他,把他安排到这艘轮船上,并写了一封信让他交给热那亚的警察局长,请警察局将这个孩子送到把他像牲口一样卖掉的父母那里去。这个少年面容憔悴,衣衫褴褛,却坐在二等舱里,船上的人们都感到奇怪,都盯着他看。有些人还试图同他说话,但他从不回答,好像他憎恶和鄙视所有的人。长期遭受虐待和饥饿使他改变了性格。有三个旅客一再询问他,终于使他开了口。他用威尼托方言夹杂着法语和西班牙语的土话,简单地讲述了自己的身世。这三个人虽然不是意大利人,但也听懂了他讲的话。他们或许出于怜悯,或者因为酒后兴起,送给了他一些钱,一边继续和他谈笑,想再探听一些事情。这时又过来几个妇女,他们三个人为了显示自己,又给了这个孩子一些钱,而且故意把钱很响地抛在桌子上,大声对他说:"把这些也拿去吧！"少年一边低声答谢着，一边把给他的钱装进衣袋里，他脸上第一次露出了感谢的微笑。他回到自己的船舱里，拉上床幔，静静地躺在那里思考着未来的事情。他想，用这些钱可以在船上买些好吃的东西，因为两年了他没有吃过一顿饱饭；到了热那亚后，可以买一件上衣，换掉身上这件不能遮体的破烂衣衫，剩下的钱还可以拿回去给父母，让他们对自己和善一些。这些钱对他来讲，可算是一笔小财产了。正当他在床上高兴地想着这些事情的时候，那三个人还在二等舱的餐厅围桌闲谈。他们一边喝酒，一边谈论着他们旅行过的地方。后来谈到意大利，一个开始抱怨意大利的旅馆不好，另一个说意大利的火车很糟。后来，三个人越说越起劲，把意大利说得一无是处了，其中一个还说，与其到意大利还不如到北极好，他宁愿到拉波尼亚去旅游，另一个人还说在意大利除了土匪一无所有，第三个人说意大利的官吏都是文盲，都是骗子和强盗。"是愚昧的民族！"另一个人又说。"卑贱的民族！"第二个人补充说。"小……"第三个人正要说"小偷的民族"，可是话还没有说完，钱币就像雨点般地打在他们的头上和肩上，噼里啪啦的声音落在桌子上和地板上。那三个人暴跳如雷，抬头看时，又有一大把钱打在他们的脸上。"把你们的钱拿回去！"少年从床幔后探出头来，对他们轻蔑地说，"我不接受侮辱我的国家的人的施舍！"

11月

扫烟囱的孩子
1日　星期二

　　昨天下午，我到附近的一所女子小学去，把《帕多瓦的爱国少年》给希尔维娅姐姐的老师送去，因为她想看一看这篇故事。这所学校大概有七百名女学生吧！我去的时候，她们正好放学出来，因为明后天是"亡灵节"和"万圣节"，接连放两天假，大家都感到非常高兴。正在这时发生了一件事。我发现校门对面的街上站着一个扫烟囱的孩子，满脸烟灰，一手拿着背包和刮刀，一手扶着墙，趴在墙上抽抽搭搭地哭起来。有两三个二年级的女生走过去问他："出了什么事，为什么要哭？"那孩子不回答，只是哭。"来，快告诉我们，到底怎么回事？为什么要哭？"女孩子们又问他。于是，他抬起头来——他还完全是个小孩子呢，一张幼儿似的面孔。他哭着告诉她们，他扫了好几家的烟囱，一共挣了三十个钱币，可是不知道什么时候钱从衣袋的破洞里掉出去了。他说着就把衣袋上的破洞指给她们看。没有钱他是不敢回去见老板的。"老板会打我的!"他哭着说,又绝望地趴在墙上。女孩子们望着他,都替他难过。这时又有许多女孩子夹着书包走过来,她们有的是穷孩子,有的是有钱人家的阔小姐。当她们知道这件事以后,有一个帽子上插着蓝羽毛的年龄大一些的女孩子从衣袋里掏出两个钱币来,说:"我只有两个,大家凑一凑吧!""我也有两个。"另一个穿红衣服的女孩子说。"我们一定能够凑够三十个钱币的!"她们又叫其他的同学:"阿玛利娅!路卡米娅!阿尼娜!有一个钱币吗?请拿出来!"许多女孩子带着钱,是准备用来买花或练习本的,她们都拿出来了。小一点的女孩子也拿出自己的小铜币凑过来。那个帽子上插蓝羽毛的女孩子把钱收在一起,大声数着:"八个,十个,十五个。"钱币还不够呢!这时,走过来一个年龄更大的、有点像老师样子的女孩子,她拿出半个里拉来,大家非常高兴,向她欢呼起来。就差五个钱币了。"四年级的女孩子们来啦,她们一定有钱。"一个女孩子说。这些四年级的学生一到,缺少的钱币噼里啪啦地很快就收集起来了。这时还有很多学生都向这里跑来。看着那个扫烟囱的可怜的孩子被包围在五颜六色的衣服和随风飘动的帽子上的羽毛、丝带和发卷中间,真是美极了。三十个钱币已经凑齐,可是钱币还在不断地抛过来。那些没有钱的小女孩们也都从人群中挤过来,把花束赠给他。忽然工友喊道:"校长来了!"女孩子们像麻雀般地四散奔逃

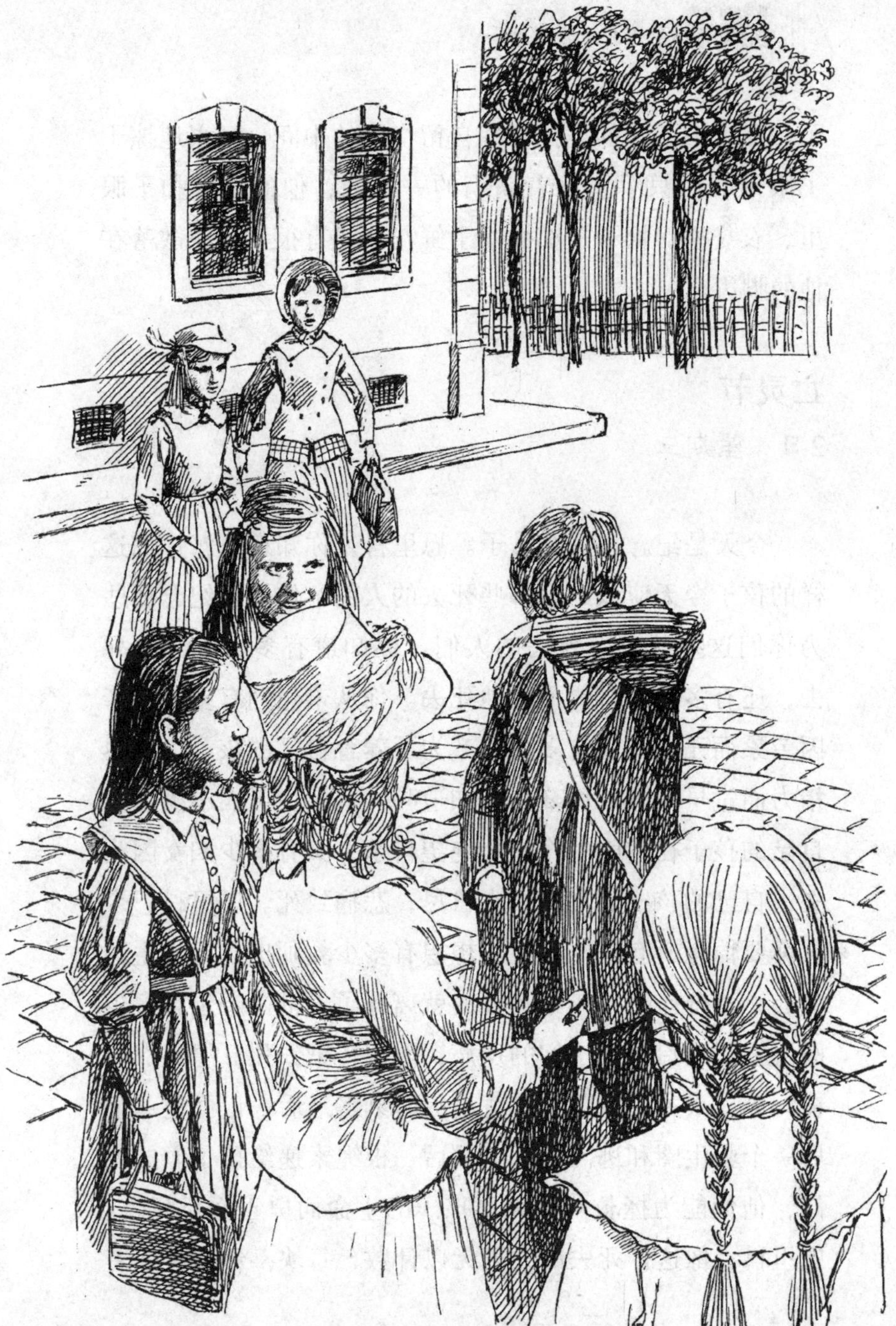

了。那个扫烟囱的小孩子独自留在路的中间，高兴地擦干了眼泪，两只手里捧着满满的一堆钱，他的上衣扣子眼里、衣袋里、帽子上都插满了鲜花，还有很多鲜花散落在他的脚边。

亡灵节
2日　星期三

今天是纪念亡灵的日子。恩里科，你知道吗？你们这样的孩子今天应该纪念哪些死去的人们？你们要纪念那些为你们这些孩子而死去的人们。你知道有多少人已经死去，还有多少人将要不断地死去。你从未想到有多少父亲因劳累而死去，又有多少母亲为了养育自己的孩子，耗尽精力而过早地进入坟墓！你知道吗？有多少男人不堪忍受自己的孩子在贫困中挣扎而绝望自杀，又有多少妇女因为失去自己的孩子而发疯投水自尽，悲痛致死。恩里科，今天你要悼念所有这些亡灵。想想有多少教师出自对学生的爱心，过分操劳，年纪轻轻的就离开了人世。想想有多少医生为了医治好孩子们的疾病，而因传染致死。想想那些在海难、火灾、饥荒和最危难的时刻将最后一口面包、最后一个救生圈和逃离火海的最后一根绳索递给孩子们的人们，他们能为拯救一个无辜孩子的生命而勇于面对死亡。恩里科，像这样死去的人们无以计数，每块墓地都长眠着无数这样神圣的灵魂。假如他们能够复活，一定会呼唤每一个孩子的名字，为了这些孩子们他们献出了美好的青春、老年的安宁、亲情、智慧和生命。他们中有刚刚开始生活的年轻人，有壮年男子，有高龄老人，有青春的少年。这些为儿童献身的无名英雄是如此伟大和高尚。孩子们，你们是多么幸运啊！今天你们要怀着感激的心情悼念这些亡灵，这样，你就会更加热爱所有那些爱你们、为你们操劳的人们。亲爱的儿子，我的幸运儿，你在亡灵节时还没有一想起来就要哭的人呢！把全世界的鲜花都放在他们的墓前，都不能表达我们对他们的哀思。

——你的母亲

我的朋友卡罗内

4日　星期五

假期只有短短的两天，但是我觉得好像已经很长时间没有见到卡罗内了。我越是了解他，就越喜欢他。别的同学也是这样，只有那几个整天在班里飞扬跋扈的孩子不是这样，他们不和他说话。因为卡罗内从不惧怕他们。大同学伸手要打小同学的时候，小同学只要喊一声："卡罗内！"大同学就不再敢打人了。卡罗内的父亲是个火车司机。他因为病过两年，所以上学的时间比其他同学要晚。他在班上最高最壮，一只手就能举起课桌。他嘴里总是嚼着东西。他待人友善,无论你向他要什么,铅笔、橡皮、纸、铅笔刀什么的,他都肯借给你,甚至全都送给你。他在学校里很少说笑,常常是一动不动地坐在对他来说显得窄小的座椅上,躬着背,大脑袋缩在双肩里。当我看他时,他总是眯缝着眼,朝我微笑,好像在说:"喂!恩里科,我们俩是好朋友。"他的样子让我发笑,他的身材又高又壮,可上衣、裤子、衣袖却都很短小,一顶帽子还遮不住他的光头,脚上穿着一双被撑得肥肥胖胖的大鞋子,领带扎得像根绳子一样。啊,亲爱的卡罗内,无论是谁,只要看上他一眼,就会爱他的,他的相貌让人一见就喜欢。班里小个子的学生都愿意与他同桌。他算术很好。他总把书摞在一起用一根红皮带捆上拿着。卡罗内有一把柄上镶嵌着贝壳儿的裁纸刀,是他去年在练兵场上捡到的。有一天在学校里他被刀子割伤了手指,几乎割到骨头上了,但没有任何人发现这件事情。回到家里怕父母担心,他也没有提及这件事情。不管别人怎样和他开玩笑,他都不会生气。但是如果有人怀疑他讲的事情不是真实的,那可就糟了,他立刻会火冒三丈,拳头敲着课桌,简直要把课桌敲碎,非要别人相信不可。上个星期六早晨,卡罗内看见一个一年级的男孩,因为把买作业本的钱弄丢了,正在路上哭,卡罗内就给了那个男孩一个铜币。这几天他又用了三天时间写了一封长达八页纸的信,还在信纸周围画上装饰,准备在母亲命名日时献给他们全家。卡罗内的母亲像他一样又高又壮,和蔼可亲,经常放学时来接他。上课的时候老师常常注视着卡罗内,每次走过他的身边时,都要用手拍拍他的后脖颈,好像爱抚一头温顺的小牛犊子一样。我喜欢卡罗内,我很愿意握住他那双像真正男子汉一样的大手。我相信,他可以冒着生命危险去救同学,也会为保护同学不惜生命。这从他的眼睛里就可以看出来。虽然他的嗓音很粗,但是却让人感到他那粗大的声音发自善良的内心,声音里充满了真情。

卖炭人与绅士

7日　星期一

我敢断定,卡洛·诺比斯昨天上午对贝蒂说的那种话,卡罗内绝对不会说。卡洛·诺比斯很傲慢,因为他认为自己的父亲是一个有钱的绅士。他的父亲是个身材高大、黑胡须、非常严肃的人,几乎每天都送儿子来上学。昨天上午,诺比斯与班上卖炭人的儿子,全班最小的贝蒂吵嘴。诺比斯理亏,无言以对,就大声说:"你父亲是个叫花子。"贝蒂听后脸都气红了,什么也没说,流着眼泪回家了。在家里贝蒂将此事告诉了父亲,于是,下午上课后,小个子、全身油黑的烧炭人拉着儿子的手来到学校把这件事告诉了老师。学生们都默不作声地听着。恰在此时,诺比斯的父亲像往常一样送儿子到学校来,正照例给儿子脱斗篷，听到有人提他的名字，马上进来询问。

老师说："这个卖炭人告诉我，您的儿子卡洛对他的儿子说'你的父亲是叫花子'。"

诺比斯的父亲脸红了，皱起了眉头，问儿子："你是这样说了吗？"

教室里，诺比斯站在小贝蒂对面，低着头，不作声。

于是，他父亲抓起他的一只手臂，把他拉到贝蒂面前，两人几乎碰在一起，对他说："快道歉！"

卖炭人连忙阻止说："不必，不必了。"但绅士没有听他的，继续对儿子说："快道歉，照我的话说：'我对你父亲讲了侮辱、粗鲁、非常失礼的话，请你原谅，我父亲深感荣幸地与你父亲握手。'"

卖炭人比了一个坚定的手势，好像在说："那不行！"绅士没答应。于是绅士的儿子诺比斯低着眼睛，断断续续地说："我对你父亲讲了……侮辱……粗鲁、非常失礼的话……请你原谅。我父亲……深感荣幸……地……与你的父亲……握手。"

绅士伸出手，烧炭人用力握住，又马上推了儿子一下，让他去拥抱卡洛·诺比斯。

绅士对老师说："请您让他们两人同坐一桌吧。"老师于是让贝蒂坐到诺比斯边上。诺比斯父亲等他们坐好后便告辞了。

卖炭人看着两个孩子，迟疑了一会儿，然后走到课桌边，慈爱地又略带歉意地注视着诺比斯，像是有话要说。他想伸手抚摸一下诺比斯，却有些胆怯，只是用他那粗大的手指在诺比斯的额头上轻轻摸了一下，然后他走到门口，又转过头来看了一眼诺比斯，便走了。老师说："同学们，你们一定要牢记今天看到的事，它是本学年最好的一堂课。"

弟弟的女教师

10日　星期四

德尔卡蒂老师以前教过卖炭人的儿子。今天，她来我家看望我生病的弟弟。她给我们讲了几个好听的故事，她讲的故事让我们发笑。她说，两年前，那个烧炭人家孩子的母亲因为孩子在学校得了奖，为了感谢她，特意包了一大围裙炭送到她家里。老师无论如何不肯收下，最后可怜的妇人不得不再把炭拿回家去时，几乎都要哭出来了。老师说，还有一次，有一个好心的女人给她送来一捧很重的鲜花，里面塞了一把钱。我们听老师讲的故事感到很开心，弟弟平日不肯好好吃药，现在也乖乖地把药吃下去了。对那些刚刚上学的小学生要有多大的耐心才行啊。他们都像小老头似的，因为牙齿不全有的字母发不出音来，上课时有的咳嗽，有的流鼻血，有的将鞋掉在桌子下面，有的喊笔尖刺疼了手，有的因为买错了练习本该买第一册却买了第二册而哭喊个不停。一个班里五十个无知的孩子，要教他们用嫩嫩的小手写字。他们的口袋里装满了各色各样的小东西：甘草糖、扣子、瓶盖、碎瓦片。老师去翻他们的口袋时，他们甚至会把东西藏在鞋里。他们上课时不注意听讲，从窗户外飞进一只大苍蝇，就会把教室搞得闹翻天。夏天他们还把草和金龟子带进教室，金龟子飞来飞去，有时落入墨水瓶，弄得练习本上溅满了墨汁。老师还要做母亲做的事，给他们穿衣，包扎刺破的手指，捡起掉在地上的帽子，留心他们别穿错了外套，否则他们就哇哇叫个不停。老师真可怜，可是有些学生的母亲还来抱怨：怎么回事，我孩子的钢笔怎么丢了？我的儿子怎么什么都没学会？为什么不表扬我的孩子？为什么不把凳子上的钉子拔掉？我儿子比埃罗的裤子都挂破了。弟弟的老师有时也对学生发火，为了不真的动手打他们，她就咬住自己的手指。发怒之后她又后悔不已，马上去安慰被训斥的学生。有时她也会强咽泪水，把调皮鬼赶出教室。要是谁的家长处罚孩子不给他们吃饭，她就会生家长的气。德尔卡蒂老师是个感情丰富、温柔的人，她很年轻，高高的个子，一头棕色的头发，衣着讲究，做事干脆，反应敏捷。"孩子们都对您很好吧？"母亲问她。她说："很多孩子喜欢我，但一学年过去之后，他们就不再来看我们了。他们更喜欢男教师，等到男教师教他们时，他们还会因为我们这些女教师教过他们而感到不好意思呢。两年教下来，跟你喜欢的孩子一旦离开还真感到有点难受呢。"有时，她也会说:"我相信那个孩子将来会对我好的,但假期一过,回到学校,再见到他时,跑过去叫他'我的孩子,我的孩子',他却扭过头去不理睬你。"说到这里,德尔卡蒂老师停顿了一下,然后,她抬起充满泪水的眼睛,吻着我的弟弟说:"你决不会这样的,对吧?你不会扭过头去不理我的吧,是吗?你不会离开你的可怜的好朋友吧?"

我的母亲

10日 星期四

你弟弟的老师来的时候,你当着老师的面对你母亲说了不礼貌的话。这样的事不要再发生了,恩里科,永远不要再发生!你的话就像针尖一样刺痛了我的心。我记得几年前你生病的时候,你母亲整夜守护在你的小床前,俯身倾听你的呼吸。她焦虑不安,害怕得牙齿打战,不停地流泪,唯恐失去你。我真担心怕你母亲会晕倒。一想到这些,我不由得要责备你,你居然如此伤害你的母亲,你母亲为了减轻你一时的痛苦不惜放弃一年的快乐,为了你她可以去乞讨,为拯救你的生命可以付出自己的生命。听着,恩里科,你要记住母亲的这一番思虑。你可以想象,在你的一生中或许会经历很多痛苦,但最令人痛苦的事情莫过于失去母亲。恩里科,当你长大成人,变得强壮、饱尝人生的艰难的时候,你会千百次地呼唤母亲,渴望能再听到母亲的声音,想再次看到母亲敞开的双臂,就像一个失去保护的孩子寻找母亲的抚慰一样投入母亲的怀抱中哭泣。那时,你会记起你给她带来的种种伤心事,你会感到痛苦,追悔莫及。你将请求宽恕,将怀念她,但为时已晚,你的良心将永不安宁,母亲慈祥、温和的面容永远使你伤心、自责,使你的精神感到痛苦。啊,恩里科,你要记住,母爱是人类最神圣的爱,践踏这种感情的人要遭到唾弃。杀人犯只要他还敬爱母亲,其心中就还有一丝正直、可贵的东西存在。无论一个人他多么有成就,只要他伤害了母亲,使母亲痛苦,那他就是最卑鄙的人。所以,不要对赋予你生命的人说出这种无理的言辞。如果你不小心说了这种话,不要只害怕你父亲的责备,你要诚心悔过地跪在母亲脚下,请求母亲宽恕你,让她吻你,从你额上抹去忘恩负义的痕迹。我爱你,我的儿子,你是我生命中最大的希望,但我宁愿失去你也不愿看到你对你的母亲无情无义。去吧!这几天不要来拥抱我,我不能用真心回答你的拥抱。

——你的父亲

我的同学柯莱蒂

13日 星期日

父亲虽然原谅了我,可我心里仍不好受。于是,母亲让我和看门人的大儿子一起到街上去散步,刚走到一半,在一家停着货车的门口,听到有人叫我的名字。转过头来一看,原来是我的同学柯莱蒂,他穿着那件褐色的毛衣,头戴着他的猫皮帽,肩上扛着一大捆木材,满身大汗,正高兴地干着活。站在车上的男人一次递给他一捆木材,柯莱蒂接住,扛到他父亲的店里,又急匆匆地把它们堆放好。

"柯莱蒂,你在干什么?"我问。

"没看见吗?我在复习功课。"他一边伸手去接木材,一边回答。

我笑了。但他很认真,接过木材,边跑边说:"复习动词的语态变化……人称和性的变化……"

他放下木材,堆好后,说:"动词跟着时态变。"

然后他回到货车旁边,再拿起另一捆木柴,又说:"动词跟着陈述方式变。"

这是我们明天要学的语法课的内容。他对我说:"有什么办法呢?我只能充分利用时间,我父亲和伙计出门办事去了,母亲又生病,只剩下我来卸货,我就一边干活,一边复习功课。今天的课真难,我怎么也记不住。""我父亲说他晚上七点钟回来再付钱给你们。"他对车上的人说。

货车走了。柯莱蒂对我说:"进店里来待一会儿吧。"我走进了店里。店很大,堆满了木柴和锯好的柴捆,秤放在一边。柯莱蒂喘了口气说:"今天可真忙,做功课时经常被打断。我正在写介词,有人来买东西,等我回来想再接

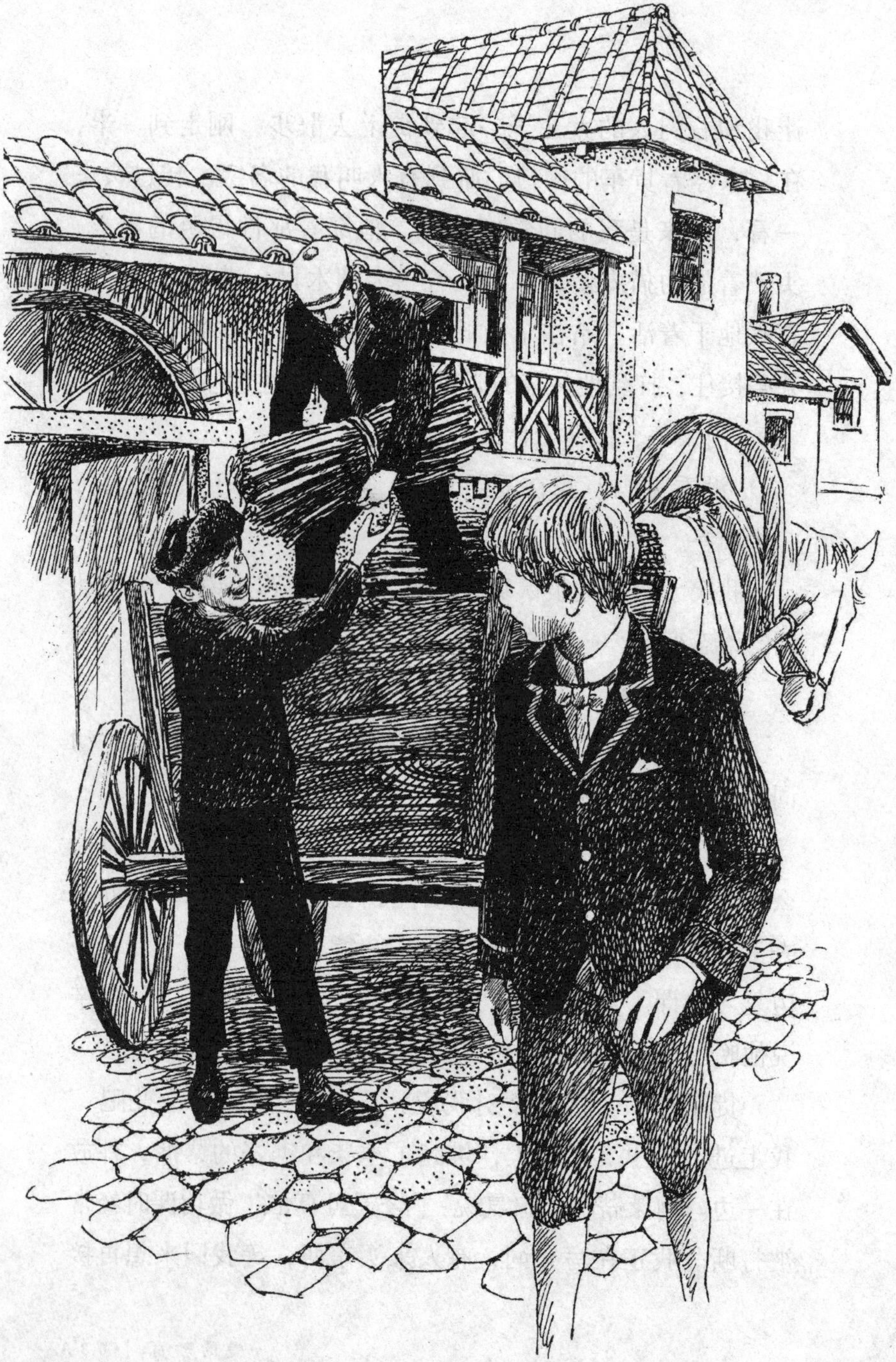

着写，货车又来了。今天早上我已经跑了两趟威尼斯广场和柴市，我的腿都走不动了，手也肿了，要是还有图画作业让我画图画就糟糕了。"说着，又拿起扫帚去扫地上落下的枯枝和柴屑。

"那你在哪里做功课啊，柯莱蒂？"我问。

他说："当然不会在这里，你来看。"说着他领我来到店后的另一个房间。这间是厨房兼餐厅，墙边摆着一张桌子，上面放着书本，作业刚刚开始写。他说："刚写到这儿，第二题我还没有做好，皮可以做成鞋、皮带，现在我再加上还可以用来做皮箱。"他拿起笔来，开始工工整整地写道。"有人吗？"只听店铺里有人在喊，有个女人要买木柴。"我来了。"柯莱蒂答应着跑出去，称好木柴，收了钱，又跑到墙角在账本上记账，回来继续写作业。"看看能不能做完复合句。"他边写边读，"旅行包，士兵的背包。哎哟！我的咖啡溢出来了。"他突然叫了一声，跑到炉边，从火上挪开咖啡壶，说："这是妈妈的咖啡。我得学会煮咖啡。过一会儿我们一起给她送过去，她会高兴的。她在床上躺了七天了……唉，这些动词语态变化！我每次都让咖啡壶烫到手指。写完'士兵的背包'，我该再加什么呢？我得找其他的词。来，看看我妈妈。"

柯莱蒂开了门，我们进了另一个小房间。柯莱蒂的妈妈正躺在一张大床上，头上裹着白头巾。

"妈妈，给您咖啡。"柯莱蒂放下杯子说，"这是我的同学。"

"啊！好孩子，你来看望病人，是吗？"柯莱蒂的母亲对我说。

这时，柯莱蒂给母亲在背后垫好枕头，整理好被子，弄旺火，把柜子上的猫赶走。"妈妈，还需要别的吗？"柯莱蒂接过杯子问，"您喝了两匙糖浆吗？如果没有了，我再到药店里去买些。木柴已经卸好了。四点钟，我会按您说的把肉放到火上。卖黄油的妇人来时，我会给她八个铜币。一切都安排好了，您别担心。"

"谢谢你，孩子！可怜的孩子，没事了，你去吧！你想得很周到。"妇人说。

柯莱蒂母亲让我吃块糖，然后柯莱蒂指着他父亲当兵时的照片给我看。他父亲穿着军装，胸前挂着1866年在翁贝尔托亲王所指挥的第四营时获得的勋章，他的面孔和儿子的一样，有一双会说话的眼睛和爽朗的笑容。我们又回到厨房。"我找到那句话了。"柯莱蒂说着，并立刻在作业本上写下：皮还可以做马鞍。"余下的我今天晚上再做，今天晚上要很晚才能睡觉了。你真幸福，有足够的时间学习，还能出来玩玩。"说着柯莱蒂又高兴地跑回店铺，他开始把劈柴放在架子上锯成两段。他说："这就是体操锻炼，不就是向前伸展两臂的体操吗？我想在父亲回家前把劈柴全部锯好，他会高兴的。糟糕的是，锯完劈柴，再写字母T和I，笔画弯弯曲曲，老师说像蛇爬似的，怎么办呢？我只能说我干活来着。要紧的是妈妈的病快一点好。感谢上帝，她现在好多了。明早鸡叫时，我再起床学语法。哦，劈柴又来了，我去干活了。"

一辆装满劈柴的车停在店门前。柯莱蒂跑出去与车主人说了几句，又跑了回来。他对我说："我不能陪你了，明天见吧。你来我家看我，我真高兴。你接着去散步吧，你真幸福。"

和我握手告别后，他跑出去接劈柴，又开始奔忙于车和店铺之间，他的动作灵巧、敏捷，在猫皮帽下的脸红润得像朵红玫瑰，看上去真让人喜欢。

"你真幸福。"他这样对我说。噢，不，柯莱蒂，不是这样的。你是最幸福的，因为你能学习，能劳动，还能替父母分忧。我的好同学，你比我好，比我能干一百倍！

校　长

18日　星期五

今天上午柯莱蒂格外高兴，因为月考是他二年级时的老师柯阿蒂到班上监考。柯阿蒂老师身材高大，头发又浓又密，满脸大胡须，一双乌黑的大眼睛，声音洪亮得像放炮。他总是吓唬孩子们说要把他们撕碎，或掐着脖子把他们送进警察局，有时还对他们做出各种吓人的表情。其实他从不处罚任何人，总是把微笑藏在胡子下面，让人察觉不出来。包括柯阿蒂老师在内，学校里共有八位老师，还有一个矮个子的、像年轻人一样的代课老师。四年级的一个瘸腿老师总是穿着厚厚的衣服，系着羊毛领带，好像全身哪儿都痛。据说他在乡下教书时，教室里潮湿得连墙上都能渗出水珠，所以落下了这个毛病。四年级的另外一位老师，白发苍苍，曾经教过盲人上课。还有一个穿着讲究、戴眼镜、留着两绺金黄色胡须的老师，外号"小律师"，因为他边教书边学习律师的课程，最后拿到了毕业文凭，另外他还写了一本如何写书信的书。那个教我们体育的老师就是个士兵，他曾经与加里波第一起作战，至今颈上还留着一道在米拉佐打仗时被军刀砍伤的疤痕。然后还有我们的校长。他身材高大、秃顶，戴着一副金边眼镜，胸前飘着银白色的胡须。他总是穿着一身黑色的衣服，扣子总是整齐地一直扣到下颌。他对孩子们很和善，当他们犯了错误，被叫到校长室战战兢兢地准备挨批评的时候，他并不训斥他们，而是握着他们的手开导他们，给他们讲道理，教他们自我批评，直到他们答应今后做乖孩子为止。他说话的方式多种多样，态度和蔼可亲。孩子们出来时眼睛都是红红的，觉得比受了处罚还难过。每天早晨，校长总是第一个到学校，等候学生们来上学，倾听家长们说话。而当老师们都已经回家后，他还要在学校周围巡视，担心有的孩子被车碰伤，有的孩子仍在街上玩耍，或往书包里装沙子和石子。每当穿着黑色衣服的、高个子的校长的身影在街头出现时，玩耍的孩子就会停下玩钢笔尖和弹子游戏，一哄而散。而他会从远处用指头指着吓唬他们，脸上露出慈祥和忧伤的表情。母亲说自从他的儿子当志愿兵阵亡以后，没有人见他笑过。他的办公桌上总放着他儿子的照片。儿子死后，他曾想到辞职，向市政府写了辞职的报告，但一直放在他办公桌上未交出去，因为他舍不得离开孩子们。有一天，他好像已经下定决心了，我的父亲在校长室里不断地对他说："您要走，太遗憾了。"正说着进来一个男子要为孩子办转学，因为他家新近搬到学校附近，小男孩要从别的学校转到我们学校。校长看了一眼小男孩，感到很惊讶，盯着小男孩看了好一会儿，看看桌子上的照片，又转过头来再看那男孩，然后把他拉到自己膝间，让他抬起脸，那男孩长得和他死去的儿子简直太像了。校长说："好吧。"接着给他办了注册手续。送走那父子两人后，他沉思起来。"您要走，太遗憾了。"我父亲又说了一遍。校长听了，拿起桌上的辞职报告，撕成两半，说："我不走了。"

士兵们

22日 星期二

校长的儿子是当志愿兵时死的，所以学生们放学后他常常到街上去看士兵。昨天，一个步兵团从街上经过，五十多个孩子跟在军乐队周围用尺子有节奏地敲打着书包和夹子,又唱又跳。我们也三五成群地在路边看着。卡罗内穿着瘦小的衣服,啃着一块大面包;沃蒂尼还在摘他漂亮衣服上的细毛;铁匠的儿子普雷科西穿着他父亲的大上衣;还有卡拉布里亚男孩与泥瓦匠的儿子以及红头发的克罗西,厚脸皮的弗兰蒂和有个炮兵上尉的父亲、曾从马车下救过小孩、现在拄着拐杖的罗贝蒂都在里面。一个跛脚士兵走过来,弗兰蒂朝他大笑起来。突然,他觉得有一双大手放在自己肩头,回头一看,是校长。校长对他说:"当心,讥笑走在队伍中行动不便的士兵,就好像在辱骂一个被绑的人,是可耻的行为。"弗兰蒂跑了。士兵们四人一排从我们面前经过,身上满是汗水和灰尘,步枪在阳光下闪烁着亮光。校长说:"孩子们,你们要爱戴士兵,他们是我们的捍卫者。假如有一天外国军队来侵犯我们的国家,他们将为我们而战斗。他们也是孩子,比你们大不了几岁,也要上学,也像你们一样有穷有富,来自意大利各个地方。你们看,从他们的长相就可以认出他们中有西西里人、撒丁岛人、那不勒斯人、伦巴第人。这是一支老团队了,参加过1848年的战役。现在,当年的士兵已经没有了,但军旗还是当年的军旗。在你们出生前的二十多年里不知有多少士兵为了我们的祖国而战死在这面战旗下。"

"过来啦。"卡罗内说。可以看到不远处在士兵们头顶上飘扬着的军旗。"孩子们,听着,当三色旗经过的时候,你们要向军旗举手敬礼。"校长说。一个军官举着破损、褪色、杆子上挂满勋章的军旗从我们面前走过,我们一齐把手举过头顶。军官朝我们微笑,举手示意。"好样的!"一个人在我们背后说道。我们回头一看,原来是一位退役的军官,衣服扣子上系着克里米亚战役时的蓝色绶带。"好极了,孩子们,你们做了一件好事。"他说。此时,军乐队在街角拐弯,围观的孩子们伴着军号声高兴地呼唤着,就像在唱一首战歌。老军官看着我们又说:"好样的!从小尊敬军旗的人,长大以后一定会捍卫军旗。"

奈利的保护人

23日　星期三

　　昨天可怜的小奈利也在看士兵行军,但他的神情却好像在说:我永远不能成为士兵了。奈利是个好孩子,很用功,但就是瘦小,弱不禁风,看上去好像连呼吸都很困难,总穿着一件黑得发亮的粗布罩衫。他母亲是个金发、个子矮小的妇人,也穿着黑衣服。她疼爱奈利,怕放学时其他同学欺负他,所以每天都要来接他。最初几天,由于奈利的驼背,许多孩子都嘲弄他,用书包敲打他的背。但他从不反抗,也不告诉母亲,怕母亲知道他成为同学的笑料而伤心。同学们讥笑他,他也就是把头趴在桌子上默默地哭。终于一天早晨,卡罗内跳起来说:"谁敢再碰奈利,我就在他后脑勺上打一巴掌,打得他转三圈。"弗兰蒂不相信,卡罗内果然一掌打过去,让他转了三圈。从此以后,再也没有人敢欺负奈利了。老师让奈利和卡罗内坐在一起,他们便成了朋友。奈利总喜欢与卡罗内在一起,一到学校,马上就找卡罗内;每天离开学校前都要与卡罗内告别,说一声:"再见,卡罗内。"卡罗内也喜欢奈利,奈利的书或笔掉到课桌下,卡罗内都要弯下腰替他捡起来,不让他费力弯腰,还帮他整理好书包,穿好大衣。因此奈利喜欢卡罗内,眼睛总跟随他。老师表扬卡罗内时,奈利高兴得就好像在表扬自己一样。后来,想必是奈利把所有的事情——开始几天受的嘲弄,他遭受到的痛苦,卡罗内如何保护和爱护他的事全都告诉了母亲,所以发生了今天上午的事。放学前半小时,老师叫我去给校长送教学计划。我在校长办公室里时,走进来一位金发、穿一身黑衣服的妇女,她就是奈利的母亲。她说:"校长先生,在我儿子班上有没有叫卡罗内的学生?""有。"校长回答道。"您能叫他来一下吗?我有话要对他说。"于是校长让工友去叫卡罗内。一分钟后,卡罗内剃得光光的大脑袋出现在门口,他不知道为什么叫他,疑惑地瞪着眼睛。妇人一看见他就跑上去,拥抱着他,不停地吻他的脸,说:"你就是卡罗内吗?我儿子的好朋友,我儿子的保护者,可爱、勇敢的孩子,就是你吗?"说完又急忙在口袋里、挎包里摸索着,一时找不到东西,她就从颈上摘下一个小十字架的项链来,把它挂在卡罗内的脖子上，放在领带下面摆好，对他说："戴着吧，做个纪念，好孩子！作为奈利的妈妈感谢你、祝福你的纪念。"

全班第一名

25日　星期五

卡罗内受到全班同学的爱戴。德罗西令全班同学佩服，他赢得了第一名。今后他肯定还是第一，没有人能够超过他，大家认为他的确门门功课都优秀，算术、语法、作文、图画得第一，而且一学就会，记忆力惊人，学什么都不费力气，对他来说学习好像游戏一般容易。昨天，老师对他说："上帝给了你巨大的恩赐，不要轻易地糟蹋。"他不仅学习好，长得还很漂亮，金色的鬈发，身体灵巧，用一只手撑着就能轻松地跳过课桌。不仅如此，他还会击剑。他十二岁，是个商人的儿子，总爱穿一身深蓝色、带金色纽扣的衣服。他热情活泼，对人彬彬有礼，考试时总是尽可能地帮助别人；谁也不敢对他无礼或拿他开玩笑，只有诺比斯和弗兰蒂不拿正眼看他。沃蒂尼眼里对他充满嫉妒，但他从不理会。当他以优雅的姿势来往于课桌之间收作业本时，大家都会对他微笑，拉他的手或手臂。家里给他的画报、图片和其他的东西，他经常再转送给班里的同学。他还画了一张小小的卡拉布里亚地图，送给卡拉布里亚的孩子。他像一个绅士，总是面带笑容，任何东西都可以送人，毫不在乎，而且从不偏爱任何人。他不能不叫人羡慕，不能不让人感到比不上他。啊，我也像沃蒂尼一样嫉妒他！有时候，我在家里费了很大力气还没有做完作业时，一想到他此时已经做完作业了，而且非常好，一点儿不费力气，我就感到难受，甚至感到恼怒。但是一到学校，看见他优雅的样子和充满自信的微笑的脸，及回答老师提问时那么自如、流利，对大家那么彬彬有礼，大家那么喜欢他，我心中的气恼和嫉妒就都消失得无影无踪了，我为自己有那样的想法感到惭愧。我愿意永远和他在一起，和他一起上学。只要有他在，他的声音就能给我勇气，给我求学的渴望，使我欢乐和喜悦。老师把明天要讲的每月故事《伦巴第的小哨兵》交给德罗西，让他抄写。今天早晨他抄写时，可以看得出他被故事里的小英雄深深感动了，他脸色红红的，眼睛里含着泪水，嘴唇也在轻微地颤抖。我看着他：他多么好，多么纯洁！我真想高兴、真诚地对他讲："德罗西，你处处比我强。在我面前，你是个真正的男子汉，我非常尊重你，敬佩你。"

伦巴第的小哨兵（每月故事）
26日　星期六

这个故事发生在1859年6月的一个晴朗的早晨。解放伦巴第的战争期间，法国和意大利军队在索尔费里诺和圣马蒂诺战斗中击败了奥地利军队后的几天，一小队萨鲁佐骑兵沿着一条偏僻的小路一边缓慢地向前进，一边注意观察敌情。率领这支队伍的是一名军官和一名下士。士兵们都不出声，睁大眼睛，注视着前方的树林，随时准备发现敌人的前哨。当他们走到白蜡树林丛中的一座农舍前时，只见一个大约十二岁的男孩正在用刀削一根小树枝做木棍。农舍的窗上飘扬着一面大的三色国旗，房子里空无一人。因为害怕奥地利人，农民们挂上国旗后，就逃走了。少年一看到骑兵队伍，丢下手里的木棍，脱下帽子。这是一个很漂亮的、长着一双蓝色的大眼睛、留着长长的金发、一脸稚气的男孩子。他没有穿外套，衣服在胸前敞开着。

"你在干什么？你为什么不和你的家人一起逃走？"军官停住马，问他道。

"我没有家，我是个孤儿，替人做点零活。我想看打仗，就留下了。"男孩回答。

"你看见奥地利人经过这里吗？"军官又问。

"没有，这三天都没看见。"少年回答。

军官想了想，跳下马背，命令士兵们在原地监视敌人，然后自己走进农舍，爬上屋顶。但农舍很矮，从屋顶上只能看到一小片田野。"要爬到树上去看。"军官说着从屋顶上下来。在打谷场前面正好有一棵高大参天的白蜡

树,树梢在风中摇摆。军官一会儿看看大树,一会儿看看士兵,想了片刻,忽然转身问少年:

"喂,小鬼,你眼力好吗?"

"我?一英里外的小鸟我都能看得见。"男孩回答说。

"你能爬到树顶上去吗?"

"爬到树顶?我?不用半分钟就能爬上去了。"

"那你能上去看看,告诉我那一边有没有敌人冒出的烟迹、刺刀的闪光或马匹吗?"

"没问题。"

"你给我做这件事,你想要得到什么吗?"

"我想要什么?我什么都不要,这是件好事。假如是为德国人做,给我什么我都不会去做的。现在是为自己人!我是伦巴第人!"男孩微笑着说。

"好吧,那你就爬上去吧。"

"等一等,让我脱掉鞋。"

他脱了鞋,系了系裤带,把帽子扔在草地上,抓住树干,爬上树。

"小心点!"军官突然感到有些害怕,担心地抓住男孩。

男孩转过头看着军官,他那双漂亮的、蓝蓝的眼睛像在询问军官。

"没什么,上去吧!"

男孩像猫一样灵敏地爬上树去。

"注意前方。"军官命令士兵们。

不一会儿，少年就爬到树顶上去了。他抱住树干，用树叶遮住腿，身子露在外面。他的头发在阳光照射下，像金子似的闪闪发光。军官隐隐约约看到男孩的小小身影。

"向正前方远处看。"军官朝他喊道。

男孩为了看得更清楚，右手松开，把手搭在额头上。

"看见了什么？"军官问。

男孩低下头，用手卷成喇叭状放在嘴边对军官说：

"路上有两个骑马的人。"

"有多远？"

"半里地。"

"往这边走着吗？"

"停着不动。"

"还看见什么了吗？"军官过了一会又问，"看看右边。"

男孩向右看去，然后说："墓地附近的树林里有东西在闪光，好像是刺刀。"

"看看，有人吗？"

"没有，可能躲在了麦田里。"

就在这时，一颗子弹带着刺耳的呼啸声从空中飞过来，落在农舍后面。

"快下来！他们看见你了，行了，快下来！"军官喊道。

"我不害怕。"少年回答说。

"下来吧！……左边你看见什么了？"军官又说。

"左边吗？"

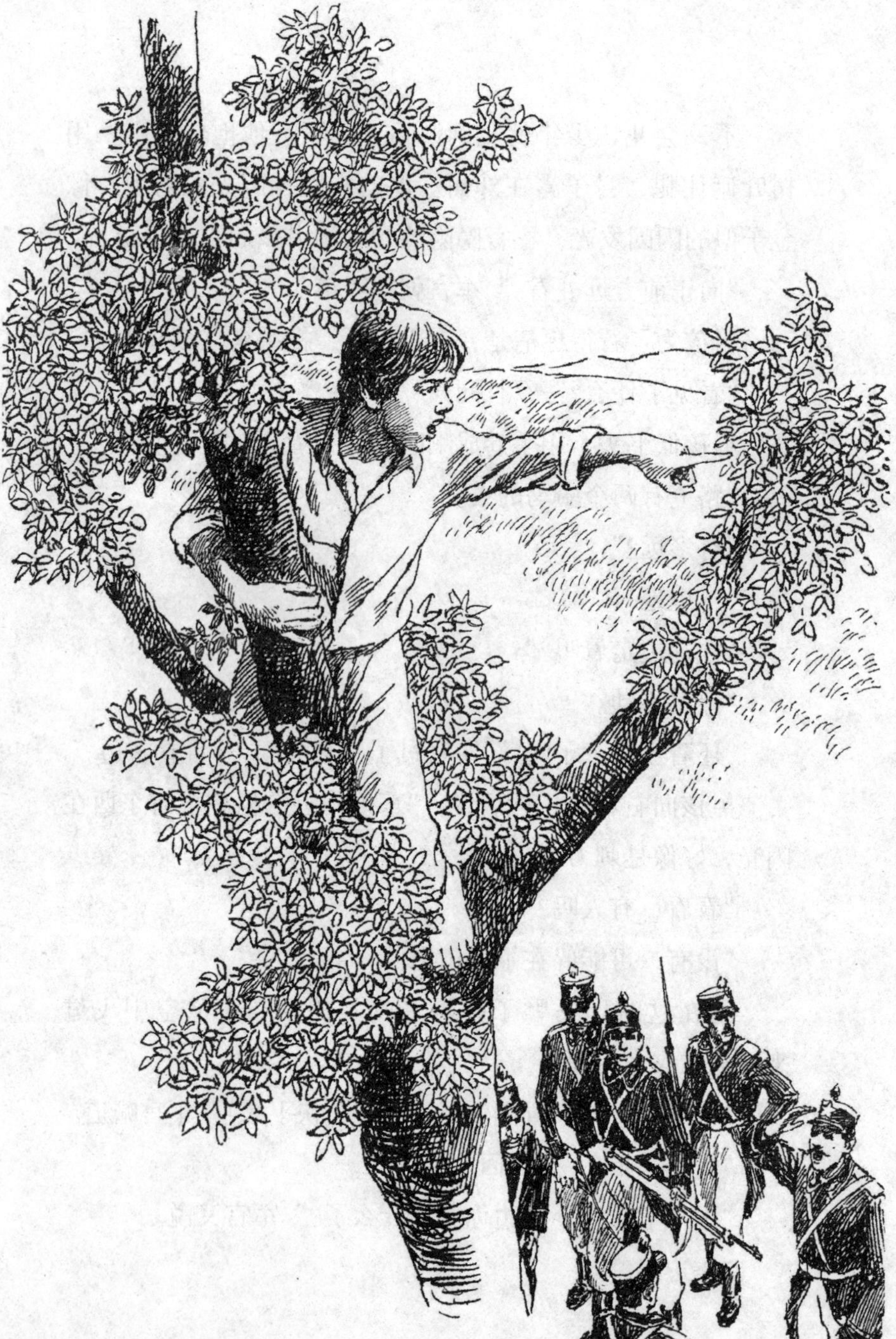

"对，左边。"

少年转头向左看去，又一声更尖更低的呼啸声划破天空。少年吃了一惊，不觉叫道："天哪，直冲我来的！"子弹从他身边擦过。

"快下来！"军官着急地命令道。

"我马上下来，有树挡着我，不要紧。你说看左边有什么吗？"少年问道。

"是左边，但你要马上下来。"军官说。

"左边，"少年喊了一声，移步向左，"有个教堂，好像看见……"

男孩正说着，突然随着第三次子弹发狂的呼啸声，只见他从树上跌下来，中间被树枝挡了一下，随后就头朝下，双臂张开，朝地上直直地栽了下来。

"糟糕！"军官喊着跑上去。

少年仰面摔到地上，双臂伸开，鲜血从他的左胸处流淌出来。下士和两个士兵跳下马，军官弯下腰，撩开少年的衬衫，子弹击中了他的左肺。

"他死了！"军官叹息道。

"不！他还活着。"下士说。

"啊，可怜的孩子，好孩子，勇敢些！勇敢些！"军官喊道。

正当军官边说边用手帕给他按住伤口时，少年又睁开了双眼，但突然他的头一下子歪到一边就断气了。军官面色惨白,看着少年,将少年的头平放在草地上,然后站直身子,注视着小男孩,下士和两个士兵也一动不动地看着少年,其他的士兵则盯着前方的敌人。

"唉,可怜的孩子,多么勇敢的孩子!"军官叹息着说。

说完,军官走到屋前,从窗上摘下了三色国旗,盖在了少年的身体上,只将他的脸露在外面。下士拾起少年的鞋和帽子,木棍和小刀放在他的身边。

他们又默默地站立了片刻,然后,军官转身对下士说:"叫担架来。他是像战士一样牺牲的,也要把他像战士一样来安葬。"说完,他给小男孩一个飞吻,然后下命令说:"上马!"所有的人上了马,队伍集合后又继续前进。

几个小时后,死去的少年男孩就得到了战争给予士兵的荣誉。

日落时分,意大利的先头部队向敌人挺进,一营重炮阻击兵沿着那支骑兵小队清晨走过的荒野小路,分成两路纵队向前行进。这里就是几天前曾与奥地利军队展开浴血激战的瓦圣提诺山。小男孩牺牲的消息在军队离开营地前就已经在士兵中传开。溪边小路从农舍边经过,走在前面的军官们看见白蜡树下三色旗覆盖着的少年,都举起了军刀向他致意,其中一名军官还到开满鲜花的小溪边上摘下几朵鲜花撒在少年的身上。于是,凡是从此路过的士兵都去摘了鲜花放在少年的身上。不一会儿,少年就已经被簇拥在鲜花之中了。军官和士兵经过时都向他致敬,大家都说:"好样的小伦巴第的战士!""永别了,孩子!""安息吧,金发男孩!""万岁!""光荣!""永别了!孩子。"一个军官还把自己的勋章抛到少年的身上,另一个上前吻了一下少年的前额。鲜花雨点般地不停地撒在少年的脚上、被献血染红的胸前和金发的头上。少年安详地躺在草地上,身上覆盖着国旗,苍白的脸上略带微笑。可怜的孩子,他好像听到了人们对他的致意,他为献身他的伦巴第而感到骄傲。

穷 人

29日 星期二

孩子,能像伦巴第男孩一样为祖国捐躯是一种极其高尚的品德,但是,你也不应该忽略小的事情。今天上午,从学校回家的路上,你在我前面走着,有一个穷苦的妇人,她膝上抱着一个脸色苍白的小孩子,向你乞讨,而你只看了她一眼,尽管你口袋里是有钱的,但你什么也没有给她。听我说,孩子,你在走过向你乞讨的穷苦人面前的时候,千万不能装作无动于衷,尤其是不要对为自己的孩子乞求一个小钱的母亲视而不见。或许那个孩子正饿着肚子,做母亲的人心都碎了。你想一想,如果有一天母亲对你说:"恩里科,我没有面包给你吃了。"你可以想象你母亲是怎样悲伤吧?每次当我给乞丐一点钱,他对我说"上帝会保佑你和孩子们的健康"的时候，你不能理解这句话会给我多大的安慰。我会对那个穷人感激不尽，真觉得他的祝福会使我的健康长久，心里感到很满足。我觉得那个穷苦人给予我的倒比我给他的更多！你也应该这样做，让我也能听到你从穷苦人那里得到的祝福。从你的小口袋里不时地掏出钱，放在无依无靠的老人、缺少食物的母亲、失去孩子的母亲手上。穷苦人喜欢孩子们的施舍，因为孩子们不会欺辱他们，因为他们也像孩子们一样，需要有人援助。在学校周围你总能看到乞讨的穷人。大人的施舍只不过是一种行为，而孩子们的给予除了慈善外还有亲切感，你明白这其中的道理吗？就好像钱和鲜花同时从你手中滑落一样。你想一想吧，你拥有一切，而他们却一无所有；你希望幸福，而他们却在苟且偷生。你想一想在繁华的城市里，在高楼大厦之间，街头巷尾马车穿行，但就是在那些穿着绫罗绸缎的孩子们中间，还有很多妇女和孩子却生活在饥寒交迫之中，这是多么可怕呀。他们吃不饱饭，我的上帝！像你一样听话、聪明的孩子们却在城市里饥寒交迫，如同荒原中饥饿的野兽！恩里科啊！今后再走过乞讨的母亲面前时千万不要一分钱不给就走开呀！

——你的父亲

12月

小商人

1日　星期四

父亲要我在假期里每天都邀请一位同学到家里来玩,或者我去看他们,这样可以渐渐地和大家熟悉起来。星期日,我准备同沃蒂尼去散步,就是那个穿着讲究打扮、非常嫉妒德罗西的同学。今天,卡洛菲到我们家来了,他就是那个杂货店老板的儿子,身材又高又瘦,长着鹰钩鼻子,他的眼睛很小,很狡猾,总像在到处搜寻什么。他这个人很特别,没事就数口袋里的钱,扳着指头都能算得出钱数来。做乘法可以不用乘法表。他爱攒钱,已经在学校储蓄银行开了户头。我敢肯定,他从不花一分钱,如果从他座位上掉下一分钱,他能花上一个星期去找回来。德罗西说他像喜鹊一样,不论什么东西,废钢笔、旧邮票、大头针、蜡烛头,他都积攒起来。他集邮已经两年多了,在大集邮册里已经收集了几百张世界各国的邮票,他说等邮票装满后就去卖给书店老板。书店老板也因为卡洛菲经常带许多孩子们到书店去买书,就送给他一些练习本。卡洛菲也喜爱在学校里做一些交易,他经常把一些小东西或彩票拿到学校里来卖,或拿东西与别人交换,有时又后悔,便把自己的东西要回来。他一个铜币买的东西,卖给别人要四个铜币,他玩钢笔尖的游戏从没输过,还把旧报纸卖给杂货店老板。他有个小账本,记满了他的各种账目。他在学校里除了算术课外,其他什么功课都不学,即便他各门课也想得奖,那也不过是因为奖赏是免费看木偶戏罢了。我倒很喜欢他,因为他让我开心。我们一起做卖东西的游戏,用秤和砣学做买卖。他像店老板一样,知道每样东西的价钱,认秤学做买卖,包东西既快又好。他说他一毕业就要开个店,做他发明的新生意。我给了他几张外国邮票,他高兴极了,他竟然能准确地告诉我每一张邮票的集邮价值。我父亲假装在一旁看报纸,其实在蛮有兴趣地听他讲话。他的衣袋里总是装满了各式各样的小东西,但他外面总穿一件长长的黑衣服把口袋遮住。他经常摆出生意人那种若有所思和忙忙碌碌的样子。但是他最喜欢的还是集邮了。集邮是他的财宝,一说起集邮,他总是百谈不厌,好像集邮能给他带来好运似的。同学们都说他吝啬、贪得无厌,我却不知道为什么很喜欢他,因为我觉得他像大人一样,教会了我许多东西。木柴商的儿子柯莱蒂断言他在关键时刻决不会舍得拿出自己的邮票去救他母亲的命。我父亲不同意这种说法,父亲对我说:"还是等等再下结论吧,他有某个弱点,但心还是好的嘛!"

虚荣心

5日　星期一

　　昨天,我和沃蒂尼还有他的父亲在里沃利大街上散步。经过多拉·戈罗萨河街的时候,我们看见斯塔尔迪正直愣愣地站在一家书店前,盯着人家橱窗里的一张地图在看。谁也不知道他在那里站了有多久了,他就是在街上也要用功的。我们和他打招呼,他也只是略略一回头就算了,那个无礼的家伙!

　　沃蒂尼穿得非常漂亮,甚至有些过分了。他脚着一双绣着红线的摩洛哥皮靴,上衣是绣花的,还缀着丝扣,头戴一顶白色海狸皮的帽子,胸前还挂着怀表,迈着大步走着。不过这一次,沃蒂尼由于虚荣心没有得到满足,因此很不快活。事情是这样的:我们在里沃利大街上走了一大段路程以后,他父亲因为走得慢,远远地落在我们后面。我们俩走到一条石凳跟前,看见一个衣着很朴素的男孩子正坐在那里,他垂着头,好像很疲倦、很忧郁的样子。还有一个人在树底下一边踱着步,一边读着报纸,看那样子像是那个孩子的父亲。我们在凳子上坐下来,沃蒂尼坐在我同那个孩子中间。忽然,沃蒂尼好像想起他的漂亮装束来了,想向那个男孩子炫耀一番。他抬起脚来对我说:

"你看见我的靴子吗？"实际上是想给那个孩子看的，可是那个孩子却毫不理会。

沃蒂尼放下腿，又让我看他衣服上的丝扣，同时用眼角偷偷地瞟了一眼那个男孩，说他不喜欢这些丝扣，想把它们换成银色扣子，可那孩子还是没有理会。

沃蒂尼又把海狸皮帽子摘下来，用食指顶着打转，那男孩子却好像故意似的，连看都不看一眼。

沃蒂尼生气了，又把怀表掏出来，打开盖子，叫我看里面的零件，那男孩子连头都没有回。

"是镀金的吗？"我问。

"不，是纯金的。"他回答说。

"不会是纯金的，一定有些银呢。"

"哪里，不会有银的！"他反驳说，一边把表拿到男孩面前，对他说，"你看，这不是纯金的吗？"

那个男孩子只简短地说了一声："不知道。"

沃蒂尼听了，大生其气，喊道："嗬，真傲慢！"

这时，正好沃蒂尼的父亲走过来，听见了他的话。他盯着男孩看了一会儿，严厉地对儿子说："住口！"一边弯身附着沃蒂尼的耳朵说："他是个瞎子！"

沃蒂尼一下子跳起来，去看那孩子的脸，他的眼睛就像玻璃做的一样，什么也看不见。

沃蒂尼知道自己错了，一句话也不说，只低头看着地下，最后他结结巴巴地说："对不起，我不知道。"

那男孩明白了他的意思,脸上带着一种既亲切而又悲伤的微笑说:"噢,没什么!"

沃蒂尼尽管很爱虚荣,但他的心地并不坏。后来,一路上他都没有再笑过。

初　雪
10日　星期六

要和在里沃利大街上的散步告别了,因为,孩子们最喜爱的好朋友来了——下雪了!从昨天晚上开始,雪就像茉莉花瓣似的,从天上大片大片地落下来。今天早晨,到处都是白茫茫的一片,雪花不停地打在玻璃窗上,窗台上积起了厚厚的一层雪,真是美极了!就连老师也搓着手,不时地向窗外观看。大家一想起打雪仗呀、溜冰呀,围在火炉旁边听讲有趣的故事呀,就高兴得不得了,谁也无心上课了。只有斯塔尔迪一个人,两手抱着头,全神贯注地听课,毫不注意下雪的事。

外面多美呀!一放学,大家就都跑到街上去了,跳呀,喊叫呀,用手去抓雪呀,在雪地里跑来跑去地玩呀,就像小狗在水中蹦跳似的,快活极了!学生们的父母们在外面等着接自己的孩子,他们的伞全白了,警察的帽子也白了,我们的书包一会儿也变成了白色。人人都高兴得发疯了,连那个铁匠的儿子——脸上从来没有一丝笑容、整天面无血色的普雷科西今天也高兴起来了。从马下救出小孩的罗贝蒂也可怜地拄着拐杖在雪地上跳着。卡拉布里亚的孩子从未见过雪，他们把雪捏成一团，像桃子一样地啃着吃起来。卖菜人家的孩子克罗西装了满满一书包雪。小泥瓦匠最好笑，我父亲对他说叫他明天到家里来玩的时候，他嘴里正塞满了雪，来不及吐出来，也咽不下去，说不出话来，只好睁大眼睛站在那儿望着我们，逗得同学们都哈哈大笑起来。女老师们今天也都踏着雪，跑到外面来了，高兴地笑着。我一年级快班的女老师，就是那个身材矮小的老师，脸上戴着绿色的细纱，咳嗽着，也从学校里跑出来看下雪。邻近学校的女孩子们，也在皑皑的白雪地上跳着、尖声地叫唤着、嬉戏着从我们身边跑过去。老师们、工友们和警察都冲着她们喊道："快回家吧！快回去吧！"雪片在他们的嘴边飞舞，染白了他们的胡须。他们高兴地看着在雪地中狂欢庆祝冬天来临的学生们，好像他们也在庆祝冬天的来临。

你们庆祝冬天来临了，你们这么高兴，可是你们要知道，世界上还有许许多多缺衣少食、无火暖身的孩子。还有许多乡村里的孩子，为了求学，要用冻裂流血的双手，从很远的家里抱上一捆劈柴去上学。还有不少学校几乎被大雪埋没，教室里阴暗、寒冷，孩子们冻得牙齿发颤，一边上课，一边担心地看着窗外茫茫的大雪，害怕积雪会压垮他们的住房。孩子们啊，你们在庆祝冬天来临的时候，千万不要忘记，冬天也会给成千上万的人带来死亡和灾难。

——你的父亲

小泥瓦匠

11日　星期日

今天小泥瓦匠到我家里来了，穿了他父亲的一件旧猎装，上面还沾着石灰和石粉。其实，父亲比我还想让小泥瓦匠来我家呢。小泥瓦匠今天来我家，我们高兴极了！他一进门，就摘下被雪打湿了的帽子，塞进衣袋里，带着小蒜头鼻子，像干了一天活拖着疲惫身体的工人似的慢慢走进来，他那张苹果般的小圆脸在房间里到处张望。进了餐厅，他照例先把里面的陈设环视了一下，看到墙上那张驼背小丑利克莱托的画像，就做了一个"兔脸"——他做小兔脸谁看了都会忍不住发笑。

我们一起玩积木。他特别能搭塔和桥，一眨眼的工夫他就能搭成一座塔或一座桥。他搭积木时那种严肃认真的样子，俨然像个大人。他一边玩着积木，一边给我说他家里的事。他家住在一间阁楼上，父亲每天下班后还要到夜校去学习，母亲是比耶拉人，给有钱人家洗衣服。看得出来，他的父母一定很疼爱他，虽然他穿得不好，却总是暖暖和和的，即使破了的地方也是整整齐齐缝补过的。还看

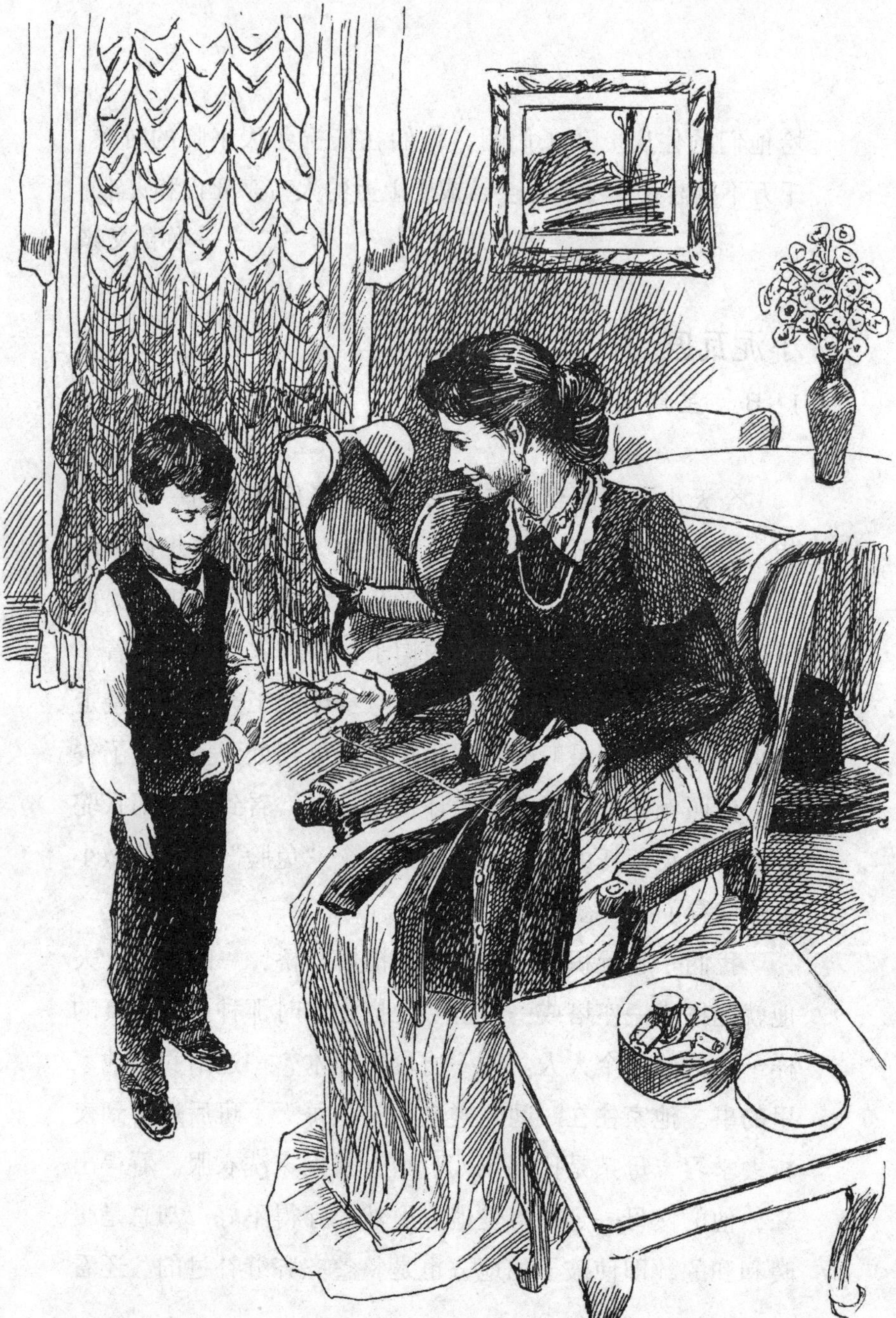

得出，领带也是母亲给他结得好好的。他告诉我，他父亲身材高大，进出家门都要低头，但没有脾气，待人很和蔼，叫儿子兔鼻子。而他呢，却和父亲不一样，是个小个子。

到了四点钟，我们坐在沙发上吃点心，有面包和山羊奶酪。吃完点心站起来的时候，我发现小泥瓦匠坐的那把椅子的靠背被他衣服上的石灰弄白了一块，我正要用手去掸，可不知为什么，父亲却拉住了我。这以后，父母自己悄悄地把椅子掸干净了。

我们正玩的时候，小泥瓦匠的猎装纽扣忽然掉了一个，母亲又给他钉上去，他红着脸不知道怎么办才好，屏住呼吸，不好意思地站在旁边看着。

后来我拿了几本漫画册给他看，他情不自禁地做出画里的各种滑稽样子，学得那么逼真，逗得父亲哈哈大笑。今天他玩得非常高兴，回去时，连帽子都忘戴了。走到门口，他回过头来，为了表示感谢，又给我做了一次兔脸。他叫安东尼奥·拉布科，今年八岁八个月……

儿子，你知道为什么我不让你掸掉椅子上的白灰吗？因为你当着同学的面这样做，就等于是责备他把椅子弄脏了，这样做不好。因为，首先他并不是故意弄脏的，而且他穿的是他父亲的衣服，上面的石灰是他父亲在劳动的时候沾上的。凡是劳动所带来的，不论是尘土、石灰、油漆，或是其他的什么东西，都不是肮脏的。劳动并不肮

爱的教育 | 061

脏。当你看到辛勤劳动一天回来后的人们时,千万不能说:"这个人真脏!"而应该说:他衣服上的是劳动的痕迹。牢记我的话吧。你要爱小泥瓦匠,因为首先他是你的同学,其次他是工人的儿子。

——你的父亲

一只雪球

16日　星期五

今天雪还是下个不停。我们放学的时候,在校门口发生了一件不幸的事。一大群孩子刚从学校出来,到了大街上,就把雪团成坚硬的大雪球,打起雪仗来。路上行人很多,其中有一个向他们喝道:"别打了,真淘气!"语音刚落,就听见街那边传来一声惊叫,随着惊叫声只见一位老人双手捂着脸,在雪地上摇摇晃晃地走着,帽子也落在地上,他身边的一个小孩子大声喊道:"救人啊!来人啊!"人们从四面一下子围上去,一看,原来是雪球打中了老人的一只眼睛。孩子们一看见这种情况都吓跑了。当时我正站在书店门口,等我父亲进去买书出来。这时我看到有几个我们班的同学朝这里跑过来,里面有卡罗内、柯莱蒂、小泥瓦匠,还有喜爱集邮的卡洛菲。他们站在旁边的人群里,装着在看书店里的橱窗。这时,老人身边已经围了一大群人,警察和另外几个人在人群中喊道:"谁?是谁扔的？是不是你们？到底是谁干的？"一边察看孩子们的手是不是湿的，想找出扔雪球的人来。卡洛菲就站在我跟前，脸色煞白像个死人一样，全身都在发抖。"谁？是谁干的？"人群中还有人在嚷着。这时我听见卡罗内低声对卡洛菲说："快去承认了吧，要不让别人替罪，太卑鄙了。""我不是故意的。"卡洛菲说，身体抖得像一片树叶。"那也没有关系，你应该去承认！"卡罗内又说。"我害怕！""不要怕，我陪你去。"警察和人群喊得更凶了。"谁？谁？把眼镜打碎，玻璃扎进眼里，眼睛都要弄瞎啦！坏蛋！"我想卡洛菲一定要晕倒了。卡罗内对他说："来，我保护你！"一边拉着他的胳膊，像扶病人似的把他拉过去。人们一看到这情景，立刻明白是卡洛菲干的了，有几个人跑到他面前，举起拳头想打他，卡罗内走上去喊道："你们十几个大人来对付一个小孩子吗？"于是那些人把手收回去了。警察抓住卡洛菲的手，推开众人，把他带到一家卖面条的店铺里，受伤的老人已先被抬到那儿了。我一看见老人，就认出来了，他就是住在我家楼上第五层的一个老雇员，他还有一个侄孙在我们学校读书。老人仰面躺在一张长椅上，一只眼睛上用手帕捂着。卡洛菲吓得半死，哭着说："我不是故意的！我不是故意的！"有两三个人把他用力推进铺子里去，大声呵斥道："跪下去求饶！"一边想把他按到地上。这时，忽然有人用胳膊把卡洛菲搀住，并坚决地说："先生们，不要这样！既然他有勇气承认错误，就不能再这

爱的教育 | 063

样对待他！"大家马上注意到说话的人是我们校长，刚才所发生的一切他都看到了，校长讲了以后大家都不作声了。校长对卡洛菲说："快向老人赔礼！"卡洛菲哇的一声哭起来，抱住老人的双膝，老人伸手抚摸着他的头。这时大家齐声说道："去吧，孩子！快回家去吧！"父亲拉着我从人群中走出来，在回家的路上，他对我说："恩里科，要是你在这种情况下，你有勇气承认错误，承担自己的责任吗？"我回答说："有。"父亲又说："那么，你向我起誓说你会这样做！""我向你发誓，父亲！"

学校里的女教师
17日　星期六

今天，卡洛菲担心老师会惩罚他，结果老师没有来，因为没有代课老师，就由学校一位女教师克罗米夫人给我们上课。克罗米老师有两个比我们大得多的儿子。除了教学生以外，她还给妇女们上过课。现在这些妇女都送自己的孩子到我们学校上学。老师的一个儿子今天正生病，所以心情不太好。同学们一看是她来代课，就开始喧闹起来。老师一看见这种情况，耐心地对我们说："你们要尊重我，我的头发都白了，我不仅是老师，也是个母亲呢。"老师说过后，就连那个厚脸皮的、经常偷偷讥笑人的弗兰蒂也不敢作声了。因为克罗米老师教我们，她的班就由德尔卡蒂老师去教了，由另一个外号叫修女的老师去教德尔卡蒂老师的班。这个老师经常穿着黑衣服和黑罩衣，小小的脸庞，脸色很白，头发总是梳得整整齐齐的，她有一双明亮的眼睛，嗓音不高，讲课的时候仿佛在低声祈祷似的。我母亲说，尽管她那么柔和、腼腆，说话声音细如丝，甚至几乎听不见，从来也不会发脾气，却能让孩子们听话，就连那些最调皮的孩子都是一样，只要她用手一指，都赶紧低下头去不作声了。她上课时教室里总是像教堂里一样安静，所以大家才都叫她修女呢。一年级还有另外一个女老师，我也很喜欢。她的脸总是红红的，像玫瑰花一样，上面还有两个漂亮的小酒窝，帽子上插着一支红色的羽毛，脖子上戴着一个黄色玻璃的小十字架。她很活泼，所以班里的学生也都很活泼。她的声音像银铃，听起来像在唱歌一样。孩子们喧闹的时候，她就用教鞭敲桌子，或拍手叫他们安静下来。放学的时候，她也像个孩子似的，站在学生后面，让他们排好队，给他们披好斗篷，扣好外套，免得他们着凉。为了避免他们打闹，她一直要把孩子们送到大街上。她不让家长们打孩子，还常常把药送给咳嗽的孩子。哪个孩子冷了，她就把自己的暖手筒借给他。那些小孩子经常缠住她，他们有的要抚摸她，有的要她去亲吻他们，还有的去拉她的头巾和斗篷，她总是微笑着，听任他们去做，然后一个个地去吻他们。她回到家里的时候，身上的衣服全都弄皱了，喘着气，喉咙也发干了，但她还是很快活。

另外，她还给女子学校教绘画课，她用自己的薪金养活母亲和弟弟。

在受伤者家
18日　星期日

被卡洛菲的雪球打伤一只眼睛的老职员的侄子是帽子上插着红羽毛老师的学生，我们刚刚在他叔叔的家里见到了他。他叔叔待他像待亲儿子。今天我刚抄完老师让我抄的下周要用的每月故事《佛罗伦萨的小抄写匠》，父亲就对我说："我们到五楼去看看那位老人的眼睛怎么样了。"老人住的屋子里很昏暗，我们进去的时候，老人正靠着枕头半卧在床上，床前坐着他的老妻，他的侄子在墙角玩耍。老人那只受伤的眼睛上还裹着绷带。看见我和父亲，老人很高兴，他叫我们坐下以后，就告诉父亲说他的眼睛好多了，眼睛没有失明，过几天就可以康复了。他说："这真是谁也没有预料到的事情，那可怜的孩子给吓坏了。"他又说给他看病的医生该来了。正说着，门铃响了。"医生来了！"老人的妻子说着便去开门。但你猜我看到了谁？卡洛菲。他穿着长斗篷，低着头，站在门口，不敢走进来。"谁？"老人问。"是那个扔雪球的孩子。"父亲说。老人听说是他，就说："啊，可怜的孩子，快进来！你是来看我的吗？我已经好多了，请不要挂念！已经差不多全好了。到这边来！"卡洛菲非常心慌，没有看见我们，他走到老人身边，费了很大劲才没有哭出来。老人抚摸着他，对他说："谢谢你！回去告诉你父母，就说一切都好，请他们不用担心。"卡洛菲仍旧站着不动，好像有什么话要说，却又不敢说。"还有什么事吗？""没——没有了。"老人的侄子送他出去。卡洛菲走到门口，忽然站住，向老人的侄子转过身来。那孩子望着他，不知道他要做什么。忽然，卡洛菲从斗篷下面拿出一件东西来，低声说了一句："给你！"转身就走了。那孩子把东西拿过来，交给他叔叔。那上面写着"赠给……"几个字。他们打开一看，不禁惊叫起来，原来是卡洛菲常常提起的那本最心爱的邮票集。他把自己费了很多心血和辛苦，寄予了很大希望，宝贵得像生命一样的东西当作回报老人原谅他的礼物。

佛罗伦萨的小抄写匠（每月故事）

他是一个小学四年级的学生，是一个长着黑头发、白皙而文雅的十二岁的佛罗伦萨的少年。他是长子，他的父亲是铁路职员，养活着一大家子人，可是挣的钱很少，生活很拮据。父亲很喜欢他，对他百般溺爱，但是对他的功课却要求很严格，因为他想要儿子将来能找个工作帮助他养活全家。所以为了能够早点帮助家里，这个儿子学习非常用功，但父亲还是一再督促他，要求他加倍努力。

父亲已经上了年纪，过度的操劳使他显得苍老，然而为了贴补家中的费用，除了已经使他感到吃力的公事以外，他还到处去找额外的抄抄写写的活来干，为此，他常常要工作到深夜。最近，他又找到为一家书籍杂志社发邮件的差事，要将用户的姓名和地址工整地用印刷体的字体写在贴在邮件上的邮签条上，每书写五百张可赚三个里拉。这个工作使他很劳累，他常在吃晚饭时在饭桌上向家里人抱怨："我的眼睛不行了，这样熬夜真会要我的命呢。"一天，儿子对他说："我来替你抄吧，爸爸，我能写得和你写的一样好。"可是父亲回答说："不，我的孩子，你应该学习，你的功课比我的条子重要。哪怕是占用你一个小时的时间，我都会懊悔的。谢谢你，但这件事我不能答应，以后不要再和我提起这件事了。"

他知道在这种事情上和父亲争论是没有用的，便不再要求，但他另有打算。他知道父亲每夜十二点会准时停下笔来，去卧室休息。因为好几次，钟一打十二点，他就听见挪动椅子和缓慢的脚步声。一天夜里，他等父亲睡了以后，轻轻地穿好衣服，摸着黑走到父亲的书房里，点上煤油灯，在桌子跟前坐下来。桌子上放着一大堆空白纸条和一张订户的姓名地址清单。他拿起笔模仿着父亲的笔迹开始抄了起来。他用心写着，既感到高兴，又有点害怕。写了一会儿,纸条渐渐积多了,他于是停下笔来,搓一搓手,再接着往下写。他侧耳听着动静,心里感到很高兴。他一共写了一百六十条——有一个里拉了!他停下笔来,把笔放回原处,熄了灯,蹑手蹑脚地回到床上去睡觉了。

第二天午饭时,父亲兴致很好,他什么也没有察觉,因为每夜他只是机械地按钟点抄写,一边还考虑别的事情,只是到了第二天才数他写下的纸条。父亲拍着儿子的肩说:"嘿,朱利奥,你父亲还很能干呢,昨晚两个钟头就比平常多抄了整整三分之一的条子,我的手还很灵活,眼睛也还中用哩。"他没有作声,心里却很高兴。他悄悄地对自己说:"可怜的爸爸,除了赚钱我还能使你快活,叫你觉得自己又变年轻了。好,就这样继续干下去吧!"

受到成功的鼓舞,当晚等到钟打过十二点以后,他又起来工作了。他连着写了好几夜,父亲丝毫都没有察觉。只是有一天吃晚饭时,父亲说:"奇怪,近来家里灯油突然用得多了!"他不禁怔了一下,好在父亲没再说什么,于是他还是在夜里继续抄写。然而,因为他每夜都要起来,渐渐地感到睡眠不足,早晨起床时总感到疲倦,晚上做功课也提不起精神来。终于,一天晚上,他有生以来第一次伏在练习本上睡着了。

"喂,努力呀!用心做你的功课!"父亲拍着手把他叫醒。他振作起精神接着做作业。可是第二天、第三天,天天如此,甚至更糟。他总要趴在书本上打盹,早上总也不想起床，学习也是无精打采的，好像他对学习已经厌倦了。父亲开始注意他，认真地考虑着，终于有一天忍不住责备他了。这在以前是从来没有发生过的。

一天早晨，父亲对他说："朱利奥，你越来越不像话了，你和从前完全不一样了，我不喜欢你这样。你要记住，全家的希望都寄托在你的身上呢！我对你很不满意，你明白吗？"

这是他第一次受到这么严厉的责备，心里十分难过。他想："的确，不能再这样下去了，这件事必须停止了。"

就在那天晚饭时，他父亲高兴地说："这个月我抄纸条比上月多挣了三十二里拉！"说着从抽屉里拿出一袋糖果来，这是他买来准备和孩子一起庆祝这个额外收入的。全家人都高兴得欢呼起来。

于是他又鼓起勇气，心想："啊，可怜的爸爸，我还是得瞒着你。白天我可以多用点功，晚上我还是要为你和全家人工作。"父亲接着又说："多了三十二里拉，这当然很好，只是那个孩子——"说着指了指朱利奥，"我很不喜欢，他让我失望。"他默默地接受着父亲的责备，用力忍住就要流出来的泪水，但心里还是感到无限的甜蜜。

朱利奥继续拼命地工作，可是由于日夜不停的劳累，终于使他感到支持不住了。这样过了两个月，父亲仍是责备儿子，对他的怒气也越来越大了。一天，父亲去向老师了解情况，老师说："噢，他的功课还过得去，因为他很聪明。但学习不像以前用心了,上课总是打瞌睡,思想很不集中,作文也不好好写,只是短短地写上三言五语,而且字迹也很潦草。他本来可以学得更多,学得更好些。"

那天晚上父亲把朱利奥叫到一边,用了比平常更加严厉的语气对他说:"朱利奥,你看见了,为了全家我竭尽全力地工作,你却一点儿都不能分担,也不为你的母亲和弟妹们着想!"

"啊,爸爸,并不是这样,请不要这么说!"朱利奥哭着说道,想把一切都说出来。但他父亲打断了他的话:"你很明白家里的境况,你也知道,每个人都得刻苦努力,日子才能维持下去。我自己就在做着双倍的工作。本来我还指望这个月能从公司得到一百里拉的奖金,今天早晨我才知道那笔钱是毫无指望了!"

朱利奥听到这个消息,把已经到口边的话又咽了回去,暗自下决心说:"不,爸爸,我什么都不告诉你,为了你和全家人,我得守住这个秘密。叫父亲伤心的地方,可以用别的办法来补偿。功课一定得努力学好,一定要升级。最重要的是帮助你养活一家人,减轻你的负担。"

又过了两个月,儿子还是白天黑夜地拼命干着,父亲仍旧不停地责备儿子。最令人痛心的是,父亲对他渐渐冷淡了,很少和他说话,好像他是一个不肖之子,没有什么指望了,而且尽量回避他,不想见他的面。朱利奥看出了这种情况,心里非常痛苦。父亲转过脸不理他的时候,他就从背后偷偷地吻着父亲,眼光中充满了无限的悲哀和柔情。最后由于内心的悲伤和身体的疲劳,他变得越来越憔悴,对功课也越来越不注意了。他很清楚,这事非停止不可,而且每晚都对自己说:"今晚不起来了。"可是一到十二点,他的决心便动摇了,好像躺着不起来就是逃避自己的义务,就好像偷了家里的一个里拉。他想,也许有一天父亲醒来会看见他,或者在数纸条的时候会偶然发现这件事,到那时一切就都会顺其自然地结束,不用他主动讲出这件事,更何况他也没有勇气讲出来,所以他还是照旧工作着。

一天晚上,父亲说了一句话,使他彻底绝望了。晚饭时,母亲望着朱利奥,觉得他的脸色比平时更不好了,便对他说:"朱利奥,你病了。"说着她转过身去,非常焦急地对父亲说:"朱利奥病了,你看他的脸色多么苍白!朱利奥,我的孩子,你觉得不舒服吗?"

父亲瞟了他一眼,说:"那是因为他心里有愧,才生病的,他以前用功读书是好孩子的时候可不是这个样子。"

"可是,他现在生病了。"母亲哀叹着说。

"这对我无所谓了。"父亲回答道。

听了父亲的话,朱利奥心如刀割。唉,父亲觉得他已经无所谓了,再也不管他了!过去只要他咳嗽一声,父亲都会担心得了不得,现在却再也不爱他了。毫无疑问,父亲心里再也没有他这个人了。他心里极度痛苦,对自己说:"噢,不,我的父亲,现在一切都结束了,没有你的爱我无法生活,我要重新获得你的全部的爱,要把一切都告诉你,再不瞒你了。我还要像从前一样用功学习,只要你还像从前一样爱我。啊,可怜的爸爸,这次我真下决心了!"

然而那天晚上,他还是习惯性地起床了,他想在寂静的深夜再去看一下父亲那间小书房,去跟它做最后的告别。他曾满足地、深情地在那里秘密地工作了那么长的时间!他走到小桌边点起了灯,又看到了放在那张小书桌上面的纸条,但是今后他再也不能抄写那些已经背熟了的人名和地名了。他感到心里很难过。他不由得拿起笔,想再写上最后几笔。正当他伸手拿笔时,不小心将一本书碰落在地上,他的血呼的一下子就涌上来了。要是父亲醒了怎么办?当然这也不是什么坏事,他也已经打算要将事情的真相全部告诉父亲了。然而,当他想象在这静静的夜里父亲走过来的脚步声时,想到母亲知道了这件事时会是多么吃惊,父亲发现了这一切会感到内疚和惭愧的面容,想到这一切,一时千头万绪,百感交集,他几乎被吓坏了。他屏住呼吸,侧耳倾听,没有一点儿声音。他又把耳朵贴在房门的锁孔上细听,也没有声音。全家人都还在睡觉,父亲也没有听到他的动静。

于是,朱利奥安下心来又开始写了。纸条一张张地积起来。他听到空无一人的街道上传来警察有节奏的脚步声,接着又听到一辆马车经过的声音。突然一片寂静,过了一会儿，又听到几辆马车缓缓走过去的声音。然后又是一片深沉的寂静，只听到远处传来的几声犬吠。

他写啊，写啊。这时父亲已经站在他背后了。父亲在听到书本落地声音的时候就起来了。他等了很久，后来那几辆马车的隆隆声把他的脚步声和轻轻的开门声盖过去了。这时他站在儿子背后，他白发苍苍的头就俯在朱利奥的小黑脑袋上，看着他手中的笔尖在纸上飞快地滑动。这时他一下子全明白了，一切都清楚了。他的心中充满了无限的懊悔和爱怜，他呆呆地站在那里，激动得什么也说不出来。突然朱利奥觉得有一双颤抖的手臂抱住了他的头，不由得呀的一声叫出来，等他听出了是父亲的啜泣声时，他说：

"啊，爸爸，爸爸，原谅我，原谅我！"

父亲使劲地吻着儿子的额头，哽咽地说道："我全明白了，全知道了，是我，是我请你原谅，我的小宝贝，来吧，跟我来。"说着就把儿子带到母亲床前。母亲已经醒了，父亲把他抱起来递到母亲臂怀里，说：

"快亲亲这孩子吧。三个月来他一直不睡觉为我受苦，给我们挣面包吃，我却只管伤他的心！"母亲把朱利奥搂在怀里，一句话也说不出来。最后她说："快去睡觉，我的好孩子，快去睡吧。"又对父亲说，"你抱他上床吧！"

父亲接过朱利奥，把他抱回卧室，放在床上，一边轻轻地抚摸着他，一边喘着气给他把枕头摆好，然后又给他

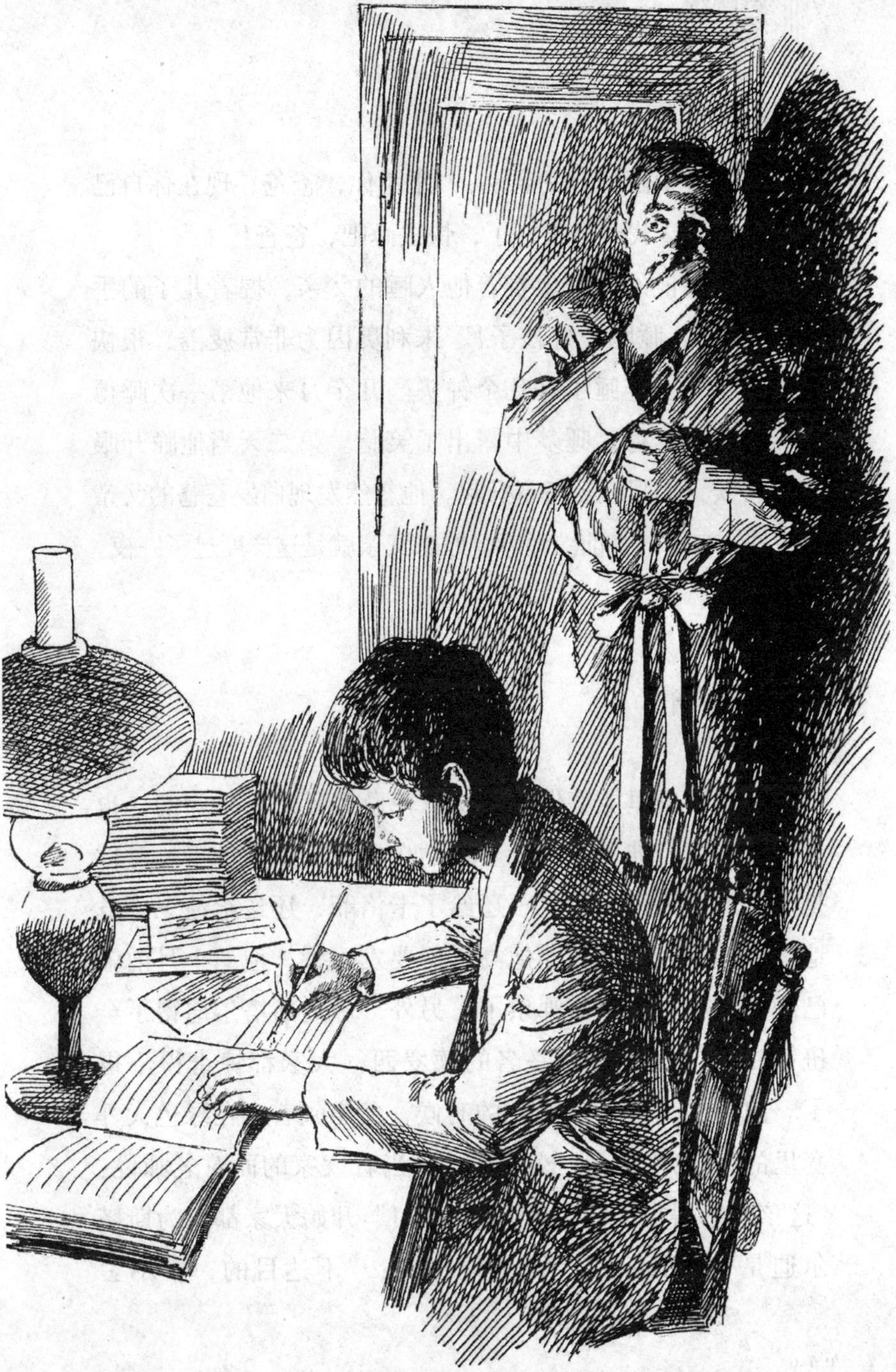

把棉被盖上。

朱利奥不停地对父亲说:"谢谢你,爸爸,现在你自己该去睡觉了,我已经很好了,快去睡吧,爸爸!"

但坐在他的床前想看着他入睡的父亲,握着儿子的手说:"睡吧,睡吧,好孩子!"朱利奥因为非常疲倦,很快就睡着了,一连睡了好几个钟头。几个月来他第一次睡得这样香甜和安稳,睡梦中露出了笑脸。第二天当他睁开眼睛的时候,太阳已经高高升起。他忽然发现白发苍苍的父亲把头埋在自己的胸前熟睡着,原来父亲就是这样度过了一夜。

毅　力

28日　星期三

在我们班里能够做出像佛罗伦萨少年那种行为的,也许只有斯塔尔迪了。今天早晨学校里发生了两件事。一件是受伤的老人把邮票集子还给了卡洛菲,还送给他三张危地马拉的邮票,这真使他高兴得要发疯了,他三个月前就已经开始在搜集这些邮票了。另外一件是斯塔尔迪得了全班第二名,仅次于第一名的德罗西。大家都惊奇得不得了。记得10月里,刚开学的时候,父亲领着裹在绿色大外套里的斯塔尔迪到学校里来时,当着大家的面对老师说:"这孩子笨得很,请老师多操心了!"开始大家都以为斯塔尔迪是个木头脑瓜,可是他却说:"不达目的,誓不罢休!"他不论白天还是黑夜,也不管是在学校还是在家里,甚至在往返学校的路上,他都抓紧时间拼命用功,他像牛一样有耐心,像驴一样执着。别人嘲笑他,他毫不在乎,谁要打扰他学习,他就用脚把你踢开。终于,这个笨头笨脑的人,竟然超过了所有的人。开始的时候他对算术简直一窍不通,作文也净出语法错误。现在他却既会解算术题,又会写文章,课文也读得通顺流畅,像唱歌一样。你一看斯塔尔迪的相貌,就知道他有钢铁一样的毅力:他身材矮小敦实,方方的头,几乎没有脖子,又粗又短的手,说话的声音很粗。他随时随地都在学习,什么破报纸、剧场广告,他都要拿来仔细阅读。他一有钱就去买书,据说他已经有了满满一书架书了。有一次,不知道为什么他很高兴,说要带我去看他的书。平时他很少和别人讲话,也不和别人玩,从未旷过课。他上课时总是用两手扶在太阳穴上,像块石头似的一动不动地坐着听老师讲课。他得第二名,不知道花费了多少力气呢!今天发奖时老师虽然情绪不太好,有点不耐烦,但是给斯塔尔迪发奖时,却对他说:"难得啊,斯塔尔迪,有志者事竟成!"但斯塔尔迪听了,一点儿都没有显出得意的样子来—连笑都没有笑。他一领到奖章,就回到自己的位子上,像平时一样认真听老师讲课,比平时还要用心呢。最有趣的是放学的时候,斯塔尔迪的父亲来接他,他跟儿子长得一样,也是个粗壮、方脸、声音洪亮的人。他一点也没有想到儿子会得奖,还有点不相信，等老师告诉他这是真的时候，他得意地哈哈大笑起来，拍着儿子的颈子用力地说："好样的！棒极了！我的呆儿子，回家吧！"他一边赞叹地望着儿子，一边微笑着。孩子们也都笑了，只有斯塔尔迪一个人还是一本正经的样子。看来，他那个大脑袋里已经在开始琢磨明天的功课了。

感 恩

31日　星期六

我相信，你的同学斯塔尔迪是绝不会抱怨老师不好的。今天你不满意地说："老师在发奖的时候情绪不好，有点不耐烦。"你好好想一想，你自己不是也经常有不耐烦的时候吗？而且还是对你的父母呢！老师有时心情不好是完全可以理解的。你想，老师为孩子们辛苦了那么多年，在他所教的孩子中间，虽然有许多很高尚、很有感情，但是也会有一些不知好歹、轻视老师劳动的人。总的来说，你们带给他的烦恼远远胜过你们给予他的快乐。就是圣人，处于他那样的地位，也难免会动气的，何况老师还有身体不好的时候。而且就是在生病的时候，他也还得忍着痛苦给学生们上课。在这种情况下，老师有些烦躁不是很自然的吗？你们没有注意到老师在生病，甚至还要责怪老师脾气不好，老师的心里该有多么难过！啊，恩里科啊！你要尊敬热爱你的老师，因为他是你的父亲所尊敬热爱的人，因为他把自己的一生都奉献给了孩子们，他是启发你的心灵、培养你的智慧的人，他在你的一生中差不多和你的父亲一样重要。将来，当我和他都已经去世了的时候，当你在回忆起我的时候，你一定也会回忆起他来。即使过了三十年，你一回想起今天在他慈爱的面容上隐现着的痛苦的悲哀和疲劳的表情，你就会为你今天对老师这样冷漠而感到惭愧和痛苦。回想起如今你没有热爱你的老师，对老师态度不好，你会感到难过和悔恨的。热爱你的老师吧，他是全意大利五万名小学教师大家庭中的一员，他们是像你一样成长的亿万儿童心灵的智慧之父，他们得到极其微薄的报酬，却在为培养未来一代的优秀国民而辛勤劳动着。你的老师就是这广大的教师队伍中的一员，所以你要尊敬、热爱他。但是，假如你只爱我，而不爱所有对你好的人，特别是除了父母亲人之外，对你的恩情最深重的老师，那我也不会高兴的。你爱老师要像爱我的兄弟一样，不论他对你亲切的时候，还是当他责备你的时候；不论他是对的时候，还是你认为他是错的时候。他对你和蔼的时候，你要爱他；当你看见他悲伤的时候，更要爱他。永远要爱自己的老师，永远要以尊敬的口吻来称呼"老师"这两个字，因为世界上除了父母亲以外，"老师"就是人与人之间最崇高、最亲切的称呼了。

——你的父亲

1月

代课老师
4日　星期三

父亲说得对，老师情绪不好的确是因为生病的缘故。这三天老师一直没有来上课，由那位没有胡子、个子不高的、年轻的代课教师给我们上课。今天上午发生了一件不好的事情。开始两天，学生们已经在课堂上乱哄哄的了，代课老师脾气非常好，只会对学生说："不要讲话！请你们安静！"所以，学生们就胆子大起来。前一两天已经乱得非常厉害，今天早晨就更不像话了，教室里嗡嗡的说话声盖过了老师的讲课声。老师又是吓唬，又是请求学生们安静下来，但都无济于事。校长还到教室门口来看过两次，可是校长一走开，教室里就又乱得像市场一样了。德罗西和卡罗内用眼色向同学们示意，但这次都不起作用。只有斯塔尔迪一个人静静地坐在位子上，两手抱着头，大概是在想他的图书室吧。长着鹰钩鼻子、爱集邮的卡洛菲正忙着做两个铜币一张的彩票，中彩的可得一个袖珍墨水瓶。其余的人有的说笑，有的拿钢笔敲着桌子，有的用袜子上的松紧带弹着纸团。老师走过去，抓住他们的胳膊来制止他们，有的还给拉到墙角边罚站，可这还是没有一点儿用。老师简直不知道该怎么办了，就一面问我们："你们为什么要捣乱？想叫我罚你们吗？"一说完就用拳头敲着讲台，生气地喊道："安静！你们不要吵了！"从老师的声音可以听得出，他几乎要被气哭了。可是学生们却越闹越凶，教室里几乎听不见老师的说话声了。弗兰蒂向老师投去一个纸团，教室里还有学猫叫的，有用头顶牛的，简直乱得一塌糊涂。突然，有个工友进来对老师说："老师，校长请你去一下。"老师站起来，急忙走出教室，做出完全绝望的样子。于是，学生们闹得更厉害了。忽然卡罗内跳了起来，捏着拳头，怒不可遏地说："不许闹了！你们这些畜生！看见老师好说话就欺负他。要是老师动起武来，你们就会像狗一样趴在地上求饶，无耻的东西！谁要再敢嘲弄老师，我在外面等他，我要打掉他的牙齿，我发誓就是当着他父亲的面我也不怕！"大家都不敢作声了。卡罗内的样子非常威严，眼睛里冒着火，像一头发怒的小狮子，他瞪着那几个最捣蛋的学生，他们一个个地都把头低下去了。等代课老师眼睛红红地回到教室时，班里静悄悄的，连喘气的声音也听不见了。他惊呆了，后来看见卡罗内还是怒气冲冲的样子，他就什么都明白了。他用一种饱含友爱、像对亲兄弟说话的口气对卡罗内说："卡罗内，谢谢你！"

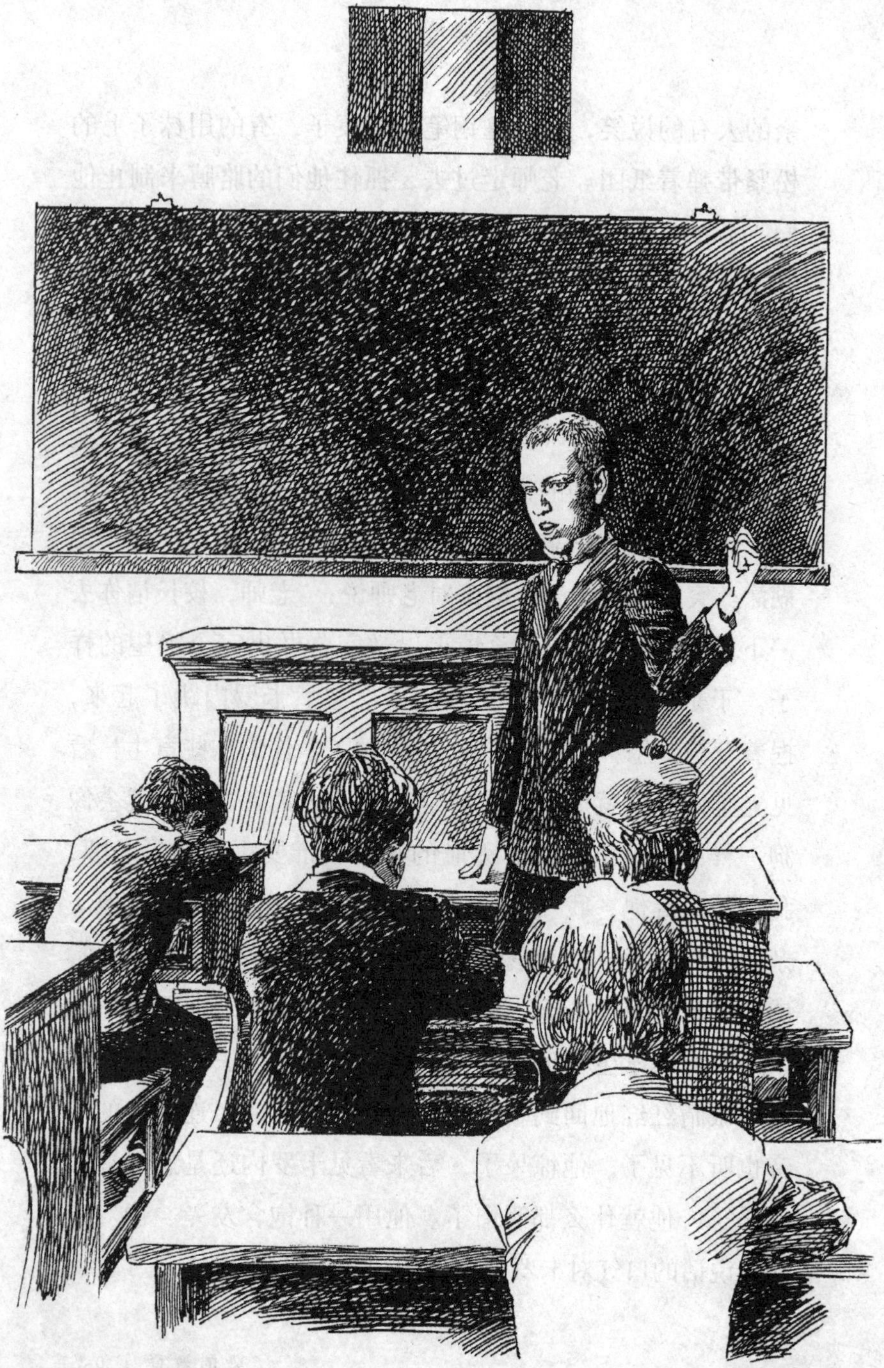

斯塔尔迪的图书室[1]

我去找斯塔尔迪玩,他已经在家里等我了,他家就在学校对面。我一看见他的图书室,就不由得羡慕起来。斯塔尔迪自己没有更多的钱用来买书,但是他把用过的课本和亲戚送给他的书都很好地保存了下来。他把得到的钱都存起来用来买书。就这样,他已经搜集了不少的书。他父亲见他很喜爱书,就给他买了一个漂亮的、带一条绿色帘子的胡桃木书架。他把这些书都包上他喜欢的颜色的书皮。想看书时,只要把书架上的一条细绳轻轻一拉,绿色的布帘就收拢在一边,露出三格各种颜色的书来。这些书都排列得整整齐齐的,书名是用闪闪发光的金字写上去的,其中有故事、旅行札记、诗集,还有小人书。在书架上他很会搭配各种不同颜色的书,他把白色书皮的书摆在红色书皮的书旁边,黄色书皮的书摆在黑色书皮的书旁边,蓝色的又挨着白色的,远远看去,还挺好看的。他常常改变书的排列顺序。他自己还编了一个图书目录,俨然像个图书管理员似的。

只要一有空,他就站在书架前面,掸掸上面的灰尘,或是翻翻书啦,检查一下书皮的装订线是不是掉下来啦。

[1] 原文无日期,类似的其他篇不另注。——编者注

瞧他用那短粗的手指轻轻地打开书，用气轻轻吹开书页的样子，你一定会感到十分有趣。那些书经他这么一整理，看起来就好像是新书一样了。而我的书却都弄破了，不成样子了。每买一本新书他都像过节一样高兴，他都要把它们擦拭得干干净净才放到书架上去，但是过了一会儿，他又把它取出来，再前前后后仔细翻阅观察一番，像是得到一件宝贝似的爱不释手。我在他家整整待了一个小时，除了书别的他什么也没有给我看过。因为看书太多，他的视力都不太好了。我们正玩的时候，他父亲有事进来，他父亲和他一样粗壮，也长着一个大脑袋，看见儿子，就拍拍他的后脖颈，用他那粗大的嗓音说："你看这个大脑袋怎么样，我看会有希望的！"斯塔尔迪任凭父亲使劲地爱抚着，半闭着眼睛，像一只受到爱抚的猎犬似的。不知为什么我竟没敢和他开玩笑，我不觉得他只比我大一岁。我回家的时候，他板着面孔，一本正经地对我说："再会！"我差一点也学大人的口气对他说："向你致敬，再会！"回到家里，我对父亲说："我真搞不明白，斯塔尔迪既没有才能，又没有风度，长相又很可笑，但是不知道为什么，他却使我敬畏。"父亲回答说："因为他有个性。"我又说："我到他家里去，和他待了一个小时，他加起来也没有和我说过几句话，没有给我看过一件玩具，甚至连笑都没笑一下，可是我却很喜欢到他家里去玩。"父亲说："那是因为你钦佩他的缘故。"

铁匠的儿子

的确,我也很钦佩普雷科西,但仅仅说我钦佩他那还远远不能表达我的意思。普雷科西就是那个铁匠的儿子,他身体瘦小,一双善良而忧伤的眼睛,神情懦弱,总是对人说:"对不起,对不起!"而且总是多病多灾的。但是在学习上他却非常用功。他的父亲经常喝得醉醺醺的,回到家里便无缘无故地打他,把他的书和笔记本抓起来就扔了。普雷科西来上学时经常是脸上青一块、紫一块的,有时整个脸都是肿的,眼睛也哭得红红的,但他从来都不说是他父亲打的。同学们说"你父亲又打你了"的时候,他总是嚷着说:"没这回事!没这回事!"不让他父亲丢脸。有一天上课时,老师拿着被火烧了一半的作业本对他说:"这不是你自己烧的吧!"普雷科西声音颤抖地说:"是我不小心把它掉到火里的。"其实我们都明白,是他做作业的时候,他父亲把桌子和油灯一脚踢翻了的。他家就住在我家楼上的阁楼里,从另一边的楼梯就可以上去。看门的女人把他家的事情都告诉了我的母亲。有一天,希尔维娅姐姐还从阳台上听见普雷科西哭叫的声音,原来是普雷科西向父亲要钱买语法书,被他父亲从楼梯上推下来了。他父亲只管喝酒,不务正业,家里常常没有饭吃,普雷科西经常饿着肚子来上课,吃卡罗内给他的面包,或者是一年级小班教过他、总是在帽子上插着红羽毛的老师带给他的苹果。他从来不说他在挨饿、他父亲不给他饭吃的事。偶尔,他父亲路过校门口时,也来接他。他的父亲总是脸色苍白、一副凶狠的样子,头发长长地垂在眼前,歪戴着帽子,站也站不稳。普雷科西一看见父亲就吓得浑身发抖,但他还要装出笑脸朝父亲迎上去,父亲却理都不理他,好像根本没有看见他一样。可怜的普雷科西,他不得不常常修补撕破的笔记本,借别人的书来学习,破了的衣服只好用别针别起来再穿。上体育课的时候,他穿着那么大的鞋,简直没法动作,那情形真是可怜。他的裤子长长地拖在地上,上衣也实在太长了,袖子一直卷到胳膊肘上。就是这样,他还是拼命用功,要是他在家里能安安静静地做他的功课,他会成为班上前几名的。今天早晨,他脸上带着抓痕来上学,同学们见了都说:"这一定是你父亲干的,这次你可不能不承认了吧。你去告诉校长,校长会送他去警察局的。"普雷科西立刻跳起来,红着脸,气得声音发颤地说:"没有这回事!没有这回事!我父亲从来不打我!"可是后来上课的时候,他的眼泪却簌簌地落在课桌上。即使这样,别人看他的时候,他还要装出笑脸来,不让人家看出他是在哭,可怜的普雷科西!明天德罗西、柯莱蒂和奈利要来我家玩,我叫普雷科西也一块儿来。我想叫他和我们一起吃点心,给他书看,让他在家里尽情地玩。等他回去的时候，我要在他的衣袋里装满糖果，让他也能高兴一回，哪怕就是一次也好！啊，可怜的普雷科西，他是多么善良、多么勇敢的好孩子！

快乐的来访

12日　星期四

今天，对我来说是今年中最快乐的一个星期四了。下午两点整，德罗西、柯莱蒂，还有驼背的奈利到我家里来了。普雷科西因为父亲不允许，没有来。德罗西和柯莱蒂进门的时候，他们告诉我，在来的路上他们碰到卖菜妇人的儿子，那个一条胳膊残疾、长着红头发的克罗西，他正拿着一棵大卷心菜在街上卖，准备用卖菜的钱去买钢笔。最近克罗西非常高兴，因为家里人天天盼望的他父亲的来信，今天终于收到了。他在信中说他很快就要从美国回来了。啊，这两个钟头我们玩得真快活！德罗西和柯莱蒂是班里最活泼的两个孩子，我父亲也很喜欢他们。柯莱蒂穿着巧克力色的上衣，戴着猫皮帽子，像个小动物一样，一刻也不闲着，动动这，摸摸那，一清早他已经搬了半车木柴了，可是他一点儿也不觉得疲劳，在我家到处跑着，见了什么都要看一看，嘴上还不停地说着，像只松鼠一样蹦蹦跳跳。他还跑进厨房，他问厨师买十公斤柴要多少钱，说父亲卖的柴四十五个铜子十公斤。他不时地跟我们说起他的父亲，和他父亲在翁贝尔托亲王部下的四十九团参加喀斯托扎战役时的情形。柯莱蒂虽说是在卖柴人家长大的，但举止却很文雅。就像我父亲说的，他天生心地善良，心眼好。德罗西也让我们很开心。他像老师一样熟悉通晓地理。他闭着眼睛就能说出："现在整个意大利就在我的眼前，亚平宁山脉一直延展到爱奥尼亚海边，还有这里那里的河流，美丽的城市，蓝色的海湾和绿色的岛屿。"然后，他能按顺序背出它们的名称来，又快又准确，就像是看着地图讲一样。他仰着头站在那儿，满头金色的鬈发，闭着眼睛，穿着带金纽扣的深蓝色上衣，仪表优雅地站在那儿像尊雕像似的，真让大家羡慕。他把后天在维托里奥王葬礼纪念日要朗诵的近三页稿纸，在一个钟头里就背会了。奈利也充满了感情，赞叹地望着他，在他那双清澈而忧伤的眼睛中出现了微笑。今天同学们来我家玩真使我高兴极了，这件事在我的心里和脑海里留下了深刻的记忆。他们离开的时候，可怜的奈利夹在两个高大健壮的人中间，他们用手挽着他，使从来未笑过的奈利也开心地笑了。这件事也让我很高兴。回到餐厅时，我发现那张驼背小丑利克莱托的画像不见了，原来是父亲怕奈利看见，悄悄地摘掉了。

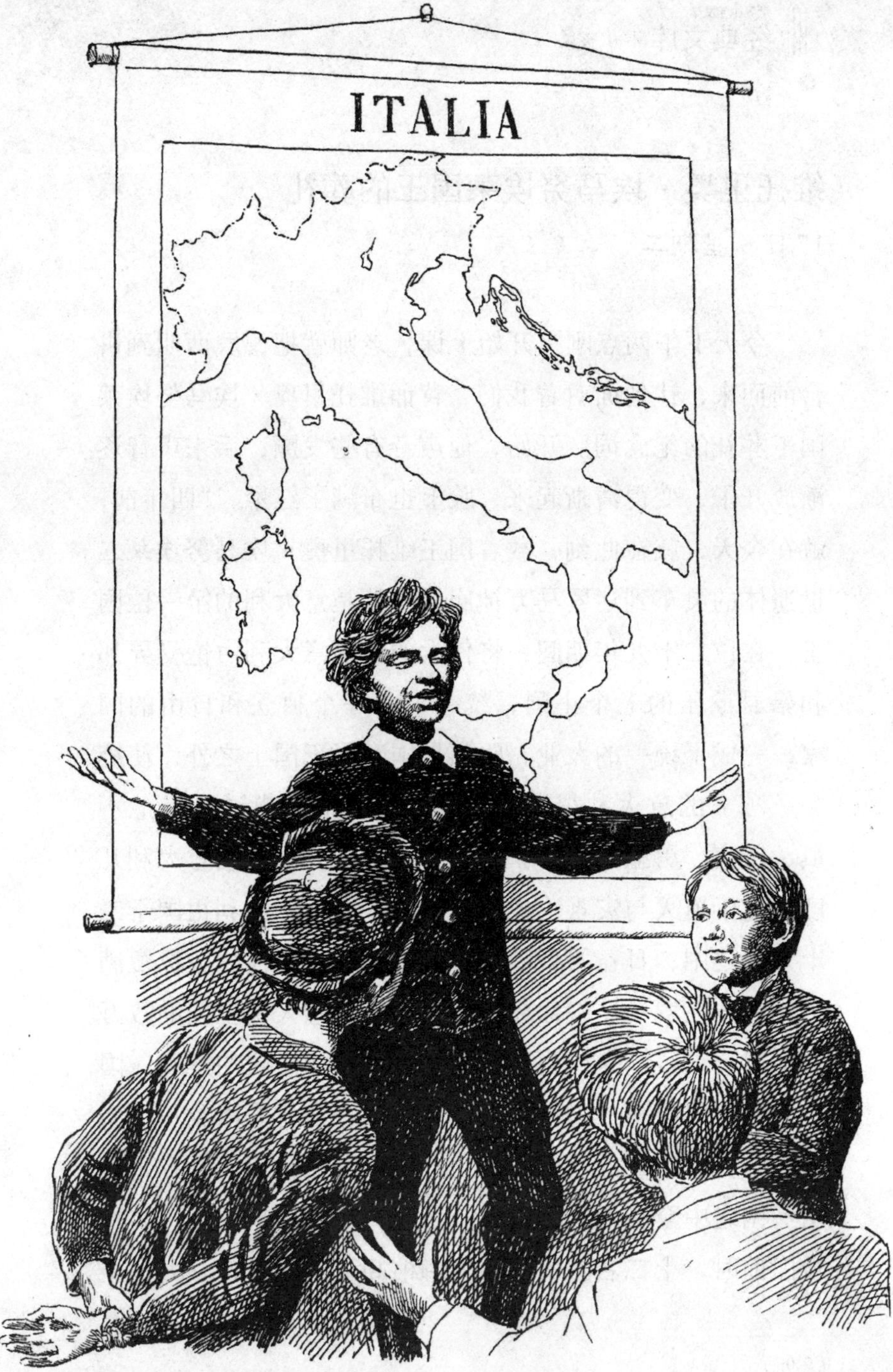
ITALIA

维托里奥·埃马努埃莱国王的葬礼

17日　星期二

今天下午两点刚一开始上课，老师就把德罗西叫到讲台前面来，让他面对着我们，背诵维托里奥·埃马努埃莱国王葬礼的纪念词。开始，他声音有些发颤，后来声音逐渐放开了，变得清晰起来，脸上也布满了红晕。"四年前，就在今天，就在此刻，载着国王维托里奥·埃马努埃莱二世遗体的灵车到达罗马万神庙前。他是意大利的第一位国王，在位二十九年期间，将伟大的祖国意大利由饱受异邦和暴君欺压的七个小国，统一成为一个独立和自由的国家，完成了统一的大业，驱逐异国豪强于国土之外，使统一、独立的意大利得以复兴。他以自己的忠诚、临危不惧、忠实、勇猛、胜不骄败不馁的精神品质，使意大利几度幸免于覆灭与灾难。他以身报国，致使意大利祖国于二十九年之中，日益繁荣昌盛，国运兴旺。当他的灵柩覆满了花圈，在罗马城中徐徐走过时，来自意大利全国的数万群众肃穆默哀，夹道为他送行，并掷以如雨般的鲜花。国王的灵车由将军、王侯、大臣、王族、禁卫军以及三百个城市的代表组成的仪仗队护送，旗帜林立，威仪万方，显出一国之中至高无上的权力与荣光。当灵车来到庄严的神殿门前时，十二名胸甲骑兵将御棺卸下。此时，意大利全国的民众都在向他们深切爱戴的国王告别，向保卫过他们的战士和国父告别，同时也与这个国家历史上最幸运的年代永诀了！这真是万分庄严的时刻！千百双眼睛望着御棺和八十面颜色暗淡的军旗时心灵无不为之所动！这八十面军旗实为意大利无数死伤烈士所流鲜血的纪念，令人回想起我国最神圣的牺牲和光荣，以及我国人民所经受过的最最巨大的悲痛。骑兵们抬着御棺走过，八十面旗帜一齐斜向地面，其中有新联队旗，也有经过多次战役的破碎的老战旗。这八十面军旗上垂挂着的黑色的绢带哗地垂向地面，旗上的勋章和旗杆相碰撞，叮当作响，这响声听起来像是千百万群众在齐声告别说：'别了，我们忠勇的国王！你的英灵将与日月争辉，万古长存！'然后，八十面旗帜重新直立，维托里奥·埃马努埃莱国王陛下从此便长眠于神庙之中，永享不朽的光荣！"

弗兰蒂被开除了

21日　星期六

当德罗西背诵国王葬礼纪念词的时候，只有一个人在笑，这就是弗兰蒂。我讨厌那家伙，他很可恶。当看见别人的父母训斥他们的孩子时，他幸灾乐祸。别人哭的时候他反倒高兴。他在卡罗内面前怕得发抖，却欺负弱小的小泥瓦匠和一只胳膊残疾的克罗西，他还讥讽大家都尊敬的普雷科西，甚至取笑因为救别人自己受了伤，现在挂着拐杖的二年级的罗贝蒂。他欺负所有比他弱小的孩子，打起架来的时候，他野蛮极了，总要把人家打伤了为止。平时他总是把他那顶蜡布帽子低低地压在额头上面，浑浊的眼神里隐藏着邪恶的东西。他什么都不怕，甚至敢当着老师的面放肆地大笑。一有机会他就偷人家的东西，偷了东西还死不认账。他总爱和别人吵架，还拿别针扎周围的同学，要不就把自己衣服上和同学外衣上的扣子揪下来玩。他的书、纸、笔记本都肮脏破烂得不成样子，尺子上让他咬得全是缺口，钢笔上也尽是牙印子，还用牙齿咬指甲，衣服上全都是油腻和打架撕破的口子。他母亲被他气得生了病，父亲也把他从家里赶出去过三次。他母亲常常到学校来了解他的情况，每次都是哭着回去的。他恨学校，恨同学和老师，有时老师不理他，装作没有看见他捣乱的样子，他便更得意了。老师对他温和他反而嘲笑老师。老师教训他时，他用两手掩着脸，好像在哭，其实是在偷着笑。学校曾停过他三天课，等他回来时，他比以前更蛮横、更无理了。有一天德罗西警告他："你别再闹了，你没有看见，老师有多么难过吗？"弗兰蒂不但不听，反而威胁德罗西说："小心我用钉子戳穿你的肚皮！"

今天早晨，他却终于像条狗似的，被赶出教室去了。老师正把1月份要讲的每月故事《撒丁岛的小鼓手》的草稿交给卡罗内去抄的时候，弗兰蒂点了一只炮仗，扔在地上。忽然"叭"的一声,炮仗像鸣枪似的爆炸了,大家都给吓坏了。老师从椅子上跳起来喊道:"弗兰蒂,出去!""不是我。"弗兰蒂嬉皮笑脸地说。老师又说:"出去!""就不!我就不出去。"老师火了,走到他面前,一把抓住他的胳膊,把他从座位里揪出来。弗兰蒂咬着牙拼命反抗,老师费了很大劲才把他从教室里拖出去,带到校长室里。过了一会儿,老师一个人回来了,走到椅子跟前坐下,两手托着头,喘着气,非常疲倦和难过的样子。看着老师这样子真叫人难过。"我教了三十年书,竟遇到了这样的事情!"老师伤心地摇摇头说。大家都屏住气不出一声。老师的手气得发抖,眉宇间那道垂直的皱纹也深深地扩大了,像是一道伤痕。大家都在替老师难过。这时,德罗西站起来对老师说:"老师,请不要伤心,我们大家都很敬爱您!"老师听了,心里平静了一点,他说:"孩子们,我们接着上课吧。"

撒丁岛的小鼓手(每月故事)

1848年7月24日古斯托扎战役的第一天,我军某步兵团的六十多名士兵被派到一个高地,去占领一所孤零零的房子。他们遭到了两个连的奥地利人的突然袭击。子弹像雨点般地从四面八方飞过来,他们只得丢下几个受伤和死亡的士兵，匆忙地躲进那所孤零零的房子，并迅速地堵住房子的大门。然后，士兵们马上分散到一楼和二楼，从窗口用密集的子弹向敌人猛烈地还击。奥地利军队组成半圆形慢慢地向房子的方向围拢上来，并且猛烈射击。指挥这六十多名意大利士兵的是两个少尉和一个瘦高个的、严肃的、须发斑白的老上尉。士兵中间还有一个撒丁岛的小鼓手，他已经超过十四岁了，可看上去还不到十二岁的样子。他个头小小的，棕褐色的皮肤，一双黑黑的大眼睛炯炯有神。上尉正在二楼指挥战斗防御，神情坚定的面孔上看不到一丝慌乱的表情。小鼓手脸色有些发白，但仍然刚毅地站立在那里。他跳上一张小桌子，靠着墙，伸长脖子向窗外张望。透过战场上的硝烟，只见身着白色军装的奥地利士兵正在慢慢地向房子这边靠近。这所房子建在一个陡坡上面，在靠陡坡的一面，只有屋顶阁楼上高高地开着一个小窗子，所以奥地利人没有从这边进攻。陡坡上没有任何情况，战斗在房子正面和两侧进行。

敌人的火力很凶猛。冰雹似的子弹打碎了外面的墙砖、瓦片和屋内的天花板、家具以及门窗，子弹打在屋内的所有东西上，碎木片、瓦砾、瓷片、玻璃片在空中四处飞溅，呼啸着乱飞，巨大的响声几乎要震裂头颅。在窗前射击的士兵不时有受伤倒下被拖到一边的；几个士兵手捂着伤口，在屋子里摇晃着走来走去。在厨房那边已经有一个士兵中弹身亡，他的前额被击中。敌人半圆形的包围圈正向房子这边缩小。

这时，一直镇定自若的上尉显得局促不安起来，他带着一个下士大步离开房间。三分钟后，下士跑回来叫小鼓手跟他过去。他们急步登上木梯子，来到屋顶空空的阁楼上。只见上尉正靠着窗户用铅笔在纸上写着什么，脚边地板上放着一捆打井水用的绳子。

上尉折起字条，他用那双灰色、冰冷的令士兵不寒而栗的双眼紧盯着少年，厉声叫道："鼓手！"

小鼓手敬礼。

上尉问："你有胆量吗？"

少年双眼炯炯发光。

"有，上尉先生！"他回答。

上尉把他推到窗子跟前说："你往下看：山下维拉弗兰卡的房子附近，有刺刀的闪光，那是我们的部队，他们在待命。你拿着这张字条，抓住绳子从窗口跳下去，跑过山坡，穿过农田，找到我们的人，把条子交给你遇到的第一个军官。好吧，现在摘下皮带和背包。"

鼓手摘下皮带和背包，把字条放进胸前的口袋中。下士把绳子扔出窗外，紧紧抓住绳子的一头，小鼓手双手紧紧地抓住绳子。上尉帮着他顺着绳子钻出窗户，背朝外爬下去。

"你要知道，分队的希望全寄托在你的勇气和双腿上了。"上尉说。

"请相信我,上尉先生。"小鼓手回答着,悬着身子向下滑去。

"下山时要低头弯着点腰。"上尉和下士一起紧紧地拽着绳子,又嘱咐说。

"放心吧。"

"上帝保佑你。"

一会儿工夫,小鼓手已经到了地上。下士抽回绳子离开。上尉扑向窗口紧张地向外张望,看见少年飞跑着下了山坡。

上尉正在希望小鼓手这样逃出去不被察觉的时候,突然,在小鼓手的身前身后冒起五六股烟尘。原来是奥地利人发现了他,正从山顶向他开枪,那烟尘是被子弹掀起的尘土。小鼓手飞快地奔跑着,忽然跌倒了。"他被打中了!"上尉吼了一声,咬着拳头。他还没有来得及再说什么,就看见小鼓手重新又站起来。"啊,他只是摔了一跤!"上尉吐了一口气,自言自语道。小鼓手爬了起来,鼓足劲又拼命往前跑,但明显地可以看到他已经一拐一拐的了。上尉想他一定是把脚崴了。小鼓手身边仍然在冒着烟尘,但都离他比较远,他安然无恙。上尉发出胜利的呼喊,但眼睛仍紧盯着小鼓手的身影。现在已经到了生死存亡的关键时刻,如果小鼓手不能很快地把字条传到自己人手中,我们的人不能迅速赶来增援,那么,全体士兵不是被奥地利人打死,就是投降做俘虏。正在这时,只见小鼓手一阵快跑，然后放慢了脚步，一拐一拐地；之后又开始猛跑，但是跑得越来越累，不时地被绊一跤，停下来。上尉想，也许是被子弹擦伤了。上尉目不转睛地看着小鼓手的每一个动作，激动得浑身发抖，并不停地对他说话，鼓励他，好像小鼓手能够听见似的，期盼的双眼始终目测着小鼓手与那些在阳光下的金色麦田里闪亮的武器之间的距离。这时，上尉听到子弹在楼下屋子里的呼啸声和穿透什么东西的声音，军官和士兵们都在喊叫着什么，伤员们在痛苦地呻吟，家具、墙壁纷纷倒塌。上尉盯着越跑越远的小鼓手叫："快！加油！快跑！前进！他停下来了。真糟糕！啊，他又跑起来了！"这时，一个军官气喘吁吁地跑来报告上尉，敌军仍在猛攻，并在挥舞白旗劝降了。"不理他们！"上尉吼道，眼睛始终不离小鼓手。此时，小鼓手已经跑上平原地带，不过，与其说跑，不如说他是在费力地拖着腿往前走。上尉咬着牙，握着拳头说："跑啊！快跑啊！该死的浑蛋，跑呀！"过了一会儿，上尉又恶狠狠地咒骂道："没有用的东西，怎么坐下了！"实际上那时上尉看见小鼓手的头露在麦田里，忽然消失，好像是倒下了，但他又马上露出头来，最后消失在草丛后面，上尉再也看不见他了。

于是上尉急忙下楼，子弹仍然像雨点般地朝这所房子打来，每个房间里到处都躺着受伤的士兵，其中有几个疼痛得在地上扭动抽搐，他们的手胡乱地抓着家具、墙壁和地板上溅满了血。几具尸体横七竖八地躺在门中央。中尉的右臂被一颗子弹打断。硝烟、尘土笼罩了一切。上尉高声叫道："勇敢些！坚守阵地。援兵马上就到，再坚持一会儿。"奥地利人渐渐又逼近了一些，透过硝烟已经可以看见山坡上敌人扭曲的脸，听到阵阵枪声中敌人野蛮的吼叫声，他们大声地威逼士兵投降，否则就要把他们都杀死。有几个士兵胆怯了，从窗口往后退却，下士又把他们赶回去。但是，防守的火力渐渐减弱，所有的人都露出沮丧的神情，再抵抗下去看来已经不可能了。有一阵子，奥地利人的火力减弱下来，一个用扩音喇叭喊出的声音先是用德语，然后又用意大利语喊道："投降吧！"上尉从窗口回答："绝不投降！"于是，敌人的子弹从两侧又更加密集地、疯狂地射过来。已经有几个窗口开始没有人防守了。最后的时刻来到了。上尉咬牙切齿地吼道："援兵怎么还不到？援兵怎么还不到？"他一边大声地叫道，一边胡乱地挥舞着军刀，在屋子里走来走去，准备决一死战。这时，一个下士从屋顶跑下来尖叫道："援兵来了！援兵来了！"上尉也高兴地叫起来。听到这一声叫喊，所有的士兵、伤员、下士、军官们都奔向窗口，重新猛烈地还击敌人。不一会儿，敌人开始乱作一团。上尉急忙召集一队士兵到一楼，命令上刺刀，准备冲出屋外，自己又跑到楼上查看。上尉刚跑到楼上，就听到一阵急促的马蹄声，接着是震天动地的呐喊声。士兵们从窗口望去，意大利宪兵的船形帽由远而近，一队意大利骑兵冲破硝烟飞奔而来，明晃晃的军刀闪电般地在空中飞舞，落在敌人的头上、肩上和背上。于是，屋内的一队士兵也端起刺刀冲出门外，敌人混乱不堪，溃不成军。很快战场就肃静了，被奥地利军队包围的房子解了围。没过一会儿，两个营的意大利步兵带着两门大炮占领了高地。

上尉率领残兵回到自己的团队继续战斗。在最后一次冲锋中他被流弹击中左手，负了轻伤。

一天的战斗结束了，我们的军队获得了胜利。但是，在第二天的战斗中，意大利士兵尽管顽强作战，还是被数量上占优势的奥地利人打败了。26日早晨，意大利军队被迫向闵丘河撤退。

上尉尽管受了伤，仍率领他手下疲惫的士兵默默地徒步行进。日落时，部队抵达闵丘河边的柯依托，他马上去找他手下那个手臂被打断、被救护队收容的中尉，中尉应该先到达这里。上尉被引到在一所教堂里临时建起的战地医院，他走进去。教堂里挤满了伤员，他们躺在两侧的床上和放在地上的床垫上，两个医生和几个护士走来走去忙碌着，不时听到伤员们低声的喊叫和呻吟声。

上尉一进门便停住了脚，四下张望，寻找他的中尉。就在这时，上尉听见有一个细弱的但很近的声音叫他："上尉先生！"

他转过脸来看，原来是小鼓手。

小鼓手躺在担架上,一条红白格子粗布窗帘盖在他的胸前,两臂伸在外面。他显得苍白、瘦削,但是一双眼睛犹如两颗黑宝石,仍然炯炯有神。

上尉一惊,大声说道:"你在这里?好样的,你尽职了。"

"我尽力而为了。"小鼓手回答。

"你受伤了?"上尉边说边看周围床上有没有他的中尉。

"那算什么!"小鼓手说。第一次负伤使他感到骄傲,因此敢于说他自己,否则,他决不敢在上尉面前启齿,"我弯着腰猛跑,但还是被敌人发现了。如果不是被打中,我早二十分钟就能到达目的地。好在我很快找到一个参谋部的上尉,把字条交给他。被子弹打中之后还真有点撑不住了,渴得要命,生怕跑不到目的地,急得我直哭。我知道,只要迟到一分钟,山上就会多死一个人。行了,我尽力做了我能做的,我感到很高兴。请您原凉,上尉,您看您自己还在流血呢。"果然,上尉没有包扎好的手掌上顺着手指流下几滴血。

"上尉先生,让我帮您把绷带包扎好吧?请把手伸给我。"

上尉伸出左手,又用右手帮助小鼓手解开绷带,重新包扎。但是小鼓手吃力地从枕头上抬起头,忽然一下子脸色惨白,又倒在枕头上。

上尉抽回小鼓手想握住他重新包扎的手,看着他说:"不用了,不用了。别管别人,照顾好自己。你的伤虽轻,但不注意就会严重的。"

小鼓手摇摇头。

上尉注视着他说:"你一定流了很多血,所以才会这样虚弱。"

"流了不少血?何止是血,您看——"少年笑着回答说。

说着他一下撩起被单。

上尉骇然地向后退了一步。

少年只剩下一条腿了。他的左腿膝盖以下部分已经被截去,上半肢用渗透鲜血的绷带包扎着。

这时,一个矮胖、没有穿上装的军医走过来,指着小鼓手对上尉很快地说:"啊,上尉先生,这真是太不幸了。如果他不是那么拼命,那条腿本来是可以保住的,结果恶性发炎,只能将膝下截肢了。噢,但是……这个孩子很勇敢,我向您保证,他没有掉一滴眼泪,没有喊疼。我给他做手术时,真为他是一个意大利少年而感到自豪。这是真心话,我用名誉担保。他真有种,见鬼!"

军医说完便匆匆走开了。

上尉蹙着浓密的白色的双眉,注视着小鼓手,接着又替他盖好被单,然后不知不觉地慢慢举起手,从头上摘下帽子,眼睛仍注视着他。

小鼓手惊讶地说:"上尉先生,您这是做什么?上尉先生,为我?"

于是,那个从没有对部下说过一句温和话语的粗鲁的

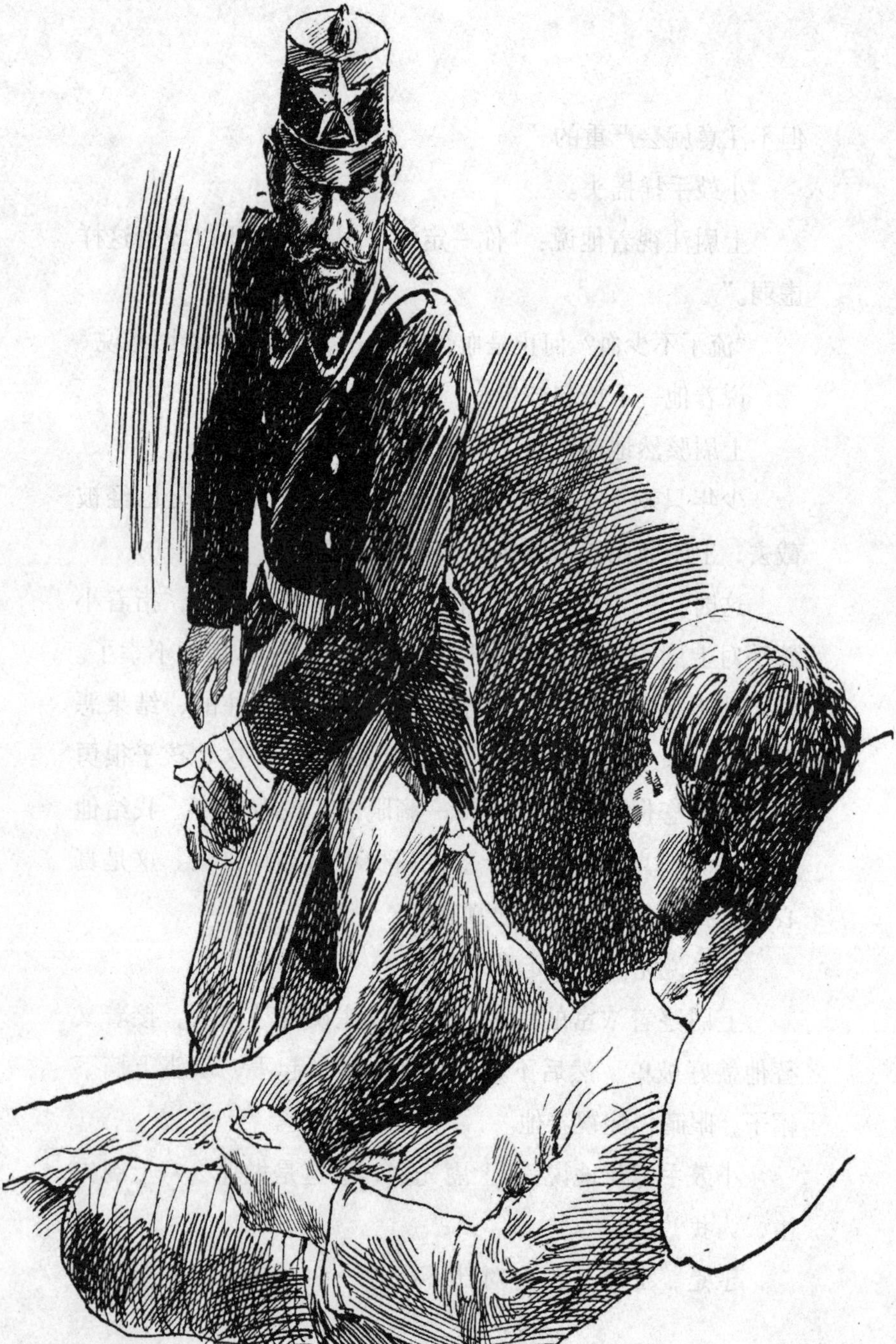

上尉，这时，却用一种无法形容的热情和亲切的语气回答道："我只是个上尉，而你，是个小英雄。"

说完，上尉张开双臂，伏在小鼓手胸前，吻了他三次。

热爱祖国

24日　星期二

你听了撒丁岛的少年小鼓手的故事很感动，那么对你来说就应该很容易写好今天上午考试的作文《为什么爱意大利》。我为什么爱意大利？你是不是能一下子就想到一百种答案？我爱意大利，因为我的母亲是意大利人；因为我血管里流动的是意大利的血；因为我母亲为之哭泣、父亲为之敬重的死者埋葬在意大利的土地上；因为我出生的城市、我讲的语言、教育我的书、我的兄弟姐妹、我的同学朋友、生活在我周围的伟大人民、我周围美丽的大自然，我所看见的、所热爱的每一件东西，所学到的以及我所崇敬的一切都是意大利的。噢，你现在还不可能完全领会这份感觉，但是，等你长大以后就能体会到了。当你长期旅行从远方归来时，一天早晨，站在甲板上远眺地平线上出现的祖国青山的轮廓的时候，你的心中会突然充满了激情，从心里迸发出一声呼唤。当你身处异国他乡时，听到有人讲你的语言，你会立刻跑到他的面前热情地与他对话；当你听到一个外国人诋毁你的祖国的时候，你一定会义愤填膺。当敌国有一天威胁我们，挑起对祖国的战争时，你对祖国的爱将会更强烈、更纯真。你将会看到四面八方热血沸腾，青年竞相参军，父亲拥抱着儿子说："勇敢杀敌啊！"母亲与年轻的孩子告别，喊着："要打胜仗哟！"当军队凯旋时，他们虽然人员减少了，疲惫不堪，但士兵们眼中闪耀着胜利的光芒。你看到被子弹打穿的军旗，后面是衣衫破碎、被人群包围着的无数勇敢的士兵，高扬着扎着绷带的头，人们向他们送上鲜花、祝福和亲吻，那时你将会理解热爱祖国的含义，感觉到祖国的存在。恩里科，祖国是伟大和神圣的。假如有一天，你为祖国而去作战，安然无恙地归来，我愿你安然无恙，因为你是我的骨肉；但当我知道你是为了生而逃避死的，那么，我，你的父亲现在虽然高高兴兴欢迎你从学校回来，将来会饮泣悲伤地去迎接你。我将不会再爱你，我将会心如刀剜，悲痛地死去。

——你的父亲

嫉　妒

25日　星期三

这次以祖国为题目的作文全班写得最好的还是德罗西，而沃蒂尼却自信他可以得第一名呢！尽管他好虚荣、爱打扮，我还是很喜欢他。但是，现在与他同桌，看到他如此嫉妒德罗西，我就讨厌他了。他总想与德罗西争个高低，所以就拼命学习，但他无论怎样都无法与德罗西比，德罗西在各门功课上都比他强十倍。沃蒂尼气得直咬手指头。卡洛·诺比斯也嫉妒德罗西，但因为他十分傲慢，所以不表现出来。沃蒂尼恰恰相反，丝毫不隐瞒自己的嫉妒心，他常常在家里抱怨所得的分数低，说老师不公平。德罗西在班上回答问题总是又快又好。而沃蒂尼这时就会沉下脸来，低着头，装作没有听见，或者摆出冷笑的面孔。大家都知道他嫉妒德罗西，所以，当老师表扬德罗西时，大家都转过头去看沃蒂尼的脸色，小泥瓦匠还冲他做兔脸。今天早上一上课，沃蒂尼就被弄得灰溜溜的。老师走进教室，开始宣布考试结果："德罗西，满分，一等奖。"沃蒂尼打了一个大喷嚏。老师心里明白是怎么回事，盯着他说："沃蒂尼，别让嫉妒之蛇钻进你的身体，这条蛇会毁坏你的大脑，腐蚀你的心灵的。"除了德罗西，所有的人都看着沃蒂尼。沃蒂尼想说什么，却又说不出，僵直地呆在那里，脸色煞白。然后在老师上课的时候，沃蒂尼用大大的字体在一张纸上写了一句话："我不嫉妒那些靠偏袒和不公正而获得一等奖的人。"他写这字条原是想把它交给德罗西的。这时，我看见德罗西周围的同学互相交头接耳，密谋着什么事，其中一个人用削铅笔刀裁了一个纸奖章，上面还画了一条大黑蛇。沃蒂尼也发现了。这时老师有事出去了几分钟,德罗西边上的几个同学立刻起身离开座位朝沃蒂尼走去,把纸奖章郑重其事地"授予"沃蒂尼。大家都等着看好戏。沃蒂尼气得浑身发抖。德罗西突然叫道:"把它给我!"那些孩子回答:"对,正好你给他颁奖。"德罗西一把夺过纸奖章,将它撕得粉碎。这时,老师回到教室,又继续上课。这时我注意到沃蒂尼的脸变得红红的,他悄悄地收回字条,慢慢地揉成一团,塞进嘴里,在嘴里嚼了几下之后把字条吐在桌子底下了。放学了,沃蒂尼从德罗西面前走过时显得慌里慌张的,把吸墨纸也掉在地上了。德罗西很有礼貌地把吸墨纸捡起来,把它放回到沃蒂尼的书包里,还帮他系好书包带。沃蒂尼连头也没敢抬起来。

弗兰蒂的母亲

28日　星期六

弗兰蒂真是不可救药了。昨天在宗教课上,校长在听课,老师提问德罗西是否记得阅读课本中"无论我望哪里,只见你,上帝"的两句诗词,德罗西回答说不记得时,沃蒂尼马上举手说:"我记得!"一边得意扬扬地微笑着,想气一气德罗西。然而,让他气恼的是他没能背成诗,因为弗兰蒂的母亲突然气喘吁吁地闯进教室。她满头的白发蓬乱着,身上被雪花弄得湿漉漉的,边走边向前推搂着已经被学校停课八天的儿子,看着真让人难过。可怜的女人几乎是要给校长下跪了,合着双手,祈求校长说:"噢,校长先生,行行好吧,让他回来吧!我把他藏在家里三天了,上帝保佑,万一他父亲知道了这事会打死他的,我真不知道如何是好。发发慈悲吧!求求您了!"校长想带她出去,可她就是不走,一个劲儿地苦苦哀求,哭泣道:"噢,您不知道我为这孩子遭了多少罪,您可怜可怜我吧。求求您了!但愿这孩子能改好。我是活不多久的人了,校长先生,但是我死之前要看到孩子改好,因为……"她突然放声痛哭,"毕竟他是我的孩子,我爱他。我伤心死了。我再求您留下他吧。校长先生,就算为了拯救我家的不幸,可怜我这个不幸的女人吧!"说着,她双手捂着脸不住地哭泣。弗兰蒂低着头,无动于衷。校长注视着他,沉思片刻,说:"弗兰蒂,到你的位子上去吧。"听见这话,弗兰蒂的母亲终于得到一点安慰,把双手从脸上放下来,不让校长开口,一个劲地说谢谢、谢谢,然后,朝门口走去,一边擦着眼泪一边急切地说:"孩子,你可要好好的。大家都原谅你了。谢谢校长先生,您真是做了一件大好事。要听话,孩子,知道吗?再见,孩子们。谢谢老师,再见。请原谅我这可怜的妈妈。"出门时她用哀求的眼光看了她儿子一眼,然后,往上拽了拽滑下的披肩,脸色苍白,弯着腰,头不住地摇晃着走了,我们听见她下楼梯时还在咳嗽。整个教室寂静无声,校长盯着弗兰蒂,用令人胆战的语调说："弗兰蒂，你是在杀你的母亲！"我们大家都转过头去看弗兰蒂，而那个不知廉耻的家伙竟然还在笑。

希　望[1]

29日　星期日

恩里科啊，你上完宗教课一回到家里，就扑到母亲的怀抱中，真是太美好了。是的，老师给你讲的事很重要又令人欣慰。上帝让人们相互拥抱，上帝与我们同在。当我死去时，当你的父亲死去时，我们就不用再说出那可怕又令人绝望的话："妈妈，爸爸，恩里科，永别了。"因为我们将在另一个世界相会。谁经受过巨大的痛苦，将在那里得到报偿；在这个世界付出过爱的人，将在另一个世界找到你所爱的人。那里没有罪恶，没有痛苦，也没有死亡。但是我们都应该使自己配得上那个世界。儿子你听我说：你对所有爱你的人们给予的每一个善行、每一份真情，对你的同学每一个友好的举动、每一份爱心，就是向那个世界跨越了一步。而且一切的不幸和痛苦又使你接近那个世界，因为每一个痛苦都为你解脱罪恶，每一滴眼泪都为你洗刷污点。你每天都应该想着今天要比昨天做得更好、更令人喜爱。每天早晨都想着：我今天做有良心的事，让父

---

[1] 这一节内容有较多宗教说教，体现了作品所受到的时代局限。——编者注

亲感到高兴的事情，做使某个人或某个同学、老师、我的弟弟或其他人高兴的事请。祈求上帝给予你做事的力量。祈祷上帝，主啊，我愿善良、高尚、勇敢、礼貌、诚实，帮助我吧，这样每天晚上母亲吻别我的时候，我就能够对她说："你今晚吻的孩子比昨晚更好，更值得被亲吻。"你要永远记住，在你这一生之后还有另一个可以变得非凡和幸福的恩里科。祈祷吧！你不能想象，当一个母亲看见儿子合拢双手、虔诚祈祷时，她将感到多么甜蜜、美好。看见你祈祷的时候，我觉得肯定有人在注视你，聆听你。于是，我确信有一个至善至美、至高无上、仁慈的主在保佑我们，我就更加爱你，更加热情地工作，努力忍受，真心宽容，平静地对待死亡。噢，仁慈的主啊！让我死后能听到我母亲的声音，与我的孩子们团聚，再见到我的恩里科，我祝福永生的恩里科，与他拥抱，永远，永世不分离。啊，祈祷吧，我们一同祈祷吧，我们彼此相爱，亲善，让在天国的希望牢牢记在心中，我可爱的孩子。

——你的母亲

2月

受之无愧的奖章
4日 星期六

　　今天上午,督学到我们学校来发奖。他是位白胡子、穿一身黑衣服的先生。快下课时,他与校长一起走进我们教室,坐在我们老师旁边,向我们问了好多事,然后将一等奖的奖章发给了德罗西。在发二等奖前,他站着听校长、老师低声议论了一会儿。大家都在想:二等奖发给谁呢?此时,督学高声宣布:"本周二等奖授予彼得·普雷科西同学,因为他的家庭作业、上课、书法、操行等样样都好。"大家都转过头去看着普雷科西,为他感到高兴。普雷科西站起来,不知所措。"到这里来。"督学说。普雷科西离开座位,走到讲台边。督学注视着他,他蜡一样黄的小脸,小小的身体裹在肥大不合体的衣服里,还有他那双善良又忧郁的眼睛。虽然普雷科西回避着督学审视的眼睛,但从他眼神的后面,完全可以看出他所经受的痛苦了。督学把奖章挂在他的胸前,充满深情地说:"普雷科西,今天我把奖章发给你,因为没有人比你更应当得到这枚奖章。不仅因为你聪明和好学,而且因为你勇敢、善良,是个好孩子。"然后,督学又面向全班同学问道:"是这么回事吧?""是的,是的。"大家齐声回答。普雷科西喉咙哽咽了一下,转过头来亲切地看着大家,眼睛里充满了感激。督学说:"去吧,可爱的孩子,上帝保佑你!"下课时间到了,我们班比其他班出来得早些。刚出教室门我们在大厅里看到一个人,是普雷科西的父亲,那个铁匠,脸色苍白,像以往一样抽搐着脸,头发长得遮住了眼睛,歪戴着帽子,腿还在抖着。老师一下看见了他,就在督学耳边说了几句话。督学立即找到普雷科西,牵着他的手,走到他父亲面前。普雷科西浑身战栗起来。老师和校长也走过来,许多同学围拢过来。"您是孩子的父亲吗?"督学高兴地问铁匠,好像他们是朋友似的,不等他回答,又说,"祝贺你。你看,他得了二等奖,比班上其他的五十四个同学都好。他的作文、算术和其他功课都学得很好,他是个聪明、勤奋的孩子,将来一定有出息。他真是个好孩子,同学们都喜欢他、敬佩他,我相信,您真应该为您的儿子骄傲呢。"铁匠听着,嘴张得老大,眼睛盯着督学和校长,然后又盯着他面前低着头、在那儿发抖的儿子。这时,他好像第一次才明白,才明白他一直在虐待这个可怜的孩子,而孩子一直在坚强地忍受着。他先是感到很吃惊,继而感到非常懊悔,连忙走上前去一把抱住儿子的头,紧紧地搂在了自己的怀里。我们都朝普雷科西走过去，我邀请他星期四与卡罗内和克罗西一同到我家来玩。同学们纷纷跟他打招呼告别，有的人推推他，有的人摸摸他的奖章，每人都要和他说上几句话，表示祝贺。他的父亲呆呆地看着我们，仍然紧紧地把儿子搂在胸前，普雷科西靠在他的胸前，还在不住地抽泣着。

决　心

5日　星期日

　　看见普雷科西获得奖章，对我触动很大。我还一直未得过奖章呢。最近我学习不用功，我对自己不满意，老师、父亲和母亲也都对我不满意。我再也感觉不到用功时候的那种快乐了。那时做完功课去玩的时候，真感到快活极了。现在就好像有一个月没去玩过似的。现在我和全家人一起在餐桌上吃饭的时候，也没有以前那么高兴了，总好像有一个阴影笼罩着我，总是听见有一个声音不断地对我说："不能再这样下去了，这样下去是不行的！"每天傍晚，我都看见有很多孩子夹杂在一群工人中间，从工厂下工出来，经过窗前的广场回家去。他们虽然很累，但却很快活。他们快步走着，忙着赶回家去吃晚饭。一路上他们大声说笑着，用他们沾着黑黑的煤灰或者白灰的双手相互拍打着肩膀。那时候我总在想，他们从天刚蒙蒙亮就开始干活了，一直干到现在。而且还有年纪更小的孩子，也在屋顶上、火炉前，或在机器旁干了整整一天活，有的还在水里或地下干活，每天只有很少的一点面包充饥。想到这里我感到很惭愧，我一整天什么也不干，只是胡乱写上几页作文就算了。我对自己不满意，很不满意。看得出父亲不高兴，他很想说我几句，但他不愿这么做，他总是想等我自己好起来。啊，亲爱的父亲，他是多么辛苦！我知道，我家里用的每一样东西，我所有的穿戴和食物、所学到的知识，一切使我快活的东西，都是父亲用心血换来的。可我却无所事事，什么也不做。凡事都得让父亲费心、操劳，我却还不知道努力。啊，不能这样下去了，这样太不公平了，这太让我痛苦了！从今天开始，我要像斯塔尔迪一样捏紧拳头，咬紧牙努力学习，我要一心一意地努力学习。晚上不怕困，早晨早起床。我要开动脑筋不放松，毫不留情地和懒惰做斗争。我要拼命努力，不怕吃苦，哪怕累了、病了也要坚持。总之，我要与这种碌碌无为、令我感到沮丧和令别人感到痛心的生活彻底决裂，让我振作起精神，全身心地投入到学习中去吧。这样我才能够体会到学习之余休息的舒适、玩耍的快乐，这样我才能够再看见老师对我的亲切微笑，才能重新得到父亲的祝福和亲吻。

玩具火车

10日　星期五

　　昨天，普雷科西和卡罗内一块儿到我家来玩。我敢说即使他们是皇家子弟也不会受到这么好的接待。卡罗内是第一次来我家。他性格有些内向，不爱讲话，还怕人家说他长那么高才念三年级，所以他平常很少到朋友家去玩。克罗西因为与父亲久别，现在父亲从美国回来了，所以他没有来。他们一进门我的母亲立刻上前吻了吻普雷科西，父亲把卡罗内介绍给母亲说："他就是卡罗内，他不仅是一个高尚的少年，还是一个正直的绅士呢！"卡罗内低下他那毛蓬蓬的大脑袋，偷偷地对我挤挤眼。普雷科西戴着奖章，很高兴，因为他的父亲又去工作了，而且有五天没喝酒了，还总愿意让儿子陪着去铺子里，好像变成另外一个人了。我们开始一起玩，我把我所有的玩具都拿出来和他们一起玩。普雷科西喜欢上我的小火车，只要一上弦，小火车就自己开动了，那火车使他惊异得了不得。普雷科西从来没有见过这种玩具，他目不转睛地盯着那些红色、黄色的一节节车厢看了又看。我把钥匙给他，他就跪在地上也不抬头，只管玩那个小火车了，我从来没有见过他这么快乐过。他不停地说："对不起！对不起！"一边向我们打手势，不叫我们挡住火车的去路。等火车自己停下来以后，他把火车小心翼翼地拿在手里看看，又小心翼翼地放在地上，好像它是玻璃做的，生怕把它弄坏了。他把火车擦了又擦，上上下下仔细地看着，一边微笑着。我们站在他旁边，望着他。我们看着他那细细的脖子、小小的耳朵，有一次他的耳朵还出了血。我看着他那件肥大的长上衣，从长长的衣袖里露出他那两条像病人一样细瘦的胳膊，就是这两条胳膊，不知多少次抵挡住别人拳头的毒打。啊！那时我真想把我所有的玩具、所有的书都拿出来放在他的面前，我愿意把最后一口充饥的面包留下来让给他，把我身上的衣服脱下来给他穿，我真想跪在地上去吻他的双手。"至少我要把那小火车送给他。"我这样想着，但必须先征得父亲的同意。正在这时候，我觉得有人把一张小字条塞进我手里，我一看，原来是父亲给我的，上面用铅笔写着："普雷科西很喜欢你的小火车，他什么玩具都没有，你心里没有什么想法吗？"我立刻双手捧起小火车，把它放在普雷科西手中，对他说："拿着吧，是你的。"他看着我，不明白是怎么回事。我向他解释说："拿去吧，送给你了。"普雷科西望着我的父亲和母亲，好像更惊奇了，他问我："可是，为什么？"父亲代我回答说："因为你是恩里科的朋友，他很喜欢你，把这送给你，当作你得了奖章的贺礼。"普雷科西怯生生地问："我可以拿回家去吗？""当然可以！"我们一齐回答说。他走到门口，可是又站住了，不敢走出去，他感到太高兴了！他的嘴唇抖动着，笑

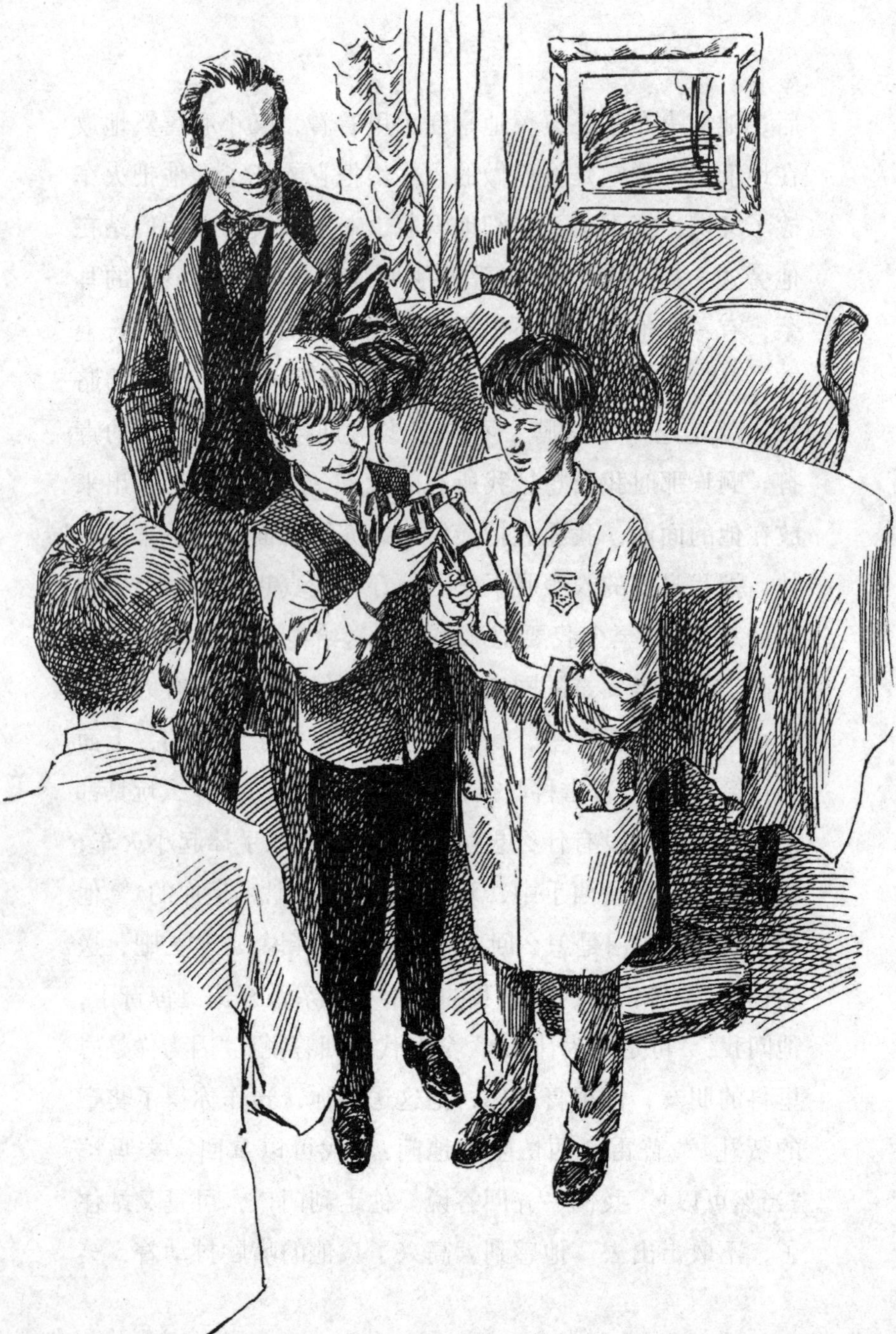

着向我们道谢,卡罗内帮他把火车包在手帕里。普雷科西对我说:"以后你到我父亲铺子里来看他的时候,我送些钉子给你吧!"我母亲把一束花插到卡罗内的纽扣里,让他送给他的母亲。卡罗内粗声粗气地说了声:"谢谢!"他没有抬头,但从他的眼睛中流露出正直、善良的目光。

傲　慢
11日　星期六

每次普雷科西走路不小心碰了诺比斯的时候,诺比斯都要装出很厌恶的样子来,用手掸掸他的袖子。那家伙生性傲慢,就因为他父亲有钱。德罗西的父亲也很有钱,德罗西可不是这个样子。诺比斯总想一个人占一条长凳,生怕别人把他的位子弄脏。他看人时总是从头到脚地打量人,嘴上还老是挂着蔑视的微笑。要是我们排着队、两个人并排地走出教室时,谁踩了他的脚,那可不得了!为了一点点小事他就会骂人,要不就威胁说要把他父亲叫到学校里来。可是那次他说贝蒂的父亲是叫花子的时候,他反而被自己的父亲教训了一顿。我从来还没有见过一个同学这么讨厌呢!在班上没有人愿意跟他说话,放学时,也没有一个人对他说声"再会"。他不会做功课的时候,连个可以请教的人也找不到。他容不得任何人,他装作最看不起德罗西的样子,因为德罗西是班里的第一名。对卡罗内他也是这样,因为大家都喜欢卡罗内。不过德罗西根本不去注意这些,卡罗内也是这样。当同学告诉卡罗内,诺比斯说他的坏话时,卡罗内就说:"他傲慢得愚蠢,简直不值得一理。"有一天,诺比斯嘲笑柯莱蒂的猫皮帽子,柯莱蒂就对他说:"你还是去学学德罗西吧,向他学一学怎么做绅士吧!"昨天,他向老师告状,说卡拉布里亚来的那个孩子用腿碰了他的脚。老师问卡拉布里亚的孩子说:"你是故意的吗?"那孩子老老实实地说:"我不是故意的,老师。"老师就对诺比斯说:"诺比斯,你太爱斤斤计较了!"诺比斯又做出他那很傲慢的样子对老师说:"我告诉我父亲去!"老师生气了,就说:"你父亲一定会像上次一样说你不对的,更何况学校里的事情只有老师来处理和决定。"随后,老师又语重心长地对他说,"诺比斯,你的脾气得改改。对同学应该友善礼貌。你看,我们班里有工人家庭的孩子,也有绅士家庭的孩子,有穷的,也有富的,大家都像亲弟兄一样和睦相处,为什么你就不能和大家一样呢?让大家都对你好并不难,如果大家都爱你,你自己也会觉得快乐些。好了,你还有什么要说的吗?"诺比斯脸上带着像往常一样的那种轻蔑的微笑,冷淡地回答说道:"没有了!"老师便对他说:"坐下吧,我真为你痛心,你真是一个没有良心的孩子。"本来这件事就算完了,谁知道坐在诺比斯前排的小泥瓦匠忽然扭过头来,对诺比斯做了一个可爱的小兔脸,引得全班都哄堂大笑起来。老师虽然在责备小泥瓦匠,可是自己也忍不住掩着嘴笑了。连诺比斯也给逗乐了，只是笑得不那么自然罢了。

受伤的工人
13日　星期一

诺比斯和弗兰蒂性格相像得真可以说是一对，今天上午出现在眼前的可怕情景，他们两人看了之后竟然无动于衷。放学时，我和父亲正瞧着几个淘气的二年级学生在街头用斗篷和帽子垫在膝盖上在冰上溜着，这时我们看到一群人从街的那一头快步走过来。每个人都神色恐慌、窃窃私语，好像发生了什么事情。他们中间有三个警察，警察后面紧跟着两个人抬着一副担架。孩子们都跑过去看，人群很快朝这边走来，我们看到担架上躺着一个男人，脸色惨白，脑袋耷拉到一边，像个死人，头发蓬乱，嘴和耳朵向外淌着血。一个怀抱婴儿的妇人跟着担架，发疯似的叫着："他死了，他死了，他死了。"妇人身后一个背着书包的男孩也在哭泣着。"这是怎么回事？"我父亲问。旁边的一个人回答说，他是一个泥瓦匠，干活时从五层楼上掉下来了。这时抬担架的人停了一会儿，很多人害怕得转过脸去。头上插着红羽毛的老师搀扶着几乎要昏倒的我上一年级快班时的老师。正在这时，我突然感到有人碰了我的胳膊肘一下，我一看是小泥瓦匠。他也吓得面无血色，全身上下都在发抖。他一定是想到了他的父亲。我也想到他的父亲。但是我的心情很平静，因为我知道，至少我在上学时，父亲在家里，坐在书桌前工作，远离各种危险。可是我的同学中有不少却要担心他们的父亲在高高的楼上或在飞转的机器边工作，一不小心就会有生命危险。他们就像所有在前线打仗的士兵的孩子们一样，时刻在为自己的父亲担心。小泥瓦匠看着、看着，我父亲发觉他身体抖得越来越厉害，便对他说："快回家吧，孩子，快回家找你爸爸，你会看见他平安无事的，快去吧！"小泥瓦匠一步一回头地走了。这时人群开始继续向前走，妇人的喊声令人心碎："他死了，他死了，他死了。""不，不会，他没有死。"所有的人都安慰她，但是她并没有听，痛苦得乱抓自己的头发。忽然听到有一个声音愤怒地说："你还笑！"这时，我看到一个长着大胡子的男人盯着弗兰蒂，而弗兰蒂还在笑。那个男人一巴掌把弗兰蒂的帽子打落在地，说："把帽子摘下来，你这坏孩子，没看见抬着那个受伤的人吗？"人群渐渐地走远了，街上留下了一串长长的血迹。

囚　犯

17日　星期五

噢，这真算是今年最奇特的故事了。昨天上午，父亲带我到蒙卡利埃里郊区去看一所准备租来用作今年夏天度假用的别墅,因为今年我们不再去吉耶里度假了。给别人看守这座房子的人原来是学校的一位老师,他现在给房东做秘书。他领我们看了房子,然后又请我们到他的房间里去喝茶。我们看见他桌子上有一个雕刻别致的圆锥形木制墨水瓶,摆在杯子中间。看见我父亲在注意看这个墨水瓶,那位老师便说:"这个墨水瓶对我来讲很珍贵。说起来它还有一段来历呢。"于是他开始讲述:几年前,那时他在都灵教书。有一年冬天,他给监狱的囚犯们上课。课堂设在监狱的教堂里,教堂是个圆形建筑,周围光秃秃的高墙上开了许多四方形、用交叉的十字铁条钉住的小窗子,每个小窗子就是一间牢房。他在阴冷的、黑暗的教堂里边踱步边讲课,他的学生们将课本贴在铁窗上,从小窗子里露出头,能看到的只是阴影中他们干瘦阴沉的面孔、灰白蓬乱的胡须、杀人犯和小偷的眼睛。他们之中有一个关在七十八号牢房的囚犯,比其他任何人都学得认真,总是用尊敬和感激的眼光注视着老师。他是个年轻人,长着黑胡须,说他邪恶,倒不如说他很不幸。他原本是个木匠,主人经常虐待他,他一气之下,用刨子打了主人的头,主人重伤而死,他被判多年监禁。在那三个月里,他学会了读书和写字,而且一直继续学习,他好像书读得越多,就越是后悔自己的作为了。一天课程结束后,他示意老师走近窗口,然后伤心地对老师说,他第二天一早就要离开都灵,转到威尼斯的监狱去了。他向老师告别,用卑微、伤感、激动的声音请求与老师握握手。老师把手伸过去，他吻了一下，说："谢谢，谢谢！"又一下子消失了。老师抽回手，看到上面有滴滴泪水。从那以后老师再也没有见过他。六年过去了。老师说："我几乎忘掉了那个不幸的人了。但是，昨天上午，家里来了一位陌生人，满脸的胡须已经有些花白了，衣服褴褛。他对我说：'先生，您就是某某老师吗？''您是谁？'我问他。他回答说：'我就是七十八号囚犯，六年前是您教我读书和写字，您还记得吧？最后一课结束时，您还同我握手告别了。现在我已经刑满释放出狱，我来这儿……是请求您能收下一件我的礼物，一件我在监狱里做的小东西，作为纪念。老师，不知您愿意收下吗？'我愣在那里，不知道说什么好。他以为我不愿意接受，看着我，好像在说：'六年的苦难难道还不能洗净我的双手吗？'他用饱含着痛苦的眼睛注视着我，我立刻伸出手去接过了礼物，就是这件小东西。"我们仔细看着那只墨水瓶，它好像是用钉子一点一点才雕刻出来的，用了很大的耐心、用了很长时间。瓶子上面刻着一本书，书上还有一支笔，还刻着一行字："献给我的老师，七十八号囚犯敬送，六年。"下面有一行小字："学习与希望……"老师没有再讲别的。我们起身告辞。在从蒙卡利埃里回都灵的路上，我怎么也不能不去想那个小铁窗后面的囚犯、囚犯与老师告别的情景，那个在监狱里做成的墨水瓶，它讲述着许多事情。夜里我梦见它，今天早晨还是想着它……但是，到了学校我遇上了让我更加惊讶的事！今天我与德罗西同桌，坐在新座位上做完月考的算术题，我就把囚犯和墨水瓶的故事讲给我的同桌德罗西听，给他讲墨水瓶是如何做成的，上面刻有一支钢笔横放在一本书上，周围写着字。"六年？"德罗西一下子迸出这句话，不觉看看我，又看看前一排背对着我们正在专心做算术的卖菜人的儿子克罗西，然后揪住我的胳膊，低声说："别说了，你不知道吗？克罗西前天跟我说，他偶然看见他从美国回来的父亲手中有一只木制的墨水瓶，圆锥形，手工做的，刻着一本书和一支钢笔。是那个，六年！他说他父亲过去在美国，而实际上是在监狱里。他父亲出事时克罗西还小，不记得，他母亲瞒着他，所以他什么也不知道。这件事一个字都不要再提了！"我惊呆了，什么话也说不出来，只是盯着克罗西。德罗西做完算术题后，把算术题从桌子底下传给克罗西，还递给他一张纸，并从克罗西手里拿过老师本来叫克罗西抄写的每月故事《爸爸的护士》，说要替他抄写。他送给克罗西钢笔尖，拍拍他的肩膀，让我用名誉担保不对任何人说。我们放学快出门时德罗西急促地说："昨天他父亲来接他，今天上午也一定会来。学着我做。"我们走到街上，克罗西的父亲就在那里，靠路边站着，黑胡须，有些花白，衣服破旧，面色苍白，一副忧心忡忡的样子。德罗西与克罗西握手告别，为故意引起注意，又用手摸了一下克罗西的下颌，大声地说："再见，克罗西！"我也学着做了。但是，德罗西马上变得脸色通红，我也是。克罗西的父亲仔细地看着我们，目光和蔼，但同时也流露出不安和猜疑的神情，使我们感到心里一阵发凉。

爸爸的护士（每月故事）

三月一个阴雨的早晨，一个乡下人打扮的少年浑身泥水，抱着一个衣包来到那不勒斯朝圣医院的门房，拿出一封信，说是来找他父亲。少年英俊漂亮，长着浅褐色椭圆形的脸，一双忧虑的眼睛，说话时嘴唇里露出一排洁白的牙齿。他是从那不勒斯乡下的一个村庄来的，他父亲离家去法国找工作，几天前刚回到意大利，在那不勒斯突然生病了，匆匆忙忙地往家里写了信，告诉家里他回到那不勒斯并住进了医院。他的妻子得到消息后很悲伤，可是因为家里有一个小女儿生病，还有一个在吃奶的孩子，她不能离开家，所以只好塞上几个钱给大儿子，派他去那不勒斯看护他的父亲，他的"塔塔"。那地方的人都把爸爸称为"塔塔"。少年步行了十几里路来到医院。

医院的门房看了一眼信后叫来一位护士，让护士领他进去看父亲。

"谁是他的父亲？"护士问。

少年以为有什么坏消息，战战兢兢地说出父亲的名字。

护士一时想不起有这个名字。

"是不是刚从国外回来的老工人?"护士问。

"工人?是的,不是很老,是刚从国外回来的。"少年更着急了。

"什么时候住院的?"护士问。

少年看了一眼信:"大概是五天前吧。"

护士又想了一会儿,好像突然记起了什么,说:"对,是在第四病房,最里头的那一张床。"

"病得很厉害吗?现在怎么样?"少年急切地问。

护士看了一眼少年,并不回答,只说了一句:"跟我来。"

他们上了楼,走到走廊尽头,一间大病房没有关门,病房里面左右两排病床。"来吧。"护士进门后对少年说。少年鼓起勇气跟着护士,害怕地看着左右病床上苍白无力的病人。有的病人闭着眼,像死人一样;有的瞪着眼睛,直愣愣地盯着上方,像是受了惊吓;还有几个病人像小孩子似的在哭泣。病房里昏暗无光,充满了刺鼻的药味。两个慈善的修女拿着药瓶忙碌着。

护士走到病房尽头,停在一张床前,掀开帘子,说:"这就是你的父亲。"

少年一下子哭了出来,把包袱一扔,一下子扑到病人身上,用手去摇病人伸在外面的一条胳膊。病人一动不动。

少年站起身来,看看父亲,又哭了起来。这时,病人睁开眼注视着少年，像是认出了他，但是没有说话。可怜的父亲变化太大了，儿子几乎已经认不出他。他头发变白了，胡须长长的，脸红肿发亮，眼睛变小，嘴唇肿大，面部全变了形，只剩下额头和眉毛还是父亲以前的样子。他在吃力地呼吸着。少年说："爸爸，爸爸，是我！您不认得了？我是齐齐洛，您的齐齐洛呀。我从家里来，是妈妈叫我来的。看看我，您不认识我了？您说话呀。"

病人仔细看了看他，闭上眼睛。

"爸爸，爸爸！您怎么了？我是您的儿子，您的齐齐洛。"

但是病人一动也不动了，只是很吃力地喘着气。

少年哭了，拿过一把椅子，坐在床边看着，眼睛一刻不离开父亲的脸。他想：医生一定会来察看病人的，他会告诉我父亲的情况的。他在悲伤中不知不觉地想起了许多往事，都是关于父亲的往事的回忆：他想起父亲离开的那天，在船上与他最后挥手告别的情景；家里人这次对父亲的外出寄托了希望；母亲接到信后悲伤的样子。他甚至想到死，想到父亲死后母亲身披黑纱，家人的痛苦和不幸。他这样想了很长时间。忽然感觉有一只手轻轻地拍了拍他的肩头，他猛地一惊，原来是一位修女。"我爸爸得了什么病？"少年连忙问。"是你父亲？"修女温和地问。"是的，是我父亲，我来看他，他得了什么病？""勇敢些，孩子，医生马上就过来。"修女回答道。之后她没有再说别的，就走开了。

过了半个小时以后,只听见一声铃响,医生从病房的另一端走过来,跟着他的是助理医生、两个修女和一位护士。他们开始查房,在每张病床前都停下来看一看。少年觉得等了很久,他们每向这边走近一步都使他增加一分焦虑,医生终于走到邻近的病床。医生是一位高个子、驼背、表情严肃的老人。医生还没有离开旁边的病床,少年便站起身。老医生一走近,他就开始哭了起来。

医生看着他。

"他是病人的儿子,是今早从家里赶来的。"修女说。

医生用一只手拍了拍少年的肩膀,然后又俯下身去看病人,给病人诊脉,摸摸他的前额,然后又问修女病人的情况。修女回答说:"没有什么变化。"医生考虑了一下说:"还继续以前的治疗。"

这时少年鼓起勇气,哭着问道:"我爸爸得的是什么病?"

"勇敢点,孩子,"医生重新将手放在他的肩上,回答说,"他患的是面部丹毒症,病情很严重,但还有好的希望。好好地照料他。你在这里对他有好处。"

"但是他都病得认不出我了。"少年伤心地说。

"他会认出你的,或许明天就能认出你了。但愿能这样,鼓起勇气来。"

少年还想再问点其他情况,可是又有点胆怯。医生接着看下一个病人去了。于是少年开始做他父亲的护理员。他不能做其他什么事，只是帮助病人把被子整理好，不时摸摸他的手，赶走苍蝇，听见病人呻吟，他就马上俯下身去看看。修女送水过来，他替修女给他喂水喝。病人偶尔也看看他，可是好像都没有认出他来的样子。然而病人注视少年的时间越来越长，尤其是少年用手帕擦眼泪的时候。第一天就这样过去了。晚上，少年就睡在病房一角的两把椅子上。第二天早晨又继续进行他令人同情的工作。这一天病人似乎清醒了一些，听见少年安慰他的话，眼睛里模糊地闪现出一丝感激的目光，嘴唇嚅动了一下，好像要说什么似的。每次病人昏睡一会儿睁开眼睛后，都要用眼睛寻找他的小护士。医生又来过两次，看到病情有所好转。到了傍晚，当少年把水杯送到病人嘴边时，甚至觉得病人肿胀的嘴唇上掠过一丝微笑。少年感到欣慰，以为父亲清醒过来了，觉得有了希望。他跟病人讲了很长时间的话，讲他的妈妈、妹妹们，讲回家的事，而且用热情和亲切的话语安慰病人。尽管少年也怀疑病人不一定听懂他的话，但他还是不停地讲，因为他觉得病人虽然不明白他说话的含义，但看来却很高兴听到他讲话的那种不寻常的、深情又伤感的声音。就这样第二天又过去了，第三天、第四天，病人的情况时好时坏。少年一心一意地看护着病人，每天两顿饭只啃上几口修女给他送来的一点面包和奶酪。他全然不顾周围发生的事情，不管有病人垂危、半夜里修女突然跑过来或是病人的亲友绝望的哭叫,以及医院里常见的种种惨痛情景,他都好像没有看见,也没有听见似的。

四天就这样过去了,他一直守护在父亲身边,盼着他能好起来。他时刻留意着病人,一听见病人呻吟,或者看见病人的情况异常,就担心得要命。他心里一会儿充满了希望,一会儿又陷入绝望,心情非常不安宁。

到了第五天,病人的情况突然恶化了。

他向医生问过,医生摇摇头,意思是说没有希望了。少年瘫坐在椅子上,哭泣起来。但不管怎样有一件事还是使他感到安慰。尽管病人的病情恶化,但是病人的神志似乎正在清醒起来,病人越来越注意少年,神情也显得越来越愉快,而且只要少年给他喂水或喂药的时候,他的嘴唇经常使劲嚅动,好像要说话似的。有几次甚至很明显,使少年感到有一线生机,上前使劲抓住病人的胳膊,兴奋地对他说:"别怕,别怕,爸爸,你会好的。等你好了我们就离开这里,回家找妈妈。再过两天就好了。"

那时已经是下午四点钟了,少年仍沉浸在温情和希望的憧憬之中。这时,他忽然听见病房外面一阵脚步声,接着一个洪亮的声音说了一句:"再见,嬷嬷。"这声音使他一下子跳起来。就在这时,一个男人走进病房,手里拿了个大包裹,后面跟着一个修女。

少年尖叫了一声,呆站在那里。

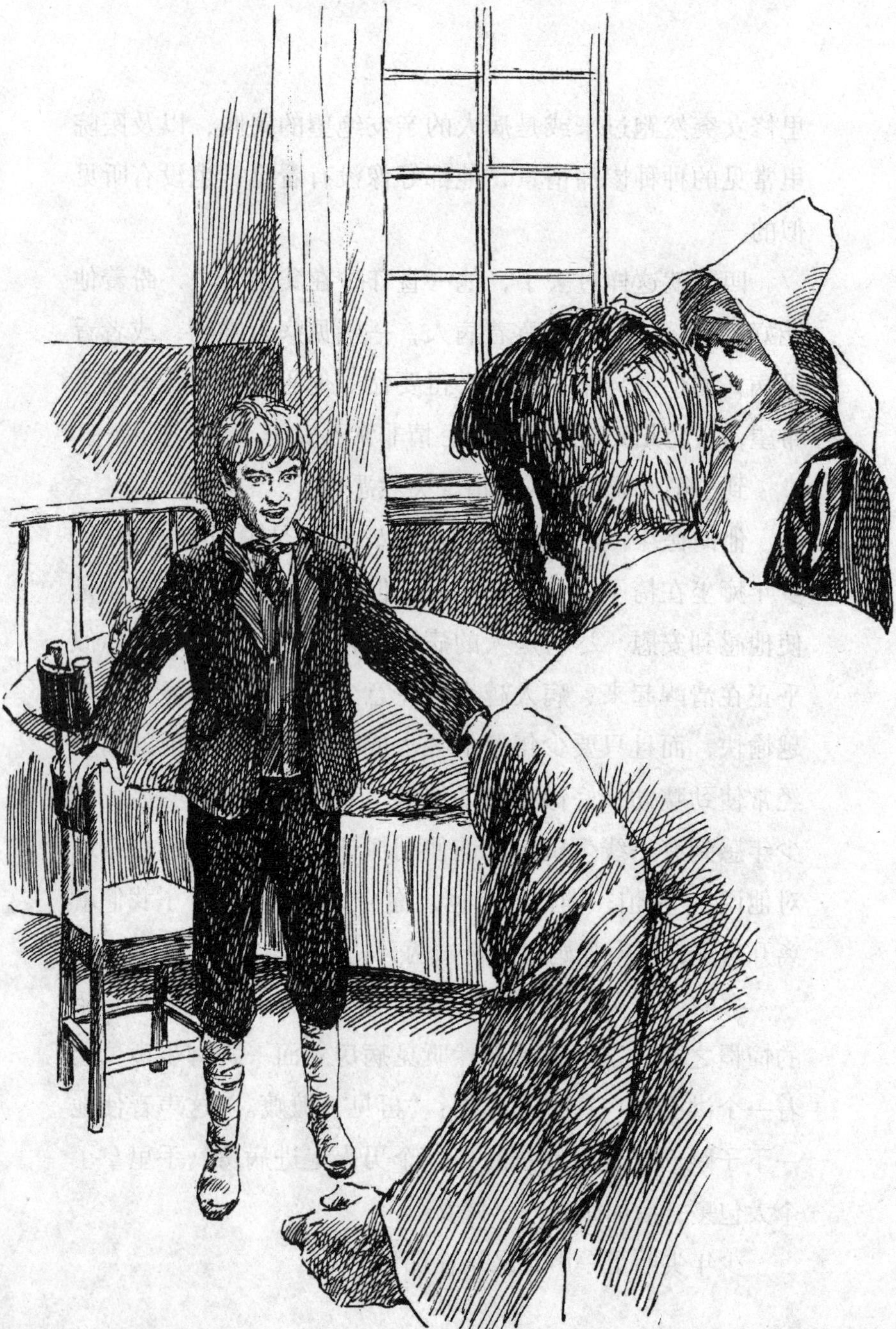

那男人转过身，看了他一眼，也禁不住大声叫起来："齐齐洛！"男人突然跑过去。

少年一下子扑在父亲怀里，激动得说不出话来。修女、护士、医生助理都跑过来惊异地看着他们，不知道究竟是怎么回事。

少年一时激动得说不出话来。

"噢，我的齐齐洛！"父亲注意地看了一眼旁边的病人，把少年吻了又吻，惊奇地说，"齐齐洛，我的儿子，这是怎么回事？他们搞错了病人。我还担心见不到你呢，你妈妈写信说叫你来看我。可怜的齐齐洛！你来这儿几天了？怎么会出这种事？我没什么大毛病。你知道吗？我现在很好。孔切泰拉呢？家里的小宝宝呢？他们怎么样？我就要出院了，我们走吧。噢，上帝啊，谁会想到有这种事！"

少年哽咽着讲了几句家里的事情。"噢，我太高兴了！"少年又断断续续地说，"我太高兴了！这几天真是太可怕了。"边说边不停地吻父亲。

父亲对他说："走吧，我们今晚还可以赶回家。我们走。"说着把齐齐洛拉过去。但齐齐洛却站着不动。少年转身看他的病人。

"来啊，你怎么不走啊？"父亲吃惊地问他。

少年又看看病人，病人此刻睁开了眼睛，盯着他。

这时，少年心头的一番话顿时涌出："不，爸爸，等等……您瞧……我不能走。有这个老人。我在这儿已经五天了。他总是看着我,我原以为是您。我爱他,我喂他水,他愿意我在他的身边,现在他的病很重,真对不起。但我没有勇气离开他。我不知道为什么,离开他我会难受。我明天回家,让我再陪他一会儿,就这样丢下他不好。您瞧他看我的眼神,我不知道他是谁,但他需要我,否则他会孤零零地死去。让我留在这儿吧,亲爱的爸爸!"

"这小家伙真好!"医生助理高声说。

父亲看着少年有些犹豫,然后又看了看病人问道:"他是谁?"

医生助理回答:"和您一样,是个农民,刚从国外回来,和您同一天住院。进来时已经神志不清,不能说话了。也许他的家和子女住得很远。他认为您的儿子就是他自己的孩子。"

病人仍然盯着少年。

于是父亲对齐齐洛说:"那你就留下吧。"

"他没有多长时间了。"医生助理低声说。

父亲又重复说:"留下吧,你有一颗善良的心,我得马上回家好让你妈妈放心。这些钱给你留下用吧。再见吧,我的好孩子,再见。"

父亲拥抱着他,又看看他,然后吻了一下他的额头,走了。

少年又回到床边,病人好像感到安慰。齐齐洛又开始继续做起看护来，他不再哭了，但却仍然像以前一样热情，耐心地给病人喂水，为他整好被子，抚摸病人的手，温情地和他说话，鼓励他。齐齐洛看护了整整一天一夜，第二天依然守护在病人身边。但病人的病情却愈加严重，脸色变紫，呼吸困难，越来越烦躁不安，嘴里不时地呻吟着，脸肿得更加厉害了。傍晚查房时，医生说他恐怕熬不过当夜了。于是，齐齐洛加倍照顾他，眼睛一刻也不离开他。病人常常看着齐齐洛，不时嚅动着嘴唇，好像要说什么，一种非常亲切的神情在眼睛里一闪一闪的，但眼睛却越睁越小，越来越黯然无光了。少年守护了一夜，直到窗外隐现出第一道晨光，修女进来走近病床，看了一眼病人，又急忙离去。过了几分钟，修女又和医生助理一起过来了，还有一个手里拿着一个提灯的护士跟着进来了。

"他快不行了！"医生说。

少年抓住病人的手。这时病人睁开眼睛，看着他，然后又闭上了眼睛。

这时，少年感觉到病人的手握了一下他的手。"他在握我的手呢。"少年喊道。

医生俯下身去看了看病人，然后直起身。修女把墙上的十字架摘下来。

"他死了！"少年喊道。

"走吧，孩子，你善良的使命结束了。走吧。你会有好报的，上帝保佑你，再见。"医生说。

修女从窗边的杯子里取出了一枝紫罗兰,送给少年说:"我没有什么送给你的,就把这个当作医院的纪念吧。"

少年一只手接过花,另一只手擦着眼泪说:"谢谢。可我还要走很长的路呢……花会枯的。"说着,他拆开花束,将花撒在病床上,又说,"用这些花来纪念这个可怜的死者吧。谢谢修女,谢谢医生。"然后,少年又转身看着死者说,"再见……"齐齐洛正在想该如何称呼他,一个这五天来总在呼唤的亲切的称呼从心头涌到嘴边,不觉脱口而出:"再见,可怜的爸爸!"

说完,齐齐洛抱着他的小包裹,拖着疲惫的双腿慢慢地走了。

这时已是黎明了。

铁匠铺

18日 星期六

昨晚,普雷科西邀请我去看他家在街那边的铁匠铺。今天早晨,我和父亲一起出去,父亲同我一起去看了一下,当我们快到那里时,远远地看见卡洛菲手里拿了一包东西从里面跑出来,他那件大大的黑斗篷在身后飘动了起来。哦,我现在总算明白了他是从那里偷的铁锉,然后再卖了换旧报纸的。这个狡猾的卡洛菲!走到门口,只见普雷科西正坐在一堆砖上复习功课,膝上摊着书本。一看到我们,他马上站起来,请我们进去。这是一间很大的屋子,到处落满了煤灰,墙边摆放着各种各样的锤子、钳子、铁杆和生铁块。屋角里有一只熔炉,一个男孩正在拉风箱。普雷科西的父亲在铁砧边上,一个伙计拿着一根铁杆伸进火中。铁匠看见我们,摘下帽子说道:"啊,这不就是送小火车的好孩子吗?是来看看怎么干活的,对吗?这就让你看看。"他边说边微笑着,再也看不见往日那种凶神恶煞的样子了。伙计将一根一头烧得通红的铁杆递给铁匠,铁匠把它搁在铁砧上。他正在做阳台上用的铁栅栏。他举着一把大锤子,开始敲打,一边敲打一边将烧红的部分在铁砧的尖头和中部之间来回推拉,还不停地转来转去。看到铁杆在铁锤快速而准确的敲打下不断地改变着形状,逐渐变成伸展优美的花瓣状,铁杆在他手里任他随意摆布,真令人惊异。这时,他儿子用骄傲的神情看着我们,好像在说:"看见我父亲了吧,干得怎么样?"铁匠干完活,把做得像主教权杖似的铁杆伸到我面前,问我:"你看到怎么做了吧,小绅士?"说完将铁杆放在一边,又拿起另一根插进火里。我的父亲对他说:"干得不错。"然后又补充道,"不管怎么说,愿意干活了,对吧?"铁匠一边擦汗,一边红着脸回答:"对,想干活了。您知道是谁使我又想干活的吗?"我父亲装作不明白。"就是这个好孩子,"铁匠用手指着自己的儿子又说,"就是我那个好儿子,我那个好儿子给他父亲争光。而他的父亲……不务正业,只顾自己享乐，待他像待牲口一样。当我看见他的奖章时……哎！我可怜的小东西，矮得可怜。你过来，让我好好看看你！"普雷科西马上跑过来，铁匠抱他站在铁砧上，撑着他的两个胳膊说："快给你这个坏爸爸擦干净脸。"于是，普雷科西使劲地亲吻他父亲的黑脸，直到他自己的脸也变黑了。"这就对了。"铁匠说着把儿子从铁砧上抱下来。"这就对了，普雷科西！"我父亲高兴地叫道。父亲与铁匠和他的儿子告别后领我出了铁匠铺。出门时小普雷科西对我说："对不起！"边说边往我口袋里塞了一小包钉子。我请他来我家一同观看狂欢节。回家的路上父亲对我说："你把玩具小火车送给了他。但是这个小火车即使是金子做的，里面装满了珍珠，对使父亲重新做人的善良的普雷科西来说，也不过是件小小的礼物罢了。"

马戏团的小丑

20日　星期一

虽然狂欢节快要结束了，但整个城市仍然在沸腾着，每个广场上都搭着许多大棚子。我们家窗下就有一个马戏大棚，一个威尼斯小马戏团带着五匹马在这里表演。马戏棚在广场中央，广场的一角有三辆大篷车，马戏班的人在里面睡觉。架在车轮上的三间小屋子都带有小窗户和小烟囱，小烟囱里总是冒着烟，窗户里晾着婴儿的衣物。有一个妇女给婴儿喂奶、做饭，还要表演走绳索。他们真可怜！人们总带着蔑视的口气称他们是"耍杂耍的"，但他们却是用自己的技艺表演赚钱吃饭，供人们消遣。他们真辛苦！在这寒冷的日子里，他们只穿一件单衣穿梭于马戏棚和大篷车之间，在节目间隙，他们只能匆匆吃上两口东西充饥。有的时候，马戏棚里坐满了观众，但忽然一阵风刮来，吹灭了灯，掀起布棚，那一切就都完了！他们要给观众退钱，还要连夜将布棚子重新搭好。马戏班里有两个男孩子，其中一个最小的在走过广场时我父亲认出了他。他就是马戏团老板的儿子，去年我们在维托里奥·埃马努埃莱广场看马戏表演时看到过他。他长高了，可能有八岁了，是个漂亮的男孩，圆圆的脸，棕色的皮肤，浓黑的鬈发从圆锥形的帽子下露出来，像是个小淘气。他专门扮演小丑，身上穿了一件大布袋似的白色的服装，袖子上绣着黑色的图案，脚上穿着一双布鞋。他是个小调皮鬼但很讨人喜欢，他什么事情都干。清晨，我们就看见他裹着一条围巾给家里人去拿牛奶，然后又去贝尔托拉街的马房牵马，他还要看孩子，搬演出用的套圈、支架、棍棒、绳索，清扫大篷车，生火，闲下来的时候他总是缠着母亲。我父亲常常从窗口看着他，话题总离不开他和他的父母，说看得出他父母都是好人，他们很爱自己的孩子。一天晚上，我们去看马戏。天很冷，看马戏的观众寥寥无几，但小丑仍卖力地为这几个观众演出：他在马背上翻着筋斗，走钢丝,一边表演还一边唱歌,漂亮棕色的脸蛋上总是带着微笑。他的父亲穿着红上衣、白裤子、高筒靴,手持马鞭,看着自己的儿子表演,但是满脸愁容。我父亲很同情他们,第二天画家德利斯来我家谈及此事时我父亲说,他们拼命地干活,生意还是不好做,他特别喜欢那个男孩,要想办法为他们做些什么。画家想出一个主意,他对父亲说:"你在报纸上写篇文章。你能写,就写写小丑的才能,我给他画张像。大家都看报纸,这样人们起码都会去看一次演出。"于是他们就这样做了。父亲写了一篇动人、有趣的文章,讲述了我们从窗外看到的一切,使人读了就想亲眼看看和爱抚一下这位小艺术家;画家为他画了一幅逼真可爱的肖像,登在星期六的晚报上。这一下,有很多人星期日跑到马戏棚来看演出。那一场演出成了为"小丑募捐的专场演出",叫"小丑"是因为报纸上这样称呼他。我父亲领我坐在第一排。马戏棚门口处贴着那张报纸,场内座无虚席,人头攒动,很多观众手里拿着报纸,指给小丑看。小丑高兴地笑着,跑来跑去。马戏团老板自然也高兴得不得了,还从来没有一家报纸这么推崇称赞过他呢,自然他们的钱箱里也装满了钱。父亲坐在我旁边,观众里有很多熟人。体育老师站在入口处,据说他曾经参加过加里波第的军队。在我们对面的第二排,圆脸的小泥瓦匠坐在他那身材魁梧的父亲身边。小泥瓦匠一看见我就朝我做了个兔脸。旁边不远处是卡洛菲,他正在数观众人数,扳着

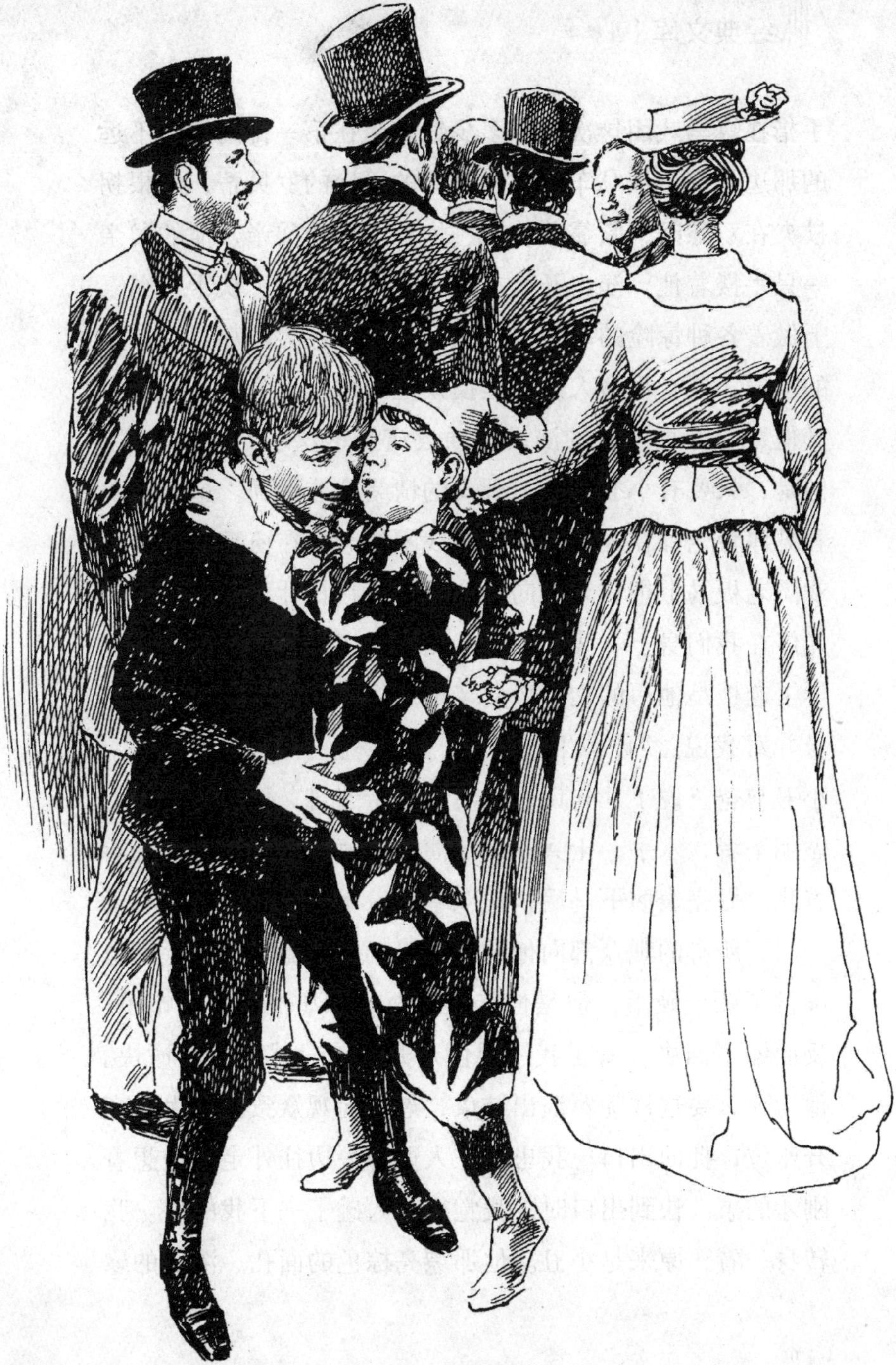

手指在算马戏团这次能赚多少钱。坐在第一排离我们不远的那边是那个从马车下救出小孩的可怜的罗贝蒂，两根拐杖夹在双膝间，紧靠着曾当过炮兵上尉的父亲，他的父亲一只手搂着他。演出开始了，小丑在马背上、秋千和绳索上做着各种惊险的动作，每做一个动作，大家都报以热烈的掌声，还有很多人亲热地摸摸他的鬈发。演出当中还有其他穿着漂亮服装的演员穿插表演走钢丝、魔术和马术，但是，只要有小丑出场，观众的情绪就非常高。这时，我看见体育老师在入口处，与马戏团的老板在窃窃私语。马戏团老板马上把目光转向观众，像是在找什么人，他的目光停在我们身上。我父亲注意到这一切，明白体育老师告诉了老板是他写的文章。父亲怕老板过来感谢他，连忙起身并对我说："你留下看节目，恩里科，我在外面等你。"小丑与爸爸说了几句话，又演了一个节目，他站在马背上做朝圣者、水手、士兵和杂技演员，每次跑过我面前都看着我。做完表演下马后，他双手捧着小丑的帽子开始绕场一周，所有的观众都向他的帽子里扔钱和糖果。我手里也准备了两个硬币，但是他走到我面前时却没有伸过帽子，反而缩了回去，看了我一眼便走开了。我感到很不愉快。他为什么要这样呢？演出结束，老板向观众致谢。大家离开座位，拥向出口。我也夹在人群中一边往外走一边想着刚才的事。快到出口时，我觉得有人碰了一下我的手。我转身一看，原来是小丑。他那漂亮棕色的面孔、浓黑的鬈发，正朝我微笑。他手里捧着一大把糖果，我一下明白了。他对我说："你愿意接受我的糖果吗？"我点了点头，拿了几块糖。他又说："让我吻你一下吧。""吻我两下也行。"我伸过脸回答。小丑用衣袖擦了擦脸上化妆用的白粉，手臂钩住我的脖子，在我的面颊上印了两个唇印，并说："一个吻给你，另一个吻请带给你爸爸。"

狂欢节的最后一天

21日 星期二

今天在看化装游行时，发生了一件令人伤感的事情，幸而结局还好，否则会酿成更大的不幸。节日的圣卡洛广场装饰得五颜六色，广场上到处人山人海，各种颜色的面具随处可见。挂着彩旗的马车装饰成亭台，剧院和船的造型也在广场上来往穿行，彩车上站满了化装成小丑、骑士、厨师、海员和牧羊女的人，热闹的场面让人眼花缭乱，目不暇接。喇叭声、号声和锣鼓声交织在一起，震耳欲聋。彩车上那些戴着面具的人饮酒放歌，一边与游人和站在窗口的人们大声打着招呼，一边一把一把地相互间扔着橙子和糖果。广场上到处是攒动的马车和人头，放眼望去到处飘舞着彩旗。闪亮的头盔，颤动的羽毛，摇摇晃晃的硬纸做的大头像、大帽子，还有大军号，稀奇古怪的兵器、锣鼓、响板、红帽子和酒瓶子在眼前不停地晃动，所有的人都沉浸在狂欢之中。当我们的马车走进广场时，前面有一辆四匹马拉着的、非常华丽的彩车。马的身上盖着绣金的马披，马车用纸做的玫瑰花装饰着，车上站着十四五个绅士，戴着法国宫廷贵族的面具、白色的假发，穿着闪闪发亮的绸缎服装，胸前还戴着花边绶带，胳膊下夹着带羽毛的帽子，腰间挎着佩剑，真是漂亮极了！他们高声齐唱一首法国民歌，并向人群抛洒着糖果，人们不断地给他们鼓掌喝彩。突然，在我们左侧有一个男子把一个五六岁的小女孩高高举过众人的头顶，可怜的小女孩抽动着，挥舞着两条小胳膊，拼命地哭闹。那男人挤开众人，朝绅士的彩车走去。一个绅士跪下来，男人冲他大声说："抱住这孩子，她找不到她母亲了。您抱好她，她母亲一定就在附近，会看见她的，再没有别的办法了。"那绅士抱过孩子，其他人都停止了唱歌。小女孩叫嚷着、挣扎着，绅士摘去面具，马车继续慢慢地向前行进。后来我们听说当时在广场的另一头，一个贫穷的女人也发疯似的在人群中挤来挤去，叫嚷着："玛丽娅！玛丽娅！玛丽娅！我的女儿丢了！我的女儿被人偷了！她被挤死了！"她那样焦躁不安、绝望无助地在人群中走来走去，费力地挪动着步子。这时，彩车上的绅士将女孩紧紧地抱在怀里，四下巡视着广场，并竭力使这个双手掩面、自己不知身在何处、伤心哭泣的可怜的小女孩平静下来。孩子令人心碎的哭声感动了绅士，有很多人送给小女孩橙子和糖果，可是小女孩什么也不要,似乎越来越害怕,哭得越来越厉害。绅士对着人群喊叫:"你们快去找找她的母亲!去找找她母亲!"大家都东张西望地找,但是都看不到她的母亲。终于,快到罗马大街街口时,只见一妇女向彩车奔过来……啊,她的样子我永远都忘不了!她简直没有了人样;披头散发,脸都变了形,衣服也撕破了。她扑到车前,带着喜悦、焦虑和发怒交织在一起的叫喊声,张开双手去抓她的女儿。这时马车停下了。"孩子在这儿。"绅士说着吻了一下小女孩,将小女孩交给她的母亲,母亲发疯似的抱过去紧紧地搂在怀里……可是,这时小女孩的一只手还在绅士的双手中,绅士迅速将自己右手上的一枚镶着一颗大钻石的金戒指摘下,把它戴到小女孩的手上,说道:"拿着吧,将来做你的嫁妆吧!"孩子的母亲惊愕地站在那儿,人群中爆发出一阵掌声。绅士重新戴上面具,他的同伴们也重新唱起歌来,彩车在人们暴雨般的掌声和欢呼声中继续缓缓地向前行进着。

双目失明的孩子

23日　星期四

我们的老师病得很厉害,于是学校让那位曾经在盲人学校教过书的、现在教四年级的老师来代课。他是学校老师中年龄最大的一位,一头白发看上去像是戴了棉花做的假发，说起话来很特别，好像在唱忧伤的歌。但他课讲得很好，而且知识渊博。老师一走进教室，看见有一个孩子一只眼睛上蒙着纱布，便走近他问怎么回事，然后对他说："要当心眼睛，孩子。"这时德罗西便开口问他："老师，您真的教过盲童吗？""是的，教过几年。"老师回答。德罗西轻声说："能给我们讲讲吗？"

老师走过去，在讲台上坐下。

柯莱蒂大声道："盲人学校就在尼斯街。"

老师说："你们说盲人，就像是说病人、穷人似的。可你们真正懂得这个词的含义吗？好好想一想，盲人，什么也看不见！分不清白天和黑夜，看不见天空、太阳和自己的亲人，看不见周围的一切和所能接触到的一切，永远处于黑暗之中，如同被埋在地下深处一样！你们试着闭上眼睛，假设你们永远不能张开，你们很快就会感到恐慌不安，感到不能忍受，要大喊大叫，发疯，甚至痛不欲生。可怜的孩子们，但是你们第一次到盲人学校时，正遇上课间休息的话，你们可以听见他们在拉小提琴、吹笛子、大声说话和嬉笑，看到他们灵活敏捷地在楼梯上跑上跑下，在走廊里和宿舍里随便地转来转去，你根本不会觉得他们是不幸的人。你必须仔细去观察他们。有些十七八岁的年轻人身体强壮，快活爽朗，对他们的失明能泰然处之，但是只要你仔细观察，就会发现透过快乐自豪的表情可以看出他们为了忍受这种不幸所付出的巨大痛苦。还有一些盲人孩子，从他们苍白可爱的面孔上看得出他们是痛苦地接受了这个现实。可以想象得出，他们一定还有背着人偷偷哭泣的时候。啊，我的孩子们，你们想一想，他们当中有些人可能是短期内突然失明的；有些人是忍受了多年的眼疾，做了很多次可怕的手术，终未能治愈而失明的；而更多的人是先天就失明的，对他们来说永远没有黎明，如同进入一座巨大的坟墓，他们甚至不知道人的脸是什么样子的。你们想一想，当他们一想到他们与正常人之间的差别，他们将忍受多么大的痛苦，他们不禁要自问：我们没有罪过，为什么如此不公平？我在他们中间生活了好多年，一想起那个班，那些永远是漠然的目光，毫无感觉、毫无生机的眼睛，再看看你们……就觉得你们不可能是不幸福的。想一想，全意大利有近二万六千个盲人，二万六千个人看不到光明。明白吗？这些人要是排成队从我们窗前走过，要用整整四个小时的时间呢！"

说到这里，老师停下来，教室里鸦雀无声。德罗西又问老师，盲人的其他感觉是否真的比我们灵敏，比我们强。

老师说："这是真的。他们的其他感觉都特别敏锐，这就是因为他们要靠其他感觉来替代视觉，所以，其他的感觉自然要比正常人用得多了。比如，早晨起床一个盲童在寝室里问另一个说：'今天有太阳吗？'那么，穿好衣服的盲童就会马上跑到院子里，伸出双手在空中感觉是否有太阳的温暖，然后跑回去告诉大家好消息说：'今天出太阳了。'他们可以根据一个人的说话声来判断这个人的身高；我们通常是通过眼神来判断一个人，而他们是通过说话的声音来判断；一个人说话的声音他们可以记住好几年不忘。尽管房间里只有一个人在说话，其他人不动，他们也能感觉到房间里有几个人。他们用手摸一下匙子，就知道它们是干净的还是不干净的。女孩子能够区别毛线是染了色的还是原色的。他们上街时两人一排地走路，他们能根据气味来分辨各种商店，包括那些我们嗅不出味道的商店。他们还能在玩抽陀螺时，听着它们旋转的声音，可以径直上前去抓住，绝不会错的。他们推铁环、玩撞柱游戏、跳绳、用石块筑小房子、采紫罗兰花，完全像正常人一样。他们还能用各种颜色的干草编成草席和花篮，又快又好。他们的触觉经过训练，就成为他们的视觉。他们最喜欢触摸，抓住物体，猜物体的形状。领他们到工业博物馆参观，让他们自由自在地去触摸，看他们兴奋地扑到几何物体上、房屋的模型上、工具上，高兴地摸着、搓着，把东西拿在手里转来转去，'看'是怎么做的，真是令人感动。他们也说'看'字。"

卡洛菲插话问老师，盲童的算术是否真的比别人好。

老师回答说："是的。他们也一样学算术和读书。他们有专门的书，字符突出，用手指边摸边识字和读声。他们读得很流利，而且一读错就脸红。他们写字，不用墨水。他们在又厚又硬的纸上，根据特殊的字母表，用金属锥扎出一组一组凹陷的小点点,这些小点点从反面突出来,翻过厚纸,用手指摸着就可以读出他们自己写的东西,以及其他人写的东西。他们就是这样写文章、互相通信的。他们也用同样的方式写数字和算算术,他们心算的速度令人不可置信地快,因为他们不像我们一样因为能看见东西而分心。盲童爱听讲话,非常专注,用心记住所学的一切,就连小孩儿也能一起讨论历史故事和语言问题;四五个人同坐一条板凳,用不着转过脸,第一个与第三个,第二个与第四个一起高声交谈对话,根本不会听错,他们的耳朵相当灵敏。我敢说他们不像你们那样怕考试,他们更加热爱老师,通过脚步声和气味就能分辨出是哪位老师,便能察觉到老师心情好坏、身体好坏。当老师鼓励和表扬时他们特别希望老师能摸摸他们,而他们也摸摸老师的手或手臂,以表示他们的感激之情。他们之间也非常友爱,大家都是好朋友,课间休息时总是几个人在一起玩耍。比如在女生部,她们按演奏乐器的不同结成不同的小组——提琴组、钢琴组、笛子组,从不乱套。假如一个人对另一个人特别好,很难将他们分开,友谊给他们安慰。他们判断是非非常准确,善恶分明,见解深刻,听到好人好事时,他们会比任何人都激动兴奋。"

沃蒂尼问,他们演奏得好吗?

老师回答说:"他们酷爱音乐,音乐是他们的快乐,是他们的生命。有些盲童一进学校就能一动不动地站着听上三个小时的演奏。他们很容易学会演奏而且对此投入极大的热情。如果老师说某个人没有学习音乐的天分,这对他来说是最大的痛苦,然而他还是不顾一切地拼命学习。啊!若是你们听到他们的音乐,看到他们演奏时昂着头,嘴唇上挂着微笑,脸色红润,动情地摇晃着身子,完全沉浸在周围无边无际的黑暗中那和谐的乐曲声里,那你们就能体会到音乐对他们来说是一种多么神圣的安慰啊!当听到老师说'你将成为艺术家'时,他们的脸上就会放出异常的光彩,欢喜无比。他们当中小提琴拉得好或钢琴弹得好的,被当作国王一样,受到大家的热爱和崇拜。如果两人吵架,便去找他来裁决;如果两个朋友之间出现不和,是他使他们言归于好。年纪小的孩子由他来教演奏,所以,对他如同对父母一般,每晚睡觉前都跑去向他道晚安。他们在一起总是不停地谈论音乐。即使是晚上很晚上床睡觉,经过一天的学习和劳动,每个人都已经疲倦得昏昏欲睡,但还是小声地谈论作品、大师、乐器、乐队。如果不让他们读书或学习音乐,对他们来讲是最严厉的惩罚,他们会感到痛苦极了。因此,没有人忍心使他们受这种折磨。犹如光明是我们眼睛所不可缺少的一样,音乐是他们的心灵所不能缺少的。"

德罗西问能否去看望他们。

老师回答:"可以去。但现在最好不要去,等以后,当你们能够真正理解这种不幸,真正能够同情这种不幸的时候再去吧。孩子们，看到那种情景是会让人心酸的。当你们看见盲童坐在敞开的窗户前，享受着新鲜的空气，一动不动地看着窗外，好像在眺望你们所能见到的绿色平原和苍翠的高山……但一想到实际上他们什么也看不见，永远也看不见大自然的美丽景色时，你们就会感到揪心的难受，好像他们是在那一瞬间才变成盲人的。那些先天失明的，因为他们从未见过这个世界，不知道事物是什么样的，相比之下痛苦少一些，而那些失明才几个月的孩子，仍然记着自己所见过的一切，他们明白自己失去的一切是多么宝贵，然而随着时间的流逝，感觉最心爱的影像在脑海中日渐黯淡，最挚爱的人的面庞在记忆中渐渐消失，他们才是最痛苦的啊。一天，他们中的一个孩子带着一种无法形容的悲伤对我说，我真希望还能看见一次，就一小会儿。'我要再看一眼妈妈的脸，我已经记不清她的模样了！'当妈妈来看望他们时，他们将双手放在妈妈的脸上，要从额头到下巴和耳朵，好好地摸一番，感觉一下妈妈的脸是什么样的，仿佛这样在说服自己看见了妈妈；还不住地呼唤着妈妈的名字，求她们再让他们看一眼。这种情景就是铁石心肠的人见了也会落泪的。从那里回来，你们会觉得能看见人、看见房屋、看见天空实在是一种不应享受的特权。噢，我相信，去过那里之后，你们肯定谁都愿意献出自己的一部分视力，至少使那些感觉不到阳光、看不到母亲面庞的可怜孩子们能够得到一线光明。"

病中的老师

25日　星期六

　　昨天下午放学后我去探望生病的老师。老师是因为劳累过度而病倒的，他每天白天要上五个小时的课，还有一个小时的体育课，晚上还要教两个小时的夜校，也就是说，他睡觉太少，吃饭匆匆忙忙，从早到晚得不到很好的休息，所以损坏了身体。母亲是这样告诉我的。母亲在楼下门口等着我，我独自一人上楼去。在楼梯上遇到大黑胡子老师柯阿蒂——就是那个总吓唬学生但从不处罚学生的老师。他瞪着眼睛看着我，用狮吼般的声音和我开玩笑，可他自己并不笑，弄得我上了五楼拉门铃时还在笑。可是当女佣开门把我引进昏暗简陋的房间，看见我的老师躺在床上时，我的笑声停止了。老师躺在一张小铁床上，胡须长长的，为了看清是谁来了，他把一只手搭在前额上，看见是我后他亲切地叫道："噢，恩里科是你来了！"我走到床前，他将一只手放在我的肩上，说，"好孩子，你来看你可怜的老师，太好了。你看，我亲爱的恩里科，我病成这样。学校里怎样？同学们怎样？我不在你们都好吗？你们的老师不在，是不是不用功了？"我想回答说不是，他打断我，接着又说："我知道，你们不会讨厌我。"说完叹了一口气。我看见墙壁上挂着一些照片，老师对我说："你看见

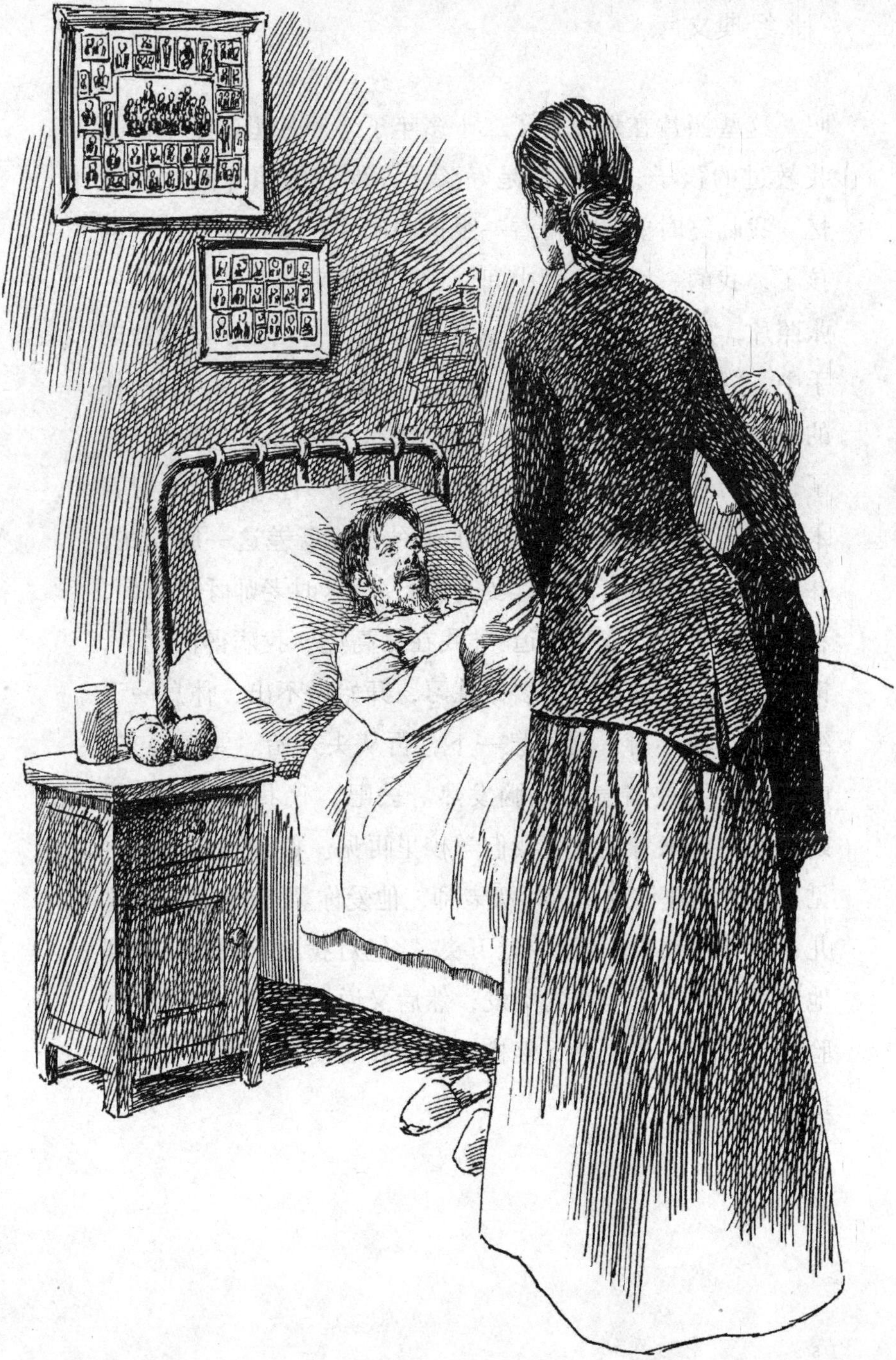

吗？这些照片在那里挂了二十多年了，照片里的学生都是我教过的孩子，他们都是好孩子，他们的照片是我的回忆。我临终时要最后再看一眼这些照片，看看这些淘气的孩子，我的一生在他们中间度过。你将来毕业时也送我一张照片，好吗？"说着他从床头柜上拿下一只橙子放在我的手中。"我没有什么给你，"他说，"就算是一个病人送给你的吧。"我看着橙子，心里一阵难过。老师说："好了，好了，我希望能好起来，但如果好不了……你要努力学习算术，因为你算术较差，要再加把劲！你就差这一股劲儿，并不是因为你没有能力，要有恒心。"这时老师呼吸急促，看上去很痛苦。他叹息道："我在发高烧。我病得快死了，记住，要用心学算术，多做练习，开始做不出，休息一下继续做，还不行？再休息一下，再从头开始。要慢慢来、向前走，不要着急、头脑发热。去吧，代我问候你的妈妈。不用再来看我了，我们学校里再见。假如我们不能再见，你要记住你这个三年级老师，他爱你。"听老师说到这儿，我都快哭出来了。"低下头。"他对我说。我低头走到他床边，他吻了吻我的头发，然后又说："去吧。"说完把脸转向墙壁。我飞奔下楼梯，因为我需要投入到母亲的怀抱中去。

街 道

25日　星期六

今天你从老师家回来的时候,我从窗子里看到你撞着了一位妇女。你在街上走路要注意,走路也要遵守规矩。如果你在家里注意自己的行为举止,为什么走在大街上就做不到呢？街道难道不也是众人的家吗？记住了吗？恩里科。遇到要跌倒的老人,遇到穷人,看到怀抱小孩的妇女,拄着拐杖的残疾人、身扛重物的男人、穿丧服的人时,你都要有礼貌地给他们让路。我们应该尊敬老人、穷人、患病的人,尊重母爱、辛劳和死亡。

看到有人要被车撞了,如果是孩子,你就应该将他拉开；如果是大人,你应该提醒他注意。见到小孩子在哭,你要问他是怎么回事；看见老人的拐杖掉在地上,你应该帮助他捡起来。如果两个小孩吵架,你要上前劝开；如果是大人吵架,你就躲远点,别去看那种粗暴的场面,因为那会损伤你的心灵,令你变得冷酷；看到警察押着一个人从你面前走过,不要和别人一样用那种残忍的好奇心观看,因为这个人也许是无辜的。遇到有医院担架上躺着濒临死亡的病人或出殡的队伍经过,别再与同伴说笑,因为这种事说不定哪一天也会发生在你自己家里。当上学的盲童、聋哑儿、孤儿、弃儿排成两列从你面前走过,你都要尊重他们，因为那是人类的不幸，应该同情。遇到那些可笑或令人讨厌的残疾者，你要装作没有看见一样。路上遇到没有熄灭的火柴梗要立即踩灭，因为它可能引起火灾，烧死人。别人向你问路，你要有礼貌地回答他；不要看着人笑，没有必要时不要奔跑，更不要大声叫嚷。注意你在街上的行为。一个民族的素养，首先从在街上的行为举止中表现出来。如果一个人在街上举止粗暴无礼，那么他在家里也必定如此。你要研究街道，研究你所居住的城市。假如有一天你要远离居住地，你应该记住，这是你的城市，你的故乡，你居住多年的地方。你会为清晰地记住她，回忆她而高兴。在那里，你跟着母亲蹒跚学步；在那里，你体验到最初的人生感情，你获得了启蒙的知识，你结识了最初的朋友。这个城市就是你的母亲，是她教育了你，哺育了你，保护了你。认真研究她的街道和她的人民吧，热爱她，如果她受到了侮辱，就去保护她。

——你的父亲

3月

夜　校

2日　星期四

　　昨天晚上，父亲带我去看我们巴勒底学校开办的夜校。学校里已经灯火通明了，工人们已经陆陆续续地走进教室。我们到学校时，看见校长和老师们正怒气冲冲的，原来，有人用石头砸碎了一块玻璃。校工跑出去抓住一个刚走过的男孩，但是住在学校对面的斯塔尔迪过来说："不是他。我亲眼看见是弗兰蒂扔的。弗兰蒂还对我说，不让我说出去，让我当心点！但是我不怕。"于是，校长说非将弗兰蒂永远逐出校门不可，他边说边注意地看着三三两两来夜校上课的工人。这时已经有两百多人了。我从来没有注意到夜校这么好！夜校里最小的孩子才十二岁，还有更大一些的孩子，有的是长着胡子的工人，他们刚下班回来就带着书本来上课了，有木匠、黑脸膛的锅炉工、手上还沾着白灰的泥瓦匠、头发沾满面粉的面包坊的伙计。教室里可以闻到油漆、皮革、树脂、汽油等各行各业所有的气味。一队兵工厂的工人穿着军装,在队长的带领下也来上课了,他们很快地在位子上坐好,挪开桌下我们上课时用来垫脚的小木凳,就开始用功学习起来。教室里,有的人拿着本子去请老师讲解。我看见那个穿着讲究的、外号叫"小律师"的年轻老师身边围着三四个工人,他正在给他们批改练习。那个跛脚的老师冲着递给他练习本的染匠直笑,那本练习本被染得一块红、一块蓝的。我的老师也来了,他病好了,说明天能给我们上课了。所有教室的门都敞开着。上课时,看着他们一个个聚精会神的、眼睛一动不动的样子,真让我惊叹不已。听校长说,为了不迟到,他们很多人都还没有来得及回家吃饭,还饿着肚子呢。夜校里的小孩子上了半小时课后开始犯困,有的索性趴在桌子上睡着了。这时,老师便用笔拨弄他们的耳朵,将他们弄醒。然而大人就绝对不会这样了,他们个个很精神,张着嘴,目不转睛地听老师讲课。看着这些长着胡子的人坐在我们小学生的课桌上学习,我感到很有趣。我们还上楼看了看。我跑到我们教室门口,看到我的座位上坐着一个长着两撇大胡子、一只手缠着绷带的人,也许是机器把他的手压伤了。即使这样,他还在专心地、慢慢地写字。最有趣的是在小泥瓦匠的座位上,同一张桌子,同一个角落里坐着他父亲——那个魁梧的泥瓦匠。他紧紧地蜷缩在那里,双手握拳托着下巴,屏住呼吸,眼睛盯着书本,专心地听讲。据说,他坐在儿子的座位上这不是偶然的,原来他到夜校的第一个晚上,他就对校长说:"校长先生,请让我坐在我家的小兔脸的座位上吧。"他总是那么称呼他的儿子……父亲和我一直看到下课才出来。我们看到街上还站着许多怀抱孩子的妇女在等候丈夫下课。下课时在校门口工人们接过自己的孩子,妇女们拿过书和本子,然后一起走回家。一时间,街上人声鼎沸。不一会儿,一切又都安静下来。最后,只看见校长拖着长长的、疲惫不堪的身影慢慢离去。

打　架
5日　星期日

　　被校长勒令退学之后,弗兰蒂伺机报复是早就预料到的事。斯塔尔迪每天放学后要去多拉·戈罗萨街的女校接他的妹妹一起回家,今天弗兰蒂就在他们必经的大街拐角处等着他。我的姐姐希尔维娅放学回家的时候,正碰上他们打架,回家时她都给吓坏了。事情是这样的:弗兰蒂歪戴着漆布帽,蹑手蹑脚地跟在斯塔尔迪的后面,等他靠近时故意寻衅,一把揪住斯塔尔迪妹妹的辫子向后猛拉,差一点把她揪倒在地下。她吓得哭起来,斯塔尔迪回过头来,看见这是弗兰蒂。这家伙比斯塔尔迪高大得多,他的神情似乎在说:"你要敢作声,我就要剥掉你的皮!"斯塔尔迪虽然比他小,但却不害怕,他立刻向弗兰蒂扑过去,举起拳头就打,于是两个人便扭在一起了。当时街上只有女孩子,没有人能把他们拉开。弗兰蒂把斯塔尔迪打倒在地上两次,拼命用拳头打他,不一会儿就把斯塔尔迪的耳朵撕破了,眼睛打肿了,鼻子也打得出了血。但斯塔尔迪并不示弱,他喊道:"就是打死我,也不会饶你!"弗兰蒂又是拳打,又是脚踢,斯塔尔迪被压在底下,两只脚只管乱蹬。有一个女人从窗口喊道:"小个儿好样的!"别的人也说:"他是为了保护他的妹妹,翻起身来勇敢点,打呀!使劲打!"又骂弗兰蒂说:"你这个坏蛋!不讲理的家伙!"这两个人在地上翻来滚去地打成一团,弗兰蒂野蛮极了,一个绊子又把斯塔尔迪摔倒在地,骑在他身上说:"求饶!""不!""求饶!""不!"后来,斯塔尔迪忽地一下子翻过身来,抱住弗兰蒂的腰,用力一摔,就把他摔倒在地上,然后用一只膝盖抵住他的胸脯。"啊,那坏蛋拿着刀子呢!"有个男人走过,看见弗兰蒂掏出刀子来,立刻跑过去想把刀子夺下来。斯塔尔迪气极了,早已用两只手抓住了弗兰蒂的那条胳膊,然后抽出一只手来,在弗兰蒂手上猛打。弗兰蒂的手被打破了,流着血,小刀也从他手里掉落了。这时,人渐渐多起来,把他们拉开了。两个人都站起来,弗兰蒂狼狈地逃跑了。斯塔尔迪虽然满脸伤痕,一只眼睛也被打青了,但他却以胜利者的姿态站在妹妹身边。有几个女孩子替他把散落的书和笔记本拾起来。"真勇敢!他保护了妹妹!"周围的人说。可是,斯塔尔迪把他的书包看得比这件事更重要。他仔细地、一本一本地检查他的书和笔记本，看有没有损坏或丢失，一面又用衣袖掸去上面的尘土，再看看钢笔有没有给弄坏。他看完了，又把东西一一放回书包里去，然后他很平静、很严肃地对妹妹说："快回家吧，我还得复习一下今天的功课呢！"

家长们

6日　星期一

斯塔尔迪的父亲怕儿子再遇到昨天那样的事情，所以今天就到学校接斯塔尔迪来了。可是大家都说要把弗兰蒂关起来，他再也不会来了。今天有很多家长，其中有柯莱蒂的父亲——那个柴火铺的主人。他和儿子一模一样，也是个细高身材、性情活泼的人，胡须的两端修理得尖尖的，纽扣上挂着两色的绶带。同学们的家长我差不多都认识了。有一个老太太，背已经驼了，每天还要来四次，接送她上学的小孙子，风雨无阻。给他穿衣服、脱衣服呀，系领带呀，拍去身上的尘土呀，检查笔记本呀，看来在这个世界上，只有她这个小孙子是她最心爱的，她再没有别的什么牵挂了。还有从车下救出小男孩、拄着拐杖的罗贝蒂的父亲，那个炮兵上尉也常来接儿子。同学们向他问好时，他不管是谁，都要一一回礼。他尤其爱那些穿着粗布衣裳的穷人家的孩子，他们向他问好时，他还要向他们道谢。不过，也常常会遇到一些伤心的事情。有一位绅士原来每天都来接送两个儿子的，后来，其中一个儿子死了，他就不再来了，只让一个女仆来接另一个孩子。我已经有一个月没有看见他了，昨天他偶尔来到学校，看见了儿子过去的朋友们和儿子以前上课的教室，他难过极了，就一个人躲在角落里，两手捂着脸哭起来。校长看见了就拉着他的手，让他到自己的办公室去了。有些家长对自己孩子的朋友也很熟悉，能把他们的名字一一叫出来。还有一些女子学校或邻近中学的学生也过来接他们的弟弟。有一个老绅士曾经当过陆军上校，对孩子们也特别好，看见哪个学生掉了钢笔或笔记本，就替他们捡起来。常常可以看到一些穿得很华丽的贵妇人同那些头上包着头巾、臂弯里挎着篮子的平民妇女一块儿谈论着学校里的事情："啊，这次的算术题可够难的！""今天的语法不知道什么时候才能讲完！"如果班里有谁生病了，家长们都会知道。要是他病好了，大家就都为他高兴。今天早晨，有十来位太太、绅士和工人围着克罗西的母亲打听我弟弟班里一个孩子的病情，这个孩子和她住同一个院子，正患着重病。我们的学校使大家都能够平等共处，都能成为朋友。

七十八号犯人

8日　星期三

　　昨天下午，我看见一个动人的场面。有好几天了，那个卖菜的女人一遇见德罗西，总是用深情的眼光看着他。因为德罗西自从知道了那个墨水瓶和七十八号犯人的事情以后，对她的儿子克罗西——那个一条胳膊残疾了的红头发的孩子产生了好感。德罗西总是帮克罗西做作业，克罗西不会做功课的时候，就耐心教他，还送给他纸、钢笔、铅笔之类的东西，对他就像亲兄弟一样，好像是在补偿他父亲给他带来的不幸似的，尽管克罗西对这件事情一点儿都不知道。卖菜的女人注意德罗西好几天了，总是看着他。她是一个善良的女人，一心一意只是为了儿子。德罗西既是绅士、有钱人的儿子，又是班长，竟能那样对待她的儿子，处处帮助他，在她眼中德罗西简直就是国王和圣人。她总是望着德罗西，好像很想对他说什么，可是又不好意思说。昨天早晨，她终于鼓起勇气，在校门口叫住德罗西，对他说："实在对不起！你那样爱我的儿子，对他那样好，能不能收下这穷母亲的一点礼物呢？"说着她从菜篮子里拿出一个黄白颜色的硬纸盒来。德罗西的脸红了，很坚决地谢绝，说："留给你的儿子吧，我什么也不要。"那女人觉得很不好意思，结结巴巴地解释说："你不会不高兴吧？这只不过是一点糖果。"德罗西仍旧摇摇头说："不！"于是她又怯生生地从菜篮子里拿出一个萝卜来说："至少，请你把这个收下吧——还很新鲜呢，带回去给你的妈妈吧！"德罗西微笑着说："不，谢谢！我什么也不要。我愿意尽力帮助克罗西，但我什么也不要，谢谢！""那么，你没有生气吧？"那女人担心地问。"哪里！没有！"德罗西说，一边微笑着走开了。那女人十分欢喜地感叹着说："啊，多好的孩子！我还从来没有见过有这样好的孩子呢！"这件事好像就算过去了。下午放学的时候，克罗西的母亲没有来，他那面容憔悴、瘦削的父亲来接他了。他叫住了德罗西，我从他望着德罗西的神情立刻就看出来，他觉得德罗西已经知道他的秘密了。他注视着德罗西，用他那温和而动人的声音对他说："你对我儿子那么好，为什么呢？"德罗西的脸色一下子红了。他很想说："我对他好是因为他不幸的缘故，又因为你——他的父亲，比一般的罪人更不幸，你用极高尚的行为赎了罪，你是个有良心的人。"但是德罗西却没敢说出口，因为在这个杀过人、蹲过六年监狱的人面前，还是觉得有些害怕，甚至还有一点恐惧。德罗西的父亲看出了这些，放低了声音，差不多是战栗着，附在德罗西的耳朵上说："你爱我的儿子，但看不起我这个做父亲的吧？""啊，哪里，哪里！完全不是这个样子！"德罗西从心底里叫着说。于是，克罗西的父亲很感动，他似乎想去拥抱德罗西，但他没有敢这样做，只是用手轻轻地抚摸了一下德罗西的鬈发,眼里含着泪,望着德罗西,在自己的手上接吻,好像是说,这吻是给德罗西的。然后他拉着儿子的手,匆匆地走了。

小男孩之死

13日　星期一

我弟弟的同学——和克罗西同住一个院子里的那个生病的孩子,前两天死了。星期六下午,德尔卡蒂老师很悲痛地把这个消息告诉了我们的老师,卡罗内和柯莱蒂知道后,立即表示要去帮助抬小男孩的棺材。那个孩子很可爱,上个星期刚刚得过一个奖章。他和我弟弟很要好,还送给我弟弟一个旧的钱夹呢。我母亲见了他总要喜爱地抚摸他。平常他总戴着一顶有两道条纹的小红帽,他的父亲是铁路上的搬运工人。昨天(星期日)下午四点半,我们都到他家去送葬,他家住在楼下。我们去的时候,已经有许多他同班的同学和他们的母亲一起手里拿着蜡烛等在那里,还有五六位老师和几个邻居也都聚在院子里。我们从窗口看见,帽子上插着红羽毛的那个老师和德尔卡蒂老师在哭,还听见院子里孩子的母亲大声痛哭的声音。有两个贵妇人,那孩子的同学的母亲,还带来了很多花束。五点整,我们出发了。走在最前面的是一个举着十字架的孩子,后面是神甫,再后面就是那口小小的棺材。可怜的孩子,那么小小的年纪就死了!棺材上罩着黑布,那两个贵妇人送来的花圈放在棺材两边。棺材前面的黑布上挂着男孩子刚刚得到的奖章和一年中间他所得到的奖状。卡罗内、柯莱蒂和同院的两个孩子抬着棺材。棺材后面紧跟着德尔卡蒂老师,她哭得很厉害,好像在哭自己的孩子一样。她后面是另外几个女老师,女老师的后面是学生们,其中有些孩子还非常小,一只手被母亲拉着,另一只手拿着花束,惊奇地望着前面的棺材,他们的母亲手里都拿着蜡烛。我听见一个孩子问:"他再也不来上学了吗?"当棺材从院子里被抬出来的时候,忽然孩子的母亲悲痛欲绝地哭着跑出来了,人们立刻把她搀扶回屋子里去。到了街上,我们遇见排队走过的一个专科学校的学生们,他们看见挂着奖章的棺材和女教师,就都把帽子摘下来了。可怜的孩子,他永远和他的奖章一起长眠了,我们再也看不见他的那顶小红帽子了!那么活泼的一个孩子,没想到竟死了!临死的那天,他还挣扎着坐起来学功课,一定要让家人把奖章放在他床上,恐怕被别人拿走。现在谁也不能把它从你身边拿走了!好孩子,永别了!我们永远都会记得你!安息吧,亲爱的小朋友!

3月14日的前一天

今天比昨天快乐多了，因为今天是3月13日，是一年当中最盛大最隆重的日子——是维托里奥·埃马努埃莱大剧院授奖仪式的前夜！这次挑选到台上做礼仪传递奖状的孩子，也不像以前那样随便谁都可以担任的。今天上午放学的时候，校长到我们教室来说："孩子们，告诉你们一个好消息！"接着又叫，"柯拉奇！"于是那个卡拉布里亚孩子站起来。"明天你愿意做传递奖状的人吗？""愿意。"卡拉布里亚孩子说。"很好！"校长说，"那么卡拉布里亚的代表也有了，这真是再好也没有了。市政府计划传递奖状的十几个孩子要从意大利各省的人里面挑选，而且要从小学生里挑选。我们这个城市里一共有二十所小学和五所分校共七万名学生，从这么多的人里面挑选出代表意大利各省的孩子是毫不困难的。在托尔夸托·塔索小学有两个岛屿——撒丁岛和西西里岛的代表，还有佛罗伦萨、罗马、威尼斯、伦巴第、罗马涅、拿波里的代表都已从别校选出。我们学校的代表是热那亚人和卡拉布里亚人，再加上皮埃蒙特省的代表正好十二名代表，这不是一种很有趣的办法吗？给你们发奖的人将是意大利各地的同胞。要注意！那十二个孩子一起走上舞台时，你们一定要热烈地鼓掌。他们不仅仅是十二个孩子，而且代表了整个国家，是和大人一样的。正如一面小小的三色旗也能像一面大国旗一样代表意大利，你们说对吗？所以你们要拿出最大的热情来，要表示出你们小小的心在沸腾着，你们的灵魂在祖国神圣的形象面前燃烧着火焰。"校长说完就走了。我们的老师笑着说："那么柯拉奇就是卡拉布里亚的代表了！"同学们都拍起手来。走到街上，我们围着柯拉奇，抓住他的腿和胳膊，把他高高地抬起来，举在空中，大声欢呼着："卡拉布里亚万岁！"这并不是随便开个玩笑，而是诚心诚意庆贺他当选的，因为平时大家就很喜欢他。他笑着，我们一直把他抬到路口，走着走着在拐弯的地方我们不觉撞到一个长着黑胡须绅士的身上，绅士笑了起来。柯拉奇说："这是我的父亲！"于是大家就把柯拉奇交给他，各自回家了。

颁奖仪式

14日　星期二

　　快到两点钟的时候，宽敞的剧院里已经挤满了人——楼上、楼下所有的座位，包厢和舞台上都座无虚席。无数欢乐的面孔在攒动，有孩子，有绅士，有老师、工人、妇女和儿童，他们都在兴奋地舞动着手臂。帽子上的羽毛、丝带以及鬈发在人群中飘来飘去。到处是欢声笑语。剧场全部用红的、白的、绿的等五颜六色的花带装饰起来。舞台两侧各有一个台阶，领奖的人从右侧上台领奖，从左侧台阶下来。舞台正面有一排红色的椅子，中间的一把椅背上还挂着两个花环。舞台上还悬挂着一排彩旗，舞台一侧放着一张绿色的小桌子，上面摆着用三色丝带扎好的奖状。乐队就在舞台下面的乐池里。老师们都坐在专门留给他们的座位上。楼下的长椅上坐着数百名拿着乐谱、准备唱歌的孩子。还有的老师正在剧场后面和周围的走道上来来往往地忙碌着，指挥那些准备领奖的孩子们排好队伍，家长们正在给自己的孩子整理头发或领带。

我和父母一走进小包厢里面，就看见坐在对面的包厢里的老师们，其中有帽子上插有红色羽毛的女老师，她正微笑着，露出两个深深的酒窝。她旁边是我弟弟的老师，穿黑色衣服的修女和我二年级时候的老师。啊，他的脸色还是那么苍白，咳嗽得很厉害，他一咳嗽全剧场的人都能听见他的咳嗽声。在池座里我一下子就看见了卡罗内的大脑袋和奈利的金发，奈利坐在卡罗内身边，头紧紧地靠在卡罗内的肩上。再过去一点，是长着鹰钩鼻子的卡洛菲，他正在专心致志地收集印好的受奖人名单。他已经收集了一大沓了，一定是准备做什么交易的，我们明天就能知道了。在离门口不远的地方，坐着柴火店主人夫妇，两个人都穿着节日的盛装，旁边是他们的儿子柯莱蒂，他在三年级的时候曾经得过三等奖。我惊奇地发现今天柯莱蒂没有戴他的猫皮帽子，咖啡色的裤子也换掉了，打扮得就像一个小绅士一样。沃蒂尼穿着一件镶有花边的硬领衣服，在包厢里面闪了一下就不见了。在坐满了人的前看台上坐着炮兵上尉和他的儿子——拿着拐杖的罗贝蒂。

刚到两点钟，乐队就开始奏乐。这时市长、省督、局长、厅长和其他官员，都穿着黑色的礼服，从右侧的台阶走上舞台，在正面的红椅子上一一坐下来。这时，乐队停止奏乐，音乐学校的指挥手里拿着指挥棒走到前面来。他一抬起指挥棒，准备好唱歌的孩子们便全都站起来，在他的指挥下，孩子们一齐唱起歌来。七百个人合唱着一支非常美丽的歌曲——七百个孩子的声音汇成一首歌，这是多么动听的声音！全场都在静静地听着，就像在听一首回响在教堂里的响亮而纯洁的圣歌一样。他们唱完后，大家都热烈地鼓掌，然后场内迅速安静下来，授奖仪式开始了。我二年级时候的那位红头发、眼睛水灵灵的老师走到舞台前面，准备宣读受奖人的名单。大家都朝舞台的入口处望着，焦急地等着那十二个传递奖状的孩子出来。因为报纸上早就已经报道这些孩子是意大利十二个省区的代表，所以大家都知道这件事。市长和其他官员也和大家一样好奇地注视着入口处，整个剧场鸦雀无声。

这时，突然那十二个少年排着队走到舞台前，面向大家站成一排，微笑着。这时，全场掌声雷动，三千个人一下子都站起来。台上的孩子们一时手足无措，不知道怎么办好。"请看，这就是意大利！"台上有人说。我一眼就看到卡拉布里亚的孩子柯拉奇，他像平常一样穿一身黑衣服。和我们坐在一起的一位市政府的官员说，所有的孩子他都认识，于是，他将十二个孩子一一介绍给我的母亲："那个金发的孩子代表威尼斯。罗马的代表是那个高个子，鬈发的少年……"这些孩子中间，有两三个穿戴得像绅士一样，其他都是劳动者的儿子，但他们都穿得干净、整齐，那个年龄最小的佛罗伦萨的孩子腰间还系了一条蓝色的围巾。十二个孩子依次走过市长的面前，市长一一在他们的额上亲吻，他身边的一个官员微笑着，向他介绍孩子们代表的省区的名称。每走过一个孩子，全场都要报以一阵热烈的掌声。然后他们都走到绿桌子跟前去拿奖状，老师开始宣读受奖学生的名单，以及所在学校和班级的名称。于是领奖的孩子们开始排着队走上舞台。

第一个孩子刚走上舞台，台下便奏起悠扬轻快的乐曲，那小提琴优美的旋律听起来好像是风在轻轻地吹拂，委婉得如同母亲或老师在对孩子们柔声细语，这音乐一直到授奖完毕才停止。这时领奖的孩子们一个挨一个地走到坐在椅子上的绅士们面前，绅士们把奖状发给他们，对每一个孩子都要说上几句勉励的话语，并亲切地抚摸他们一番。

每逢一个特别小的孩子，或者衣服褴褛的孩子，头发乱蓬蓬的孩子，穿着红色或白色衣服的孩子走过时，整个剧场的孩子们拍手拍得就更起劲了。有几个一年级大班的学生，走到台上突然手足无措，不知道该往哪里走好，人们就都哄然大笑起来。还有一个丁点儿大的孩子，背上结了一个那么大的粉红色蝴蝶结，弄得连走路都走不好了。他被地毯一绊跌了一跤，管理人员马上过去把他扶起来，大家都拍手大笑了。还有一个，领完奖回来的时候从台阶上跌下来，人们全都吓得惊叫起来，可是他却一点儿也没伤着。这里面各式各样的孩子都有，有的样子很淘气，有的很胆小，有的脸红得像樱桃一样，也有的样子很可笑的。他们一从台上走下来，爸爸妈妈就立刻把他们领走了。轮到我们学校的时候，我真是高兴极了！有许多孩子都是我认识的。柯莱蒂从头到脚都换了新穿戴，脸上挂着微笑，露出白白的牙齿来。可是谁知道，他今天早晨已经扛了多少柴了啊！市长把奖状递给他的时候，问他额上的红斑是怎么来的，说着便把手放在他的肩上。我向座位里望去，看见他的父亲和母亲都在掩着嘴笑呢！接着是德罗西，全身穿着深蓝色的衣服，纽扣闪着亮光，一头金色的鬈发，神态那么自如、高雅，样子那么可爱，金发的头高昂着，我真想给他一个飞吻。绅士们也都愿意和他说话，跟他握手。接着老师喊道："朱利奥·罗贝蒂！"只见上尉的儿子拄着拐杖走上台去。许多孩子都知道罗贝蒂舍己救人的事迹，这事便立刻传遍全场，掌声和喝彩声顿时像山洪一样暴发，震动了剧场。男人们都站起来看他，妇女们都向他挥着手帕。罗贝蒂站在舞台中间，被这种气氛惊得不知该怎么办好。市长走过去，把他拉到自己身边，发给他奖状，吻了吻他，然后把挂在椅子上的两个花环拿下来，分别系在他的两根拐杖上，然后把他领到舞台前，交给他的父亲。上尉把儿子抱过来，在沸腾着"好样的"和"万岁"的喝彩声中，让他在自己的身边坐下来。悠扬的音乐声还在回荡着，孩子们继续排着队走过——里面有小商贩的孩子，工人和农民的孩子。等他们全部过完以后，那七百个孩子又唱起另外一支动听的歌曲。他们唱完以后就是市长讲话，市长讲完是法官讲，法官最后在讲话中对孩子们说："在你们离开这里之前，不要忘记向那些辛勤教导你们的人，向那些把自己毕生的精力、全部的心血和才智都奉献给你们的人致敬。请看，他们就在那儿！"说完他用手指向包厢里的老师们。于是，全剧院的孩子们一齐站起来，呼唤着，向老师们招手致意。老师们都被深深地感动了，也都站起来向他们挥着手帕和帽子。这时，乐队又奏起乐来，代表意大利各省的十二个学生又重新走到舞台前面，手挽着手排成一排。于是，全场又一次向他们致以暴风雨般的掌声，鲜花像雨点一般撒在他们的身上，落在他们的脚下。

争　吵

16日　星期四

今天我和柯莱蒂吵架了，但并不是因为他得了奖，我就嫉妒他。不，绝对不是这么回事，但不管怎么说，都是我不对。今天早晨，老师让柯莱蒂与我同桌。小泥瓦匠生病了，所以老师让我替他抄写每月故事《罗马涅的热血》。我正在抄着，忽然柯莱蒂碰了一下我的胳膊，墨水一下子溅到笔记本上，把我的本子弄脏了，字也看不清楚了，我就骂了他一句。他微笑着对我说："我不是故意的。"我本来应该相信他的，因为我很了解他，可是他的笑使我很不舒服。我想："哼，得了奖，就骄傲起来了！"于是我就想报复他。过了一会儿，我也碰了他一下，把他的本子也弄脏了。柯莱蒂气得脸都红了。"你这是故意的！"他说着就举起手来。可正好这时给老师看见了，柯莱蒂就把手放下了，对我说："我在外面等着你！"我心里觉得很不安，气也全消了，我很后悔不该那样做。柯莱蒂是个很好的人，他绝对不会是故意这样做的。我想起那次去他家玩的时候，他帮助父亲干活、照顾他生病的母亲的情况，还有他来我家的时候，我们全家高高兴兴地欢迎他，父亲又是那么喜欢他的种种情况来。啊，要是我没有骂他，没有做对不起他的事情有多好啊！我又记起父亲说过的"应该知道认错"那教诲我的话来,但是我又不敢主动地向他承认错误,因为我怕丢脸。我用眼角偷偷地看着他,只见他衣肩上的线缝都开了,大概是因为扛的柴火太多了的缘故吧。想到这里我反而觉得柯莱蒂很可爱了。我心里暗暗地说"勇敢点",可是"对不起"这几个字总卡在喉咙里说不出来。柯莱蒂不时用眼睛瞟着我,但他的眼神不是愤怒,而是悲伤。我也用眼睛瞪着他,表示我并不怕他。他又说了:"我在外面等你!"我回答说:"我也等着你!"但我心里却在想着父亲对我说的话:"要是你错了,别人打你,你千万不要还手,只要自卫就是了。"我心想:"只保护自己,不还手。"这以后我一直很难受,很不高兴,老师讲的课我一句都没有听进去。我终于熬到了放学的时候。来到街上,我独自走着,听见柯莱蒂从后面跟上来。我手里拿着尺子站着等他。他向我走来,我便举起了尺子。"不,恩里科!"柯莱蒂微笑着用手拨开尺子,温和地对我说:"让我们再像以前那样做好朋友吧!"我一下子惊呆了。忽然我觉得有两只手搭在我的肩头,我已经在他的怀抱里了。"再也不了!再也不了!"我回答说,然后我们就高高兴兴地分手了。回到家里,我把这件事告诉了父亲,本想是叫父亲高兴一下,不料父亲把脸一沉说:"既然是你错了,你就应该第一个伸过手去请他原谅,况且你不应向一个比你好的同学——而且是一个军人的儿子举起尺子!"说着从我手里夺过尺子,折成两段,扔到墙角去了。

我的姐姐

24日　星期五

　　恩里科，因为你待柯莱蒂不好，父亲已经责备了你，你为什么还要这样对待我啊？你不知道，你让我心里多么难受呀！你小的时候，我舍不得丢下你去和同伴们玩耍，整天在你的摇篮旁边守着你。你病了的时候，每夜我都要起来摸摸你的额头，看你是不是还在发烧。但是尽管你这样使我伤心，假如有一天我们家里遭到巨大的不幸，你的姐姐仍然会像母亲一样保护你。等到父母亲去世以后，我就是你的最亲密的朋友，唯一可以给你安慰的人了，一旦需要，我还得去做工，为你去挣面包，去挣你的学费。而且就是将来你长大了，我也仍旧会爱你的。即使你去了很远的地方，我也会时刻惦记着你的，因为我们有血缘关系，我和你是一起长大的。恩里科啊，你要相信，将来一旦发生什么不幸的事情，你一定会来找我，会对我说："姐姐，让我在你的身边，让我们回忆一下过去的那些幸福的日子吧！你还记得和父亲、母亲一同生活的快乐时光吗？那是一些多么美好的回忆！"啊，恩里科，你的姐姐无论什么时候都是张开双臂等着你来的。亲爱的弟弟，我刚才责备了你，请你原谅我吧！我不会记恨你的。即使你再一次使我难过，那又算什么呢？你永远是我的弟弟，我亲爱的小弟弟。你在我的心里永远是小时候我抱着你的那个样子,我曾和你一同爱过我们的父亲、母亲,我看着你渐渐长大,忠实地陪伴你度过多年时光。现在,你在这个本子上写几句安慰我的话吧,我晚上再到这儿来看。恩里科啊,我是永远不会生你的气的,为了让你明白这一点,昨天晚上我看到你很疲倦地睡着的时候,我替你把你为生病的小泥瓦匠抄写的每月故事《罗马涅的热血》抄好了,就放在你左边的抽屉里。给我写几句亲切的话吧,恩里科!

——你的姐姐希尔维娅

我不配亲吻你的双手。

——恩里科

罗马涅的热血(每月故事)

那天晚上,费鲁丘的家里特别安静。他的父亲开了一家干货店,父亲到弗利办货去了。他的母亲因为女儿路易吉娜的眼睛要动手术,也随父亲进城了,他们要到第二天才能回来。在家里帮忙的女佣在天黑时就回去了,家里只剩下两腿瘫痪的外祖母和十三岁的费鲁丘。

他家住的是一幢不大的平房,坐落在大路边上,离弗利附近的一个村子不远,大约只有一箭之地。在他家附近，有一座无人居住的房子，两个月前遭遇一场大火，被烧掉了。那里原来是一家小旅店，旅店的招牌还在。费鲁丘家的房后是一个围着篱笆的小菜园子，篱笆上有栅栏可以出入。他家的店门也就是家门，是朝大路开着的。他们家周围是一片宽广的田野，种着庄稼和桑树，再过去便是那个静静的村庄了。

时间已经是半夜了。外面还在下着雨，刮着风。费鲁丘和外祖母还坐在吃饭的房间里，那里和菜园子之间有一个很小的房间，里面堆放着一些旧家具。那天晚上，费鲁丘在外面野跑了一整天，夜里快到十一点才回来，外祖母心里很不安，坐在一把大的安乐椅上一直等着他。她经常整天甚至整夜地坐在这儿，因为她气喘，不能躺下休息。雨还在下，风吹着雨点不停地敲打着窗户，就在这漆黑的夜里，费鲁丘疲惫不堪地回到家里，浑身都是泥水，衣服也撕破了，额头上还有一块被石头打肿了的青斑。他又和别人打架了，还去赌博，把钱都输光了，连帽子都掉到沟里了。

虽然厨房里只点了一盏小油灯，放在屋角里的一张桌子上、外祖母坐的那把大安乐椅旁边，外祖母还是一下子就看出了外孙的那副狼狈相来。他在外面干的坏事，一半是她猜出来的，一半是他自己坦白出来的。

外祖母一心爱着这个外孙。当她知道外孙在外面都干了些什么之后，就哭了起来。过了一会儿，她说：

"啊，你一点儿也不可怜你的外祖母，趁你的父母不在家，就让我伤心。你把我一个人扔在家里整整一天了，你一点儿都不可怜我。你可要小心啊，费鲁丘！你已经走上邪路了！将来可要吃苦头的。我见过很多人，开始就和你现在一样，最后都没有好下场。像你这样成天在外面游荡，跟人打架，赌博输钱，开始用石头打人，慢慢地你就会动刀子，接着染上其他恶习，最后就去偷人家的东西，变成强盗。"

　　费鲁丘站在外祖母跟前听着，头垂在胸前，眉头紧蹙着，他在外面打了架，火气还未消呢。漂亮的头发垂在额头上，一双蓝色的眼睛眨也不眨一下地盯着地面。

　　"从赌博到偷东西！"外祖母哭着反复地说，"好好想想吧，费鲁丘！你看咱们这里的那个坏蛋维托·莫佐尼吧，整天到处晃荡，才二十四岁就坐过两次牢房，气得他的母亲因伤心而死去了。他的父亲拿他也没有办法，只好离开他到瑞士去了。想想他这种人，你父亲都不愿意理睬他，他整天和一帮坏人混在一起，总有一天还要进监狱的。我早就知道他会这样，当初他也和你现在一样。你如果变成那个样子的话，也会让你的父母落到那步田地的。"

　　费鲁丘默不作声地听着，其实他的心地并不坏，他之所以有那些越轨的行为，并不是因为居心不良，而是因为他年轻气盛好冲动。他的父亲了解他，知道他的心灵是好的，是会做出不平凡的事情来的，所以也就放松了对他的管教。这个孩子天性是很好的，就是太固执，即使他错了,要想让他说出"我错了,我保证下次再不了,请原谅我吧!"是很难的。有时他心里很感动,但出于自尊,从不表露出来。

外祖母见他默不作声,就又继续说:

"啊,费鲁丘,你就连一句认错的话都不对我说吗?你看我都病成了这个样子,已经是快入土的人了。你不要再让你妈妈的妈妈伤心了,我已经快要不行了,不要再叫我流泪了。我一向是多么爱你,你刚生下来几个月的时候,我整夜不睡地给你摇摇篮,为了你连饭都顾不上吃。我总是说,这孩子是我将来的安慰呢!没想到你却在要我的命!唉,要是你能变成好孩子,就像你小时候我带你上教堂的时候那样可爱的孩子,就是让我立刻去死我也心甘情愿!你还记得吗,费鲁丘?那时,你常常把小石头呀、草呀装进我的衣袋里。从教堂里出来的时候,你睡着了,我把你抱回家来。那时,你是爱你的外祖母的。现在我成了瘫子,我这个半死的人正需要你的爱呢。这个世界上除了你,我再没有别的人了!"

费鲁丘听了外祖母的话,心里难过极了,正想扑到外祖母怀抱里的时候,忽然听见隔壁放家具的小屋里"嘎吱"地轻轻响了一声,听不清到底是风吹打百叶窗的声音呢,还是什么。

他侧耳细听,只听见雨哗哗地下着。

那声音又响了一下,外祖母也听见了。

"是什么在响?"过了一会儿,外祖母担心地问。

"是雨。"费鲁丘说。

老人拭着泪说:

"费鲁丘,你要答应我重新做一个好孩子,不要再叫你的外祖母流泪——"

那声音又来了。

"好像不是雨,"外祖母说,脸都白了,"你去看一下吧!"

可是她马上又拉住费鲁丘说:"不,就在这儿吧!"

他们听到邻室好像有脚步声,两人不禁毛骨悚然,战栗起来。

"谁?"费鲁丘问,全身都吓凉了。

话音未落,就见两个男人跳了进来,祖孙俩不觉惊叫起来。一个男人立刻抓住费鲁丘,把他的嘴捂住,另一个卡住老妇人的脖子。

"不许出声,当心要你的狗命!"第一个人说。

"不许喊!"第二个人说着,举起一把短刀。

两个人头上都蒙着黑布,只露出两只眼睛来。

一时,屋子里除了四个人的喘气声和雨点声外,一点儿响声也没有。老妇人的喉咙被卡得咯咯作响,眼睛都快要迸出来了。

第一个人附在费鲁丘的耳朵上问:

"你老子把钱放在哪儿?"

费鲁丘牙齿直打战，低声说：

"在那儿——橱柜里。"

"跟我来！"第一个人说着，用力掐住费鲁丘的脖子，把他拖进放东西的小屋里，地上有一个烛火很暗的灯笼。

"橱柜在哪儿？"那人问。

费鲁丘喘着气指给他看。

那人怕费鲁丘逃跑，把他按在地上，两腿紧紧夹住他的脖子，如果他叫喊，就可以用两腿阻止他出声。那人用牙齿咬着短刀，一手打着灯笼，另一只手从衣袋里掏出一个铁钉似的东西来，在锁孔里拧着。锁被撬开了，他把橱门打开，急急忙忙地在里头找寻了一番，把钱塞进衣袋里，关上橱门，然后又把门打开，重新搜索了一阵。最后他扼住费鲁丘的喉咙，把他推到厨房里。另一个人还在卡住老人的脖子，老人已经晕过去了，头向后仰着，嘴也大张着。

他对第一个人说：

"找到了吗？"

"找到了，留心进来的地方。"

抓住老妇人的那个跑到通向园子的门口看了看，见没有人，就低声向另一个说："走吧。"

那个留在房子里还抓着弗鲁丘的人，向男孩和勉强睁开眼睛的老妇人晃了晃刀子，说："不许出声，否则割断你们的喉咙。"说完用眼睛瞪着他们。

就在这时,远处大路上传来人们的歌声。

窃贼马上转过头去看门外,由于动作过猛,面罩滑落下来。

"莫佐尼!"老妇人发出一声尖叫。

"该死的!我让你死!"强盗被认出来了,吼叫道。

说着举起刀直奔老妇人,老妇人立刻昏死过去。

强盗手起刀落。

这时费鲁丘绝望地尖叫一声,一下子扑向外祖母,用自己的身体挡住了外祖母的身体。

强盗身子被撞在桌子上,油灯被打翻了,熄灭了。

费鲁丘慢慢地从祖母身上滑下来,跪在地上。他双手抱住外祖母的腰,头贴在外祖母的胸前。

过了好一会儿,周围一片漆黑,农夫们的歌声渐渐消失在远处的田野里。老妇人苏醒过来了。

"费鲁丘。"外祖母牙齿颤抖着叫他,声音几乎听不清楚。

"外祖母。"费鲁丘回答。

老妇人努力想说话,但是仍然恐惧得舌头发硬。

老妇人身体猛烈地抖动,过了好长时间,才终于问道:

"强盗走了吧?"

"走了。"

"他们没有杀死我。"老妇人气喘吁吁地低声说。

"没有……您平安无事。"费鲁丘气息微弱地说,"您没事，亲爱的外祖母。他们把钱抢走了，但是，爸爸……几乎把钱都带走了。"外祖母深深地吐了一口气。

费鲁丘仍然跪在地上，抱着外祖母，说："外祖母，亲爱的外祖母……您爱我，对吗？"

"噢，费鲁丘！我可怜的孩子！你一定很害怕！噢，仁慈的上帝啊！你把灯点亮……不，就这样吧，我还是害怕得很。"外祖母将手抚摸着他的头，回答说。

"外祖母，我总是让您伤心。"费鲁丘又说。

"别说了，费鲁丘，别说这些事了，我不再想了，什么都记不得了，我很爱你！"

"我总是让您伤心，但是……我很爱您，您能原谅我吗？……原谅我吧，外祖母。"费鲁丘继续用颤抖的声音艰难地说。

"好的，孩子，我原谅你，我真心地原谅你，怎么能不原谅你呢？站起来，好孩子，我不再骂你了，你是个好孩子，非常好的孩子！点上灯吧，点上灯就不怕了。站起来，费鲁丘。"

"谢谢，外祖母，现在……我高兴了。外祖母，您会记住我，是吗？您会永远记住我……您的费鲁丘吗？"费鲁丘说，但他的声音却越来越弱了。

"我的费鲁丘！"外祖母惊慌不安地叫道，又用双手抚住他的肩头，低头像是要看他的脸。

"记住我，代我吻吻妈妈……爸爸……路易吉娜……再见了，外祖母。"费鲁丘的声音细得就像喘气一样。

"天哪，看在上帝的分上，你怎么了？"老妇人惊叫起来，双手急摸男孩侧搭在她膝上的头，然后声嘶力竭、绝望地喊他，"费鲁丘！费鲁丘！费鲁丘！我的孩子，我的宝贝，天使啊，救救我！"

但是，费鲁丘再也没有回答。这个救外祖母的小英雄，背部被刀刺中，他把美好、勇敢的灵魂奉献给了上帝。

病中的小泥瓦匠

28日　星期二

可怜的小泥瓦匠病得很厉害，老师让我们去看看他。我和卡罗内、德罗西说好一起去看他。斯塔尔迪本来也说要一起去，但是因为老师给我们布置写一篇描写"加富尔伯爵纪念碑"的作文，他说为了描写得更准确，他要再去看一下纪念碑，所以就不去了。我们原来也打算约上那个傲慢的诺比斯的，但他却说了声"不去"，没有说别的话。沃蒂尼则找借口不去，也可能是因为他怕石灰脏了他的衣服。下午四点我们离开了学校，正赶上下大雨。正走着，卡罗内突然停下来，一边嚼着满嘴的面包一边说："买些什么东西带给他？"边说边翻弄口袋里的两个铜币。我们每人掏出两个铜币买了三个大橙子。我们走上顶楼，德罗西在门口摘下奖章塞进口袋，我问他原因，他回答说："我也不知道，为了看上去不……还是觉得不戴奖章的好。"我们敲了敲门，小泥瓦匠的父亲开了门，他看上去就像一个巨人，脸上是惊慌失措的神情。"你们是谁？"他问。卡罗内回答："我们是安东尼奥的同学，我们送他三个橙子。"泥瓦匠摇着头叹息："唉，可怜的安东尼，恐怕他再也吃不到你们的橙子了。"说完，用手背擦去了眼泪，他请我们进屋。我们走进一间卧室，看见小泥瓦匠躺在一张小铁床上，他的母亲正俯身在床前双手抱着脸，只稍微地转过头来看了看我们。房间的一侧竖着板刷、一把十字镐头和一个筛子，病人的床角处放着泥瓦匠的沾着白石灰粉的上衣。可怜的小泥瓦匠鼻头尖尖的，瘦削苍白，喘着气。噢，亲爱的小安东尼奥，你过去总是那么快活、可爱；我的小同学，我真难过，只要能再看你做一次兔脸，我干什么都心甘情愿，可怜的小泥瓦匠！卡罗内把一个橙子放在他的脸旁，橙子的香气使他醒过来，他马上抓住橙子，又放开手，眼睛盯着卡罗内。"是我，卡罗内，你还认识我吗？"卡罗内说。小泥瓦匠脸上露出一丝笑容，吃力地从床上抬起小手伸给卡罗内，卡罗内用双手握住贴在自己的面额上，说："没关系，没关系，小泥瓦匠，你很快会好起来，又回学校上学去，老师会让我们两人同桌，你高兴吗？"但是小泥瓦匠没有回答。他的母亲在一旁抽泣起来，说："噢，我可怜的小安东尼奥！我可怜的小安东尼奥！多乖，多好的孩子，上帝却要把他从我们身边夺去。"泥瓦匠绝望地叫道:"别胡说!看在上帝的分上,别胡说,我快要发疯了!"接着,他又焦虑地对我们说:"你们走吧,走吧,孩子们!谢谢你们,走吧,你们在这儿能做些什么?谢谢,回家去吧。"小泥瓦匠已经闭上双眼,就像死了一样。"您需要帮什么忙吗?"卡罗内问。"没有,没有,好孩子,谢谢。你们快回家去吧。"泥瓦匠回答说,一边说一边把我们推到楼梯口,关上了门。当我们下楼刚下到一半时,忽然听到他喊道:"卡罗内!卡罗内!"我们三人又飞快地跑上楼去。泥瓦匠脸色都变了,叫道:"卡罗内!他在叫你的名字,他两天都没有说话了,刚才叫了你两次,他想找你,你快来。啊,圣主啊,但愿这是个好兆头!"卡罗内对我们说:"再见,我一人留下来。"说完和泥瓦匠奔进屋里。德罗西此时热泪盈眶,我问他:"你是为小泥瓦匠哭吗?他已经开始说话,会好的。"德罗西说:"我相信,但我不是在想他……我在想卡罗内,他人真好,心灵有多么高尚。"

加富尔伯爵
29日 星期三

你要写一篇描写加富尔伯爵纪念碑的作文,但加富尔伯爵究竟是谁,可能你还不了解呢。你所能知道的,仅仅是他曾经担任过许多年的皮埃蒙特王国的首相罢了。那他究竟是怎么样一个人呢?

　　加富尔伯爵曾经担任过多年的皮埃蒙特王国首相,是他派皮埃蒙特军队去克里米亚,取得了切尔那亚战斗的胜利,使我们的军队在诺瓦拉战败后重新赢得了光荣。他指引着十五万法国军队跨过阿尔卑斯山,将奥地利人赶出伦巴第。他在意大利执政的时候正是我国的革命最轰轰烈烈的时期,他的光辉思想、坚忍不拔的斗志,在那些年里坚定地推动了祖国统一的神圣事业。在那些年里有许多将领都在战场上历经磨难,而他的战场是在他的办公室。当他的事业像一座不稳固的建筑会遇到地震而倒塌一样——随时都有可能失败的时候,他在那里度过了最危险的时刻。他在那里度过了呕心沥血的日日夜夜,经受过失败和挫折,也正是这一繁重而伟大的工作使他的生命缩短了二十年。尽管他身体衰弱,但病入膏肓时他仍然与疾病做顽强斗争,努力为他的国家做最后能做的一点事情。最后当他已经非常虚弱濒临死亡的时候,他痛苦地说:"奇怪得很,我怎么不识字了,我不能看东西了。"当医生为他进行放血治疗、他的体温不断升高的时候,他还在惦念着他的祖国,急切地说:"快治好我的病,我开始糊涂了,我还需要很多精力去处理重要的事情。"当他生命垂危时,整个城市为之震动。国王守在他的病榻前,他吃力地说:"我有许多事情要对您说,陛下,很多东西要请您审阅。但是我病了,我不能病!我不能病!"他说这话时悲痛欲绝。他一心

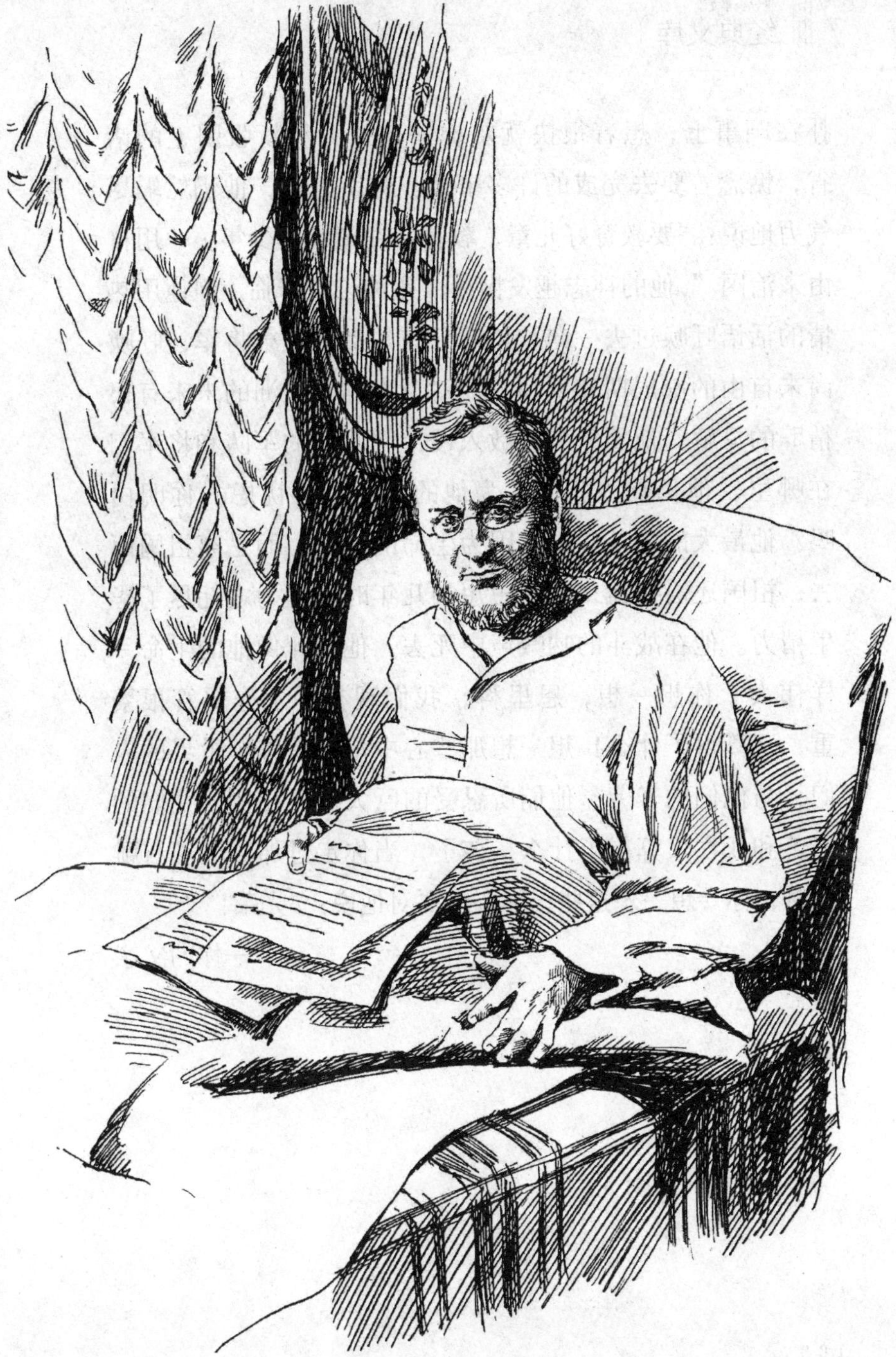

扑在国事上，想着很快就要统一在意大利新版图上的诸省，惦念着要去完成的许多事情。弥留之际，他仍然竭尽气力地说："要教育好儿童，教育好儿童和青少年……用自由来治国。"他的神志越发糊涂，死神已经降临，但他用热情的话语呼唤过去一向与他有分歧的加里波第将军，呼唤尚未自由的威尼斯和罗马，他对意大利和欧洲的未来有很精辟的见解。他想象到外敌入侵，问我们的军队和将军们在哪里，他仍然为我们、为他的人民担心忧虑。你明白吗？他最大的痛苦并不是因为生命的终结，而是离祖国而去，祖国还需要他，他在短短的几年时间里为之耗尽了毕生精力。他在战斗的呐喊声中死去，他的死像他的生命一样伟大。你想一想，恩里科，我们现在的工作尽管很繁重，又算得了什么！想一想那些心中承担着整个世界的人们，与他们的辛劳、他们所忍受的巨大痛苦相比，我们的痛苦和死亡又算得了什么！孩子，当你走过那尊大理石雕像时，你要想一想这些，你心中要对他说："光荣！"

——你的父亲

4月

春　天
1日　星期六

　　今天是4月1日，离放假只有三个月了，今天早晨是一年中最美好的早晨。今天我非常高兴，因为柯莱蒂后天要与他父亲一起去迎接国王，他叫我一同去。国王认识他的父亲。我母亲也答应那天带我去参观瓦尔多科大街上的幼儿园。我高兴极了，还因为小泥瓦匠的身体好多了，还有昨天老师路过我家时，我听见老师告诉我父亲说："他最近学习还不错！"今天一起来就是一个春光明媚的早晨，从教室的窗子望出去，看见蓝蓝的天空，院子里的树木已经发出嫩芽。家家户户敞开的窗子上都摆放着绿意盎然的花盆和花箱。我们的老师脸上没有笑容，因为他从来不笑，但脾气很好，额头上那道皱纹几乎看不到了。他一边开玩笑似的给我们讲课，一边愉快地呼吸着从窗外吹进来的空气，空气中充满了泥土的气息和花草的芳香，令人想到乡村漫步。上课时，听得见邻街一个铁匠在铁砧上打铁和街对面的房子里一个妇人正在哼着催眠曲，哄孩子入睡。远处的切尔那亚军营传来阵阵号声，所有的人都显得那么高兴，甚至包括斯塔尔迪。这一阵儿铁匠敲得更响，妇人唱得更响了。于是，老师停下课，侧耳倾听着，然后望着窗外，慢慢地说："天空在微笑，母亲在歌唱，诚实的人们在工作，孩子们在学习，多么美好的事情啊。"走出教室，我们发现其他班上的学生也像我们一样兴高采烈，哼着歌曲列队而行，把脚步跺得震天响，好像马上就可以放四天假了似的。女教师们相互开着玩笑，那个帽子上插着红色羽毛的老师也像个小学生似的跟在她的学生后面蹦蹦跳跳的。家长们在谈天说笑，卖菜妇人、克罗西的母亲在她的篮子里放了许多紫罗兰，使整个学校大厅都充满了花香。当看见母亲在街上等我的时候，我从来没有像今天上午这样高兴过，我迎上前去，对她说："今天我真高兴啊！是什么让我今天上午这样高兴呢？"母亲微笑着告诉我说："这是因为美好的季节来临了，再加上你有一个纯洁的内心的缘故。"

翁贝尔托国王

3日　星期一

十点整时，父亲看到窗外木柴商柯莱蒂和他的儿子在广场上等我，就对我说："他们在那里等你呢，恩里科，快去看看你的国王吧。"

我像箭一样飞跑下楼。柯莱蒂父子也显得比以往兴奋,而且他们长得从来没有显得像今天这样相像。老柯莱蒂的胸前佩戴着荣誉勋章和两枚纪念章,整齐的胡须卷曲着,两端修理得尖尖的,像针一样。

我们立即出发朝火车站走去,国王将在一点半到达火车站。老柯莱蒂一边抽着烟斗,一边搓着手,说:"你们知道吗?自1866年那次战役后,我就再也没有见过他,已经有十五年零六个月了。他最初在法国待了三年,后来到了蒙多维,在这里本来我是可以见到他的,可糟糕的是,他来的时候,我总不在城里,这就是命。"

他说起国王就像谈到他自己的战友一样,称国王为"翁贝尔托"。翁贝尔托曾经指挥第十六师,那时他才二十二岁出头,他总是那样骑马……

老柯莱蒂加快脚步,高声说:"十五年了!我真想见见他。我离开他的时候,他还是王子,如今再见到他,他已经是国王了。我也变了,从士兵变成卖木柴的了。"说完他笑了起来。

儿子问他:"国王看见您,还能认得出您吗?"

他笑了,说:

"你真傻,那是不可能的。翁贝尔托是一个人,而我们多得像蚂蚁一样,不过他确实一个一个地看过我们。"父亲回答。

我们来到维托里奥·埃马努埃莱大街，街上有许多人往火车站那边走去。一队手持军号的山地兵走了过去，又有两个宪兵骑马急驰而过。今天天气晴朗，风和日丽。

老柯莱蒂兴奋起来，感叹道："是啊！我真高兴再见到我的师长，我的将军。唉，我老得真快！6月24日仿佛就在昨天，那天早晨要打仗了，我背着挎包端着枪站在人群当中。翁贝尔托带着他指挥作战的军官们走来走去，远处炮声隆隆。大家眼睛都盯着他，心里在说，但愿子弹不要击中他！我根本没有想到，在奥地利骑兵的枪刺面前，翁贝尔托竟然离我们那么近，我们之间也就相隔几步远。那天天气很好，天空像一面镜子，但就是热——让我们看看是不是可以进去了。"

我们到了火车站，那里已经有很多人和车辆，还有警察、宪兵和一些举着旗帜的团体，还有一个军乐队在演奏。老柯莱蒂试图挤到月台柱子那边去，但被拦住了。于是，他想挤到站在火车站出口的人群前面去，他用胳膊肘开道，推着我们往前走。涌动的人群，把我们推来推去。木柴商看中了月台的第一根柱子，可是那里有警察，不让任何人停留。"跟我来。"他突然说，说完拉起我们的手，三蹦两跳穿过空地，他便背靠着墙站在那里。

一个警察马上走过来，对他说：

"这里不能停留。"

"我是四十九团四营的。"老柯莱蒂碰了碰勋章回答。

警察看看他，说："那就站在这儿吧。"

老柯莱蒂得意地欢呼说："我说怎么样！四十九团四营这句话有魔力！我是四营的，难道我就没有权利按自己的想法看看我的将军吗？我那时看他就离得很近，现在离他近些也是应该的。我要喊他将军！他做了我们营大半个小时的指挥官，因为当时他正在我们营，所以是他指挥我们而不是乌尔里奇少校。棒极了！"

这时，只见火车站大厅内外挤满了绅士们和军官们，在大门口马车已经整齐地排好，车夫们都穿着红色的制服。

柯莱蒂问父亲，翁贝尔托王子在四营时手里有没有拿着军刀。

父亲回答："他手里当然拿着军刀，他要用它挡住射来的投枪。投枪能刺中别人，当然也能刺中他。啊，那些发疯的恶魔！他们吼叫着扑上来，像旋风一样在队伍、营列、大炮中间左冲右突，捣毁一切。亚历山德里亚骑兵、福贾矛骑兵、步兵、枪骑兵、狙击兵乱作一团，如同地狱一般，谁也搞不清是怎么回事。我听见有人大喊：'殿下！殿下！'看到敌人的枪刺排开冲了过来，我们一齐开火，顿时一团硝烟遮住了周围的一切……不久烟雾逐渐散去……地上躺满了敌人死伤的战马和枪骑兵。我转过身，看见翁贝尔托立马在我们中间，安然无恙。他环视着周围，那神情好像在问：弟兄们没有受伤吧？我们发疯似的一齐朝他喊：'万岁！'上帝啊，那是怎样的时刻！——呀！火车到了。"

军队奏着乐曲，军官们跑上前去，人群都踮起脚尖观看。

"哎，他不会马上出来，现在他们要向他致辞。"一个警察说。

老柯莱蒂欣喜若狂，说："啊，我只要一想起他，就仿佛又看见他在那儿。即使是发生霍乱、地震还是其他什么，他总是泰然自若。在我的脑海里，他依然是那时在我们当中我看到的镇定自若的样子。我相信，尽管他现在是国王，他肯定会记得四十九团四营的，而且会很高兴和那时在周围看到的我们这些人聚在一起吃一顿饭的。他现在手下有了将军和大臣，还有勋章，而那时却只有我们这些士兵，要是我能和他面对面地说上几句话该有多好！我们二十二岁的将军、王子，我们用军刀保护他……十五年没有见了……我们的翁贝尔托。啊，这乐曲真让我激动，我用名誉担保。"

一阵欢呼声打断了他的话。几千只帽子在空中挥舞，四个穿黑礼服的绅士上了第一辆马车。

"是他！"老柯莱蒂喊道，他出神地看着。

然后，他又慢慢地说："圣母啊，他的头发都白了！"我们三个人摘下帽子，马车缓缓地驶向人群中间，人们挥动着帽子欢呼。我看见老柯莱蒂像变了一个人，显得高大、庄严，他脸色有些发白，直直地靠着柱子。马车经过我们面前,离柱子只有一步之遥。

"万岁!"众人欢呼。

"万岁!"老柯莱蒂也跟着众人呼喊。

国王看他,目光在他胸前的三枚奖章上停留了片刻。

这时,老柯莱蒂不顾一切地喊道:"四十九团四营!"

国王已经把头转向另一侧,但听到这声喊叫,又朝我们转过头来,眼睛盯着老柯莱蒂,并把手伸出车厢。

老柯莱蒂跨上一大步,紧紧握住国王的手。马车走过去,人群将我们三人冲散。我们一时看不见老柯莱蒂,但是我们又很快就找到了他,只见他气喘吁吁,眼睛湿润,高高地举起手在叫着儿子的名字。儿子朝他冲过去,他叫着说:"快过来,孩子,我的手还是热的呢。"说着,把手贴在儿子的脸上,又说,"这只手国王握过。"

他迷惘地站在那里,目送马车远去,微笑着,手里握着烟斗,周围有一群人好奇地看着他。"这人是四十九团四营的,"有人说,"这个当兵的认识国王。""国王还记得他。""国王还跟他握了手。"有一个人高声地说,"他向国王交了请愿书。"

老柯莱蒂突然转过身去,回答说:"不,我没有向他提任何请求。假如他要问我的话,我会给他另外一样东西……"

所有的人都看着他。

而他却很简单地说了一句:"我的鲜血。"

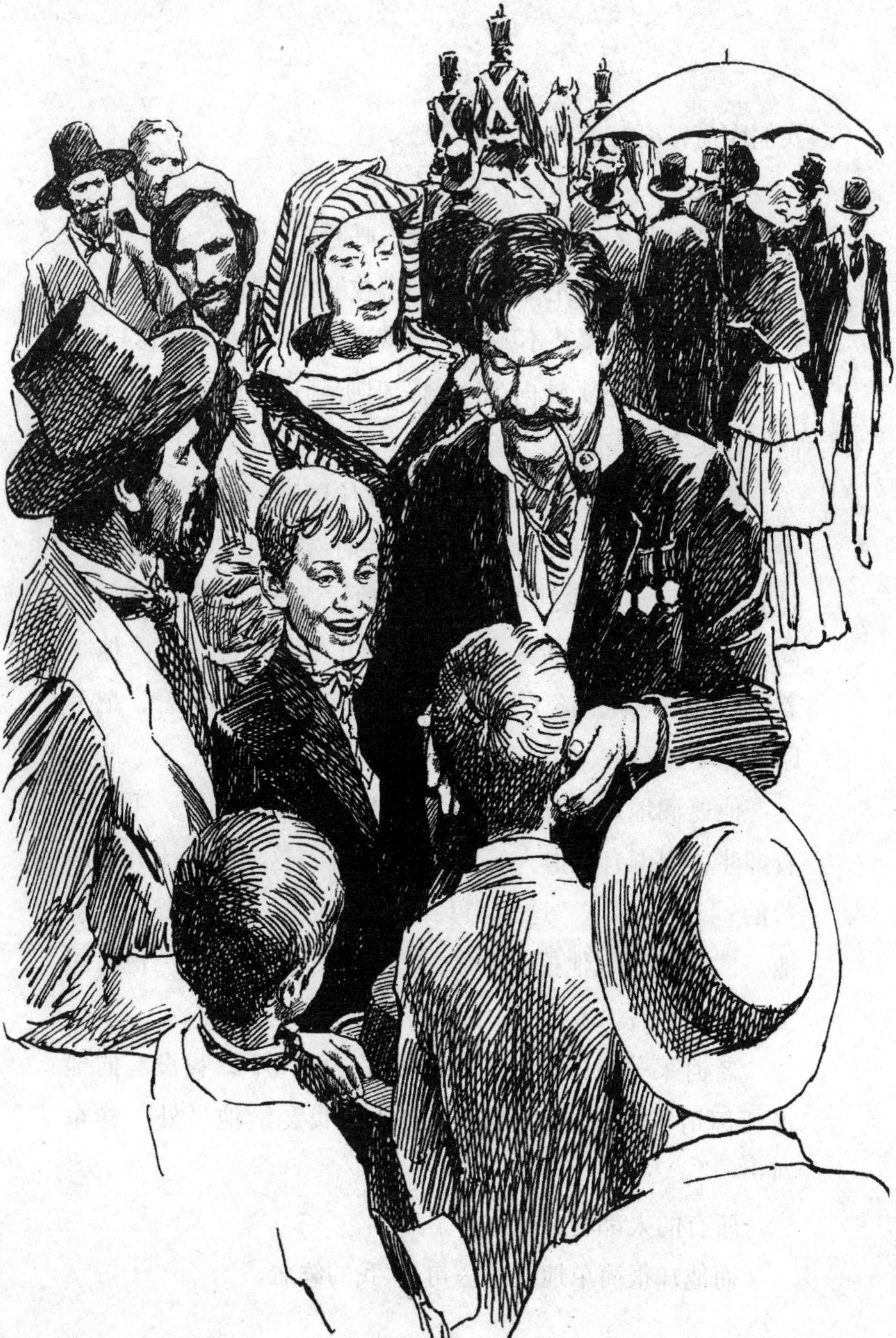

幼儿园

4日　星期二

　　昨天吃过午饭后,母亲带我去了瓦尔多科大街的幼儿园。她是去请求院长接受普雷科西的小妹妹入园。这是母亲答应带我一起去的。我还从未见过幼儿园是什么样的,我觉得很有趣!幼儿园里有二百多个小男孩和小女孩,他们是那么小,和他们相比,我们学校一年级小班的同学都算是"大人"了。我们到的时候,他们正在排队要进饭堂吃饭。饭堂里摆着两条长长的饭桌,饭桌上掏了好多圆洞,每个洞前放着一个盛着米饭和豆角的黑碗,碗旁边放着一把锡制的勺子。几个小孩走进饭堂后便蹲在地上玩种苹果树,直到老师跑过来才将他们拉走。有许多小孩随意在一只碗前停下脚步,认定是自己的座位,马上往嘴里塞上一勺饭,一个老师走过来喊:"快往前走!"那些小孩往前磨蹭三四步后,又停下来乘机塞上一口饭,然后继续往前走,待找到自己的座位时已经是吃了个半饱。老师边推边大声喊:"快点!快点!"终于使小孩们都按次序坐好,开始吃饭前要祈祷。排在里面的小孩祈祷时必须背对着饭碗,他们都向后扭转头,眼睛盯着饭碗,生怕别人偷吃,然后双手合拢,眼睛朝天祷告,但心里惦记着饭碗。祷告结束后开始吃饭。啊,那情景真是有趣极了!有的用两把勺子吃饭,有的用两手吃饭,狼吞虎咽。许多小孩把豆角一个一个挑出来装进口袋里,还有一些小孩则用小围兜将豆角紧紧地包起来,然后使劲地砸,想做成豆角泥。有的小孩不吃饭,只顾看着苍蝇飞来飞去。还有的小孩一咳嗽,把米粒喷得四处都是。整个饭堂里就像是个养鸡场,但却是个可爱的养鸡场。小孩们分成两排坐,头发都用红、绿、蓝的小带子扎着,看上去很漂亮。一个老师问一排八个小孩:"米是从哪里长出来的?"八个小孩张大塞满饭菜的小嘴,唱歌般地齐声回答:"从……水……里长出……来……的。"然后,老师命令道:"把手举起来!"那些几个月前还被裹在襁褓中的小手呼啦啦一下子全举起来了,小手在空中晃动着,仿佛是无数只嫩白的和粉红的小蝴蝶在空中抖动着翅膀,真是好看极了。

　　饭后是活动时间。走出饭堂之前,小孩们都拿上挂在墙上的放午饭的小篮子。他们走进花园便四下散开,从小篮子中拿出各自的食品:面包,煮李子,小块奶酪,煮鸡蛋,小生梨,煮豆子,鸡翅。一时间,整个花园遍地都是碎渣,就好像撒下了鸟食。小孩子们吃东西的样子也都不相同,有的像兔子,有的像老鼠或像小猫似的,有的啃,有的舔,有的吮吸。有一个小孩拿着根面包棍对着自己的胸脯,然后像擦军刀似的用枇杷抹面包棍。几个小女孩用小拳头将奶酪捏得一塌糊涂,奶酪像牛奶似的顺着手指流出来,滴进袖子里,但她们自己却一点儿都没有感觉似的。小孩们嘴里衔着苹果和面包,像小狗一样奔跑、追逐。我看见有个小孩用小树枝挖着一个煮鸡蛋,以为能从中发现什么财宝,半个鸡蛋掉在地上,他又极其耐心地一点一点地捡起来,就好像在捡珍珠似的。谁要是带了什么好东西,身边就会围上八九个小孩子,个个低着脑袋往篮子里瞧,好像在看井里的月亮。大约有二十个孩子围着一个高一点的小胖子,小胖子手里拿着一小包砂糖,小孩们对他毕恭毕敬,这样可以让他们用面包蘸点糖。而他呢,对有的人给糖,而有的人央求他,他只把手伸过去给他们吮一吮。

　　这时,母亲走进花园,她一会儿摸摸这个小孩,一会儿又拉拉那个小孩,许多小孩围着她,有的甚至扑上去,像看三层楼似的仰着头,咂着小嘴,犹如婴儿要奶似的,要母亲吻他们。一个小男孩送给她一瓣已经啃过的橙子,另一个给她一小片面包皮,一个小女孩送给她一片树叶,另一个小女孩认真地伸出手指让我母亲看,原来,食指尖上有一点点红肿,仔细看才能发现那是她碰了蜡烛烫的。小孩们像展示宝贝似的把连我都不知他们如何观察、如何捉到的小虫子和半个软木塞、衬衫上的小扣子、花瓶里扯下来的小花朵摆在母亲面前让她看。一个头上缠着绷带的小孩无论如何想让母亲听他说话,他结结巴巴地不知道说了些什么;还有一个小孩要母亲低下身子,然后对母亲说:"我爸爸是做刷子的。"而在同一个时候花园里净出些五花八门的事情，弄得老师跑来跑去团团转。有的因打不开手帕在哭，有的为争夺半个苹果相互又抓又叫，一个小孩坐的凳子翻了，摔了个嘴啃地，爬不起来了，在呜呜哭着。

　　离开之前，母亲抱了抱他们中的三四个小孩，于是大家从四面八方围拢来，都要求抱一抱。他们脸上沾着蛋黄和橙子汁，有的抓住母亲的手，有的拿起母亲的一个手指要看戒指，还有的扯她的手表带，抓她的发辫。"当心被他们弄破衣服。"老师们都说。但是母亲根本不在乎衣服，仍不住地亲吻他们，而那些小孩贴着她越来越紧，身边的几个小孩伸着手想要往上爬，离得远一点的挣扎着往前挤，大家齐声叫着："再见！再见！"终于母亲逃出了花园。于是，小孩们纷纷追到铁栅栏边，把小脸塞进铁栅栏中间，看我母亲走过去，伸出小手和她告别，手里还拿着面包片、枇杷和奶酪块儿要送给母亲。他们一齐喊道："再见！再见！再见！明天再来！请再来呀！"母亲边逃边摸伸出来的一只只小手，好像在摸一个鲜艳的玫瑰花冠。终于来到了街上，母亲已是全身的面包屑和污渍，头发凌乱，衣服也皱得不成样子，她一只手里握满了鲜花，眼泪盈眶，高兴得好像是刚过完节一样。好远了，还从幼儿园里传出小孩们像小鸟啼鸣般的声音："再见！再见！请再来呀，夫人！"

体育课

5日 星期三

天气一直很好，我们便由室内体育操课改为到室外校园里去上体育器械课。昨天，卡罗内正好在校长办公室时，金发、穿一身黑衣服的奈利的母亲来找校长，她是想请求校长免去儿子的体育器械课。她费了很大的劲才说出口来。她抚摸着儿子的头，对校长说："他不行的……"可是奈利却不愿这样，他认为不能上器械课不光彩。于是，他说："妈妈，你会看到的，我能跟他们做得一样好。"他的母亲沉默了一会儿，爱怜、关切地望着他，踌躇了一下，又说："恐怕你的同学们……"她本想说恐怕同学们会取笑他，但是奈利回答说："不会的，更何况还有卡罗内呢。只要有他在，谁也不敢取笑我的。"

就这样，奈利也去上器械课了。曾经参加过加里波第的军队、脖子上还留着当年的伤疤的那位老师，一开始上课就把我们带到很高的平衡木下面，我们要一直爬到横木顶上，然后要在横木上站好后再下来。德罗西和柯莱蒂像猴子一样爬了上去，连小个子普雷科西，尽管拖到膝盖的大外套总是碍手碍脚，也敏捷地爬了上去。为了逗他笑，大家齐声学他的口头禅"对不起，对不起"。斯塔尔迪上去的时候，直喘粗气，脸涨得像火鸡一样通红。他咬紧牙关，用尽了力气，就是拼着命，他也要爬到顶上去，最后他终于爬上去了。诺比斯也上去了，他爬到顶后，还在上面做了一个帝王的姿势。沃蒂尼尽管穿了他那身漂亮的、特地为上体育课做的新的带蓝条子的运动服，还是两次爬到半截就滑下来。为了便于往上爬，大家手上都抹了希腊松脂，人们称之为松香。不用说，这又是那个会做生意的卡洛菲为大家搞来的。松香粉卖一个铜币一包，这样他没少赚钱。接下来，轮到卡罗内，他好像不当一回事似的，一边嚼着面包，一边往上爬。我敢肯定，他粗壮、强健得像头小牛，就是再背上我们当中的一个人他也能爬上去。卡罗内之后就是奈利了。刚看见他伸出那双又细又长的手抓住平衡木杆子时，许多人就又是嘲笑又是讽刺。这时卡罗内把两条粗壮的胳膊往胸前一交叉，用意味深长的目光环视了一下周围所有的人，意思是让大家明白，即使老师在场，谁敢再笑下去，他就要动拳头了。大家马上停止了笑声。奈利开始往上爬，他费劲极了，真是小可怜，他脸色憋得发紫，呼吸急促，汗水从额头上流下来。老师说："你下来吧。"但他却坚持不下来，仍然努力顽强地向上爬。我真担心他随时都可能掉下来摔个半死。可怜的奈利！我在想，假如我是奈利，假如我母亲看见我这个样子，可怜的母亲，她内心将会是多么痛苦啊。我越想越心疼奈利，真想上去悄悄地从下面托他一把，好让他能顺利地爬上去。这时，卡罗内、德罗西和柯莱蒂齐声喊："往上爬，往上爬，奈利，加把劲，只差一点儿了，加油！"奈利哼了一声猛使一把劲，这时离横木板只差两把的距离了。"好样的！"大家都叫了起来。"加油啊！上去一点点就行了！"终于，奈利抓住了木板。大家鼓起掌来。"好样的！""好了，你可以下来了。"老师说。可是奈利想和别人一样也爬上去，他又努力了一下，终于将胳膊搭上木板，然后是膝盖，再是脚，最后，他终于在横木上站起来，喘着气，微笑着看我们大家。我们再次鼓掌，这时奈利朝街上望去，我也转过脸朝那个方向张望，透过校园栅栏的绿色围墙，只见奈利的母亲在人行道上徘徊着，但不敢朝我们上体育课的这个方向张望。奈利从横木上下来，大家都为他喝彩，他激动得脸色红润润的，两只眼睛闪烁着光芒，似乎再也不是以前的奈利了。放学时，奈利的母亲来接他，她抱住儿子有些担心地问："可怜的儿子，怎么样啊？怎么样啊？"所有的同学都回答说："棒极了！""他跟我们一样也爬上去了。""您知道吗？他很有力气。""他可灵了！""他一点儿也不比别人差。"听到这些，他的母亲真是高兴极了。她想对我们说几句感谢的话，可是又没有说出来，与我们几个人握了握手，又亲切地爱抚了一下卡罗内，就带着儿子回家去了。我们目送他们母子渐渐地走远了，他们好像一边说着话，一边在比画着什么，从来没看见他们母子在一起这样高兴过。

父亲的老师

11日　星期二

　　昨天，我同父亲进行了一次非常愉快的旅行！事情是这样的：前天中午吃饭的时候，父亲边吃饭边读着报纸，忽然他吃惊地说道："我还以为他早在二十年前就去世了呢！你们知道吗？我小学的第一个老师温琴佐·柯罗塞蒂还活着呢，他八十四岁了。这儿说为表彰他从事教育工作六十年，教育部授予他奖章。六十年啦，你们知道吗？他两年前才不教书了，可怜的柯罗塞蒂！他现在住在孔多维，就是原来在我们吉耶里的别墅做园丁的那对夫妇的家乡，离这儿坐火车只有一个小时的路程。"父亲接着又说，"恩里科，我们明天去看看他。"整个晚上，父亲一直在谈着他的老师。小学老师的名字在父亲的脑海里唤起了他无数少年时代的回忆，使他想起最初的同学和去世的祖母的事情。他感叹地说："柯罗塞蒂！我和他在一起的时候，他只有四十岁。我好像又见到了他似的，小小的身材，已经微微有些驼背，浅色的眼睛，脸修整得很干净。他对我们很严厉，但方法却很好，他像父亲一样爱护我们，但从不原谅我们所犯的任何错误。他出身农民，拼命学习，生活节俭，是个正人君子。我母亲非常喜欢他，我父亲待他就像朋友。他怎么从都灵搬到孔多维去了呢？他肯定认不出我了。不过这没关系，我能认出他来。四十四年过去了！四十四年啦！恩里科，明天我们去看看他。"第二天早晨九点，我们来到苏萨火车站。我真想让卡罗内也一同去，但他母亲病了，他去不了。早晨起来，春光明媚，火车在绿色的田野上和百花中间飞驰，一阵阵清香的空气扑鼻而来。我父亲很高兴，时不时地将手臂搭在我的肩上，望着乡间的景色，朋友似的对我侃侃而谈："可怜的柯罗塞蒂！除了我的父亲，他是第一个爱护我、教育过我的人。我永远也忘不了他的谆谆教诲甚至他的严厉批评，尽管他的批评使我放学回家后很不好受。他那双手长得又粗又短。我还记得他进学校的样子：将拐杖放在角落里，把斗篷挂在衣帽架上，总是那一套动作。每天都是情绪饱满，总是那么兢兢业业，那么充满热情和关切，每天上课都像是第一次来上课那么认真。回想起他看着我的样子，似乎耳旁又回响起他的话语：'博蒂尼，哎，博蒂尼，要用食指和中指握笔！'——四十四年过去了！他的变化一定很大。"

我们一到孔多维就去找我们在吉耶里时的老园丁，她在一条小巷子里开了一家小铺子，我们找到她时，她正和她的孩子们在一起。她非常高兴地迎接我们，告诉我们她丈夫去希腊工作了三年，快回来了，她的大女儿在都灵聋哑学校读书。然后她告诉我们怎么去找老师，说这里的人都认识他。

从镇上出来，我们沿着一条两旁长满了鲜花和野草的羊肠小道向山坡上走去。

这时父亲一言不发，似乎沉浸在他的回忆之中，时而笑一笑，然后又摇摇头。

突然，他停住了脚步，说："是他，一定是他！"

一个矮小的老人正沿着小道朝我们这边走来，银白的胡须，头上戴着一顶宽边大帽，拄着手杖，拖着脚步，双手在不停地颤抖。

"是他！"父亲重复了一遍，加快了脚步。

快走近时，我们停住了脚步。老人也停了下来，注视着父亲。他仍然精神矍铄，一双眼睛炯炯有神。

父亲摘下帽子，问道："您是温琴佐·柯罗塞蒂老师？"

老人也摘下帽子，用略带颤音但却仍然洪亮的声音答道："是我。"

父亲握着他的一只手，说："太好了，请允许您早年的一个学生握您的手，问候您好吗？我是专门从都灵来看望您的。"

老人惊讶地看着父亲，然后说："我感到太荣幸了……我不知道……是我什么时候的学生？真对不起！劳驾，您的名字是……"

父亲告诉他名字叫阿尔贝托·博蒂尼，是哪年在他班上学习，在哪里，然后又说："您可能不记得我了，这是自然的。但您，我还记得很清楚！"

老师低头看着地，想了想，嘴里念叨两三遍父亲的名字，这时，父亲微笑地望着他。

忽然，老师抬起头，睁大眼睛，缓缓地开口："阿尔贝托·博蒂尼？博蒂尼工程师的儿子，是住在贡索拉塔广场的那个吗？"

"正是。"父亲握着老师的双手回答。

"好……请原谅，亲爱的先生，请原谅。"老人说。说完又走上前来拥抱父亲，那一头白发披散到父亲的肩头上。父亲将脸颊贴在他的额头上。

"请你们跟我来。"老师说。

然后他一句话也没有说，转头朝他家走去。几分钟后我们来到一片空地，眼前有一幢两扇门的小房子，其中一扇门两侧是白墙。

老师打开第二扇门，请我们进到一个房间。里面四壁涂成白色，屋子一角支着一张床，床上铺着一条蓝白格子的毯子，另一角放了一张小桌子和一个小书架，墙边有四把椅子，墙上挂着一张旧的地图，房间里充满了苹果的香味。

我们三人坐了下来，父亲和他的老师没有说话，默默地互相注视了一会儿。

"博蒂尼！"老师感慨起来，眼睛盯着被太阳照射得像副棋盘的砖地说，"噢，我记起来了。您母亲是位非常好的夫人！您呢，一年级的时候有段时间就坐在第一排靠窗的位置上，您看我记得对不对？我似乎又看到您那时的一头鬓发了。"然后，他沉思了片刻，说，"您那会儿是个活泼的孩子，嘿，非常活泼。二年级的时候您患了喉炎。我记得他们送您回学校时，您瘦了很多，还裹着一条大围巾。这一晃四十年过去了，对吗？您真好，还记得您可怜的老师。您知道吗？几年前，也有我以前的学生来看过我：有个上校，几个神甫，还有些是绅士。"他问父亲从事什么职业，然后又说："我真高兴，打心眼里高兴。我谢谢您。有一段时间没有人来看我了，我真怕您是最后一位来看我的人了，亲爱的先生。"

"瞧您，怎么能这么说呢，您身体还很好，还很健康，不能说这种话。"父亲感叹地说。

"哎，不！"老师回答，"看见手发抖了吗？"说着他伸出双手，"这可不是好迹象。我是三年前还教书的时候得的。一开始我并没有在意，以为会过去的，可相反，不仅没有过去，反而越来越厉害了，终于有一天无法再写字了。啊，那一天，我第一次把墨水滴溅在学生的作业本上时，我的心灵受到重大的震撼，亲爱的先生。我又努力坚持了一段时间，之后就再也不行了。我教了六十年的书，我要告别学校，告别学生，告别工作。您知道吗？这是多么难，多么难哪！上完最后一次课，大家都送我回家，为我庆祝。我却很悲伤，因为我明白我的生命结束了。而这之前的一年中我刚刚失去我的老伴和我唯一的儿子，给我留下两个当农民的孙子。如今，我靠几百个里拉的退休金生活。我什么事也不做了，每天的时光好像都无从打发。现在，我唯一的事情就是翻一翻过去的教科书，收集校刊或别人送的书。您看，都在那儿。"他边说边指那个书架，"那儿有我的回忆，有我的过去……在这个世界上我再也没有别的东西了。"

突然，他的语调变得快活起来，对父亲说："我现在让您看一件您意想不到的东西，亲爱的博蒂尼先生。"

说着他站起来，走到小桌子旁边，打开一个长条抽屉，里面有许多用细绳扎好的小纸包，每个小纸包上都标着具体的日期。他找了一阵以后，打开其中的一个小卷仔细看着，最后从中间抽出一张发黄的纸递给父亲。那是父亲四十年前的一份作业！页面上方写着阿尔贝托·博蒂尼，日期是1838年4月3日。我父亲马上认出他那孩提时代幼稚的笔体，然后微笑着读了起来。突然，他的眼睛湿润了，我站起来问他怎么了。

他伸手搂住我的腰，把我紧紧地贴在身边，对我说："你看这张作业，看到了吗？这是我可怜的母亲帮我修改的。她总要重描一下我写的 I 和 T。最后几行都是她写的，她学会模仿我的笔体，每当我累了或困了的时候，她总是代我完成作业。我的好母亲！"

老师指着那些小捆捆说："这些都是我的回忆，每一年我都要留出每个学生的一份作业，然后整理好，编上号，保存起来，每当我重新翻阅这些作业时，念念这行，读读那行，许许多多的往事在我的脑海里又浮现出来，我仿佛又重新回到了过去的岁月。亲爱的先生，多少学生啊！我闭上眼睛，就能看见一张接一张的小脸，一个接一个的班级，成百上千的孩子，也可能他们中有许多人已经去世了。许多学生我还记得很清楚，尤其是那些最优秀的学生和最差的学生，还有那些让我特别满意和让我伤心过的学生。在这么多的学生中，我也有过不争气的学生，但，这也不足为怪了。但是现在，您看，我已经是那个世界的人了，所以，不管他们怎么样，我都爱他们。"

他又重新坐了下来，拉起我的一只手放在他的手掌之间。

父亲笑着问他："您记得那时候我是不是也调皮淘气呀？"

老人同样笑着回答："您吗？先生，这会儿想不起来了，但这并不是说您没有调皮。您在那时，就显得很懂事，很听话。记得您的母亲非常爱您……不管怎么说，您来看我真是太好了，太客气了！您怎么能放下自己的事情来看一个可怜的老教师呢？"

父亲亲切地说："柯罗塞蒂先生，我还记得我母亲第一次去学校的情形。那是她要第一次与我分开两个小时，让我一个人离开家，把我交到不是父亲的、而是其他人的，总之是陌生人的手里。对我的可怜的母亲来说，我走进学校就如同进入了世界，开始了人生不可避免而又痛苦的分离。好像这个世界把我从她手中夺走,再也不会还给她似的,她感到很难受。我也感到很难受。她声音颤抖地将我托付给您,走的时候还从门缝里向我挥手,眼里充满了泪水。就在那时,您用一只手做了一个动作,并将另一只手放在胸前,似乎在对她说:夫人请您相信我!正是从您的动作、您的目光中,我明白您完全理解我母亲的感情,和她的思绪;您的目光仿佛在对她说,不要怕!您的动作是保护我、热爱我和宽容我的坦诚的承诺。那时的情景我永远也忘不了,它将永远铭刻在我心中。正是这份回忆驱使我从都灵赶来。四十年之后我来到这里,来对您说,谢谢您!亲爱的老师。"

老师没有回答,他用手抚摸着我的头发,手颤抖着,颤抖着,从头发滑向额头,再从额头落到肩上。

此时,我父亲环视周围:家徒四壁,简陋的床铺,窗台上有一块面包,一小瓶油。他几乎想问:"可怜的老师,这是您六十年工作的回报吗?"

可是,这个好老人却非常高兴,又开始愉快地谈论起我们的家,谈论起那时候的其他老师和父亲的同学,父亲有些人还记得,有些已经记不得了,他们师生两人还激动地聊着某某人或某某人的情况,直到父亲打断话头,请老师一起去镇上吃饭。老师热情地说:"感谢!感谢!"但似乎有些犹豫不决。父亲握着他的手,再次请求他同去。"可我这双糟糕的手,抖成这样,怎么吃饭?对他人也是一种折磨！"老师说。"我们来帮您，老师。"父亲回答。于是，老师同意了，微笑着摇摇头。

"今天真是好天气，"老师关上大门，说，"亲爱的博蒂尼先生，今天天气真好。我向您保证，只要我活着，我永远会记住今天。"

父亲搀着老师，老师拉着我的手，我们沿着羊肠小道往下走。路上遇到两个光着脚赶牛的小女孩，还有一个男孩肩上扛着一大捆稻草从我们身边跑过去。老师告诉我们，两个小女孩和那个男孩都是二年级的学生，他们通常上午光着脚去放牲口，到地里干活，到下午才穿上鞋去学校读书。已近中午时分，路上没有再遇见其他人。过了一会儿，我们来到一家餐馆，找了一张大桌子坐下，老师坐在当中，然后马上开始吃午饭。餐馆周围静悄悄的。老师非常高兴，由于激动手颤抖得更加厉害，几乎无法吃饭了。父亲就帮他切好肉，给他把面包掰碎，往盘子里撒上盐。喝酒时，他必须双手捧着杯子，尽管这样杯子还是在碰他的牙齿。但他仍然热情洋溢，喋喋不休地谈论他年轻时候读过的书、那时的课程表、上级对他的表扬，以及近年来的规定等等。他的脸色有点红润，但却始终是那么安详，声音愉快，笑起来几乎像年轻人。父亲看着他，脸上的神情与他有时在家里侧着脸看我，边想事边自己发笑时的神情一样。老师将酒洒在衣襟上，父亲站起来用餐巾为他擦干净。"啊，不！先生，这不行！"老师笑着说，还说了几句拉丁语。最后，他举起在他手里不住抖动的酒杯特别严肃地说："祝您健康！总之，亲爱的工程师先生，为您的孩子，为怀念您的好母亲，干杯！"

"为了您的健康，我的好老师！"父亲握着他的手回答。

餐馆的那一头站着餐馆老板和其他人，看着这场面，也都开心地笑了，这场面就像是他们也在为自己家乡的老师表示庆贺呢！

两点多一点我们离开了餐馆，老师执意要送我们去火车站。父亲又挽着他，他还是牵着我的手，我给他拿着手杖。人们都停下来看着我们，因为这里的人们都认识他，有些人还向他问候。路上，我们听见一扇窗户里传出很多孩子齐声朗读的声音。老人不觉停下了脚步，显得有些伤感。

他说："亲爱的博蒂尼先生，听着孩子们上课的声音，而我却已经不再教他们了，想到有别人替代我，真叫我不好受。这声音我已经听了整整六十年了，我一心为了它……如今，我没有了家，也没有了孩子们。"

父亲边走边说："不是这样！老师，您还有许许多多的孩子，他们遍布全世界，他们将永远记着您，就像我一样永远记着您。"

"不！不！我已经没有学校，没有孩子们了。没有孩子们我也就活不了多久了，我的时间表也就快到了。"老师忧伤地回答。

"老师，您不要这么说，也不要这样想。无论如何，您做了许多好事，您的毕生都奉献给了教育这一崇高的事业。"父亲说。

老教师白发苍苍的头靠在父亲的肩膀上待了一会儿，又紧紧地握了握我的手。

我们走进火车站。火车快要开了。

"再见，老师！"父亲吻了吻老师的面颊，说。

"再见了！谢谢！再见！"老师说完，颤抖着拿起父亲的一只手，紧紧地贴在自己的胸口。

我吻老师时，感到他的脸已被泪水浸湿了。父亲要我先坐到车厢内。就在父亲要上车的时候，他迅速地将老师粗陋的手杖拿了过来，把自己漂亮的、刻着名字头一个字母的银头手杖换给了他，说：

"您留作纪念吧。"

老人试图将手杖还给父亲，拿回他自己的，但父亲已经进入车厢，关上了车门。

"再见，我的好老师！"

"再见，孩子！"老师回答。火车开动了。"上帝保佑您，您给一个可怜的老头带来了安慰。"

"再见！"父亲用激动的声音喊道。

但是只看见老师摇了摇头，仿佛在说："我们永远不会再见面了。"

"会的，会的，一定会再见面的！"父亲说。

只见老人举起颤抖的手,指向天空回答:"在那上面!"就这样,老师高举着手的身影从我们的视线中消失了。

病　愈
20日　星期四

谁能想到,自从与父亲那次愉快的旅行回来之后,我得了重病,而且差一点就丧失性命。因为生这场病,有十天我没有见到乡村和天空。病中我隐隐约约听见母亲在哭泣,看到父亲脸色苍白地看着我,希尔维娅姐姐和弟弟轻轻地说话,戴眼镜的大夫一直守在我的床边,对我说些什么我也听不懂。这次我差一点就真的要与所有的人永别了。啊,我可怜的妈妈!至少有三四天我几乎什么也不记得,就好像浑浑噩噩地做了一场噩梦。恍惚之中,我仿佛看见了我在一年级大班的老师正守在我的床边,拿着手帕努力压制着咳嗽,以免打扰我。似乎又看见我现在的老师弯下腰来吻我,胡子扎在我的脸上。朦胧之中,我似乎看见了克罗西的一头红头发,德罗西的金色鬈发,穿黑衣服的卡拉布里亚男孩从我眼前走过,还有卡罗内送给我一个带叶子的橘子,然后立刻就走开了,因为他妈妈也在生病。我仿佛从一个长梦中醒过来,看到父亲和母亲脸上的笑容,听着希尔维娅轻声地哼着歌曲,我知道我的病好多了。噢,真是个可怕的噩梦!从此以后,我的身体一天天好起来了。小泥瓦匠来看我,我被他扮的兔脸逗乐了。可怜的小家伙,自从他生过病以后,脸显得更长了,现在兔脸扮得更像了。柯莱蒂来看我了。卡洛菲也来了,还送给我两张他新做的"多用铅笔刀"彩票,这些铅笔刀是他从贝尔托拉街旧货商手里买来的。昨天,我睡着的时候,普雷科西也来了,他怕吵醒我,用脸颊碰了碰我的手,他是刚从父亲的铁匠铺过来的,满脸的炉灰,在我的衣袖上留下了黑黑的痕迹。我醒来后看见黑色痕迹,感到特别高兴。就在我生病这么短短的几天里,树变绿了许多。父亲把我抱到窗口,看着那些背着书包蹦蹦跳跳去上学的孩子们,我真羡慕不已!不过很快我也会去上学的。我迫不及待地想见到我的同学们,我的课桌、校园、街道,急切地想知道这段时间以来所发生的一切,重新打开我的书和作业本,就好像有一年时间没见到它们了。我可怜的母亲,多么瘦削苍白啊!可怜的父亲,显得那么疲倦!还有我的那些好同学!他们来看望我,踮着脚尖走过来,亲吻我的额头。想到有一天我们将要分离,我好伤心。我也许与德罗西和另外几个人还可能继续在一起上学,可其他人呢,一旦上完四年级,就得分手了,我们不会再见面了。我再生病时也不能再在床前看见他们了:卡罗内,普雷科西,柯莱蒂,那么多能干、要好的亲爱的同学,就永远不会再见了。

工人朋友

20日　星期四

　　为什么永远不会再见了，恩里科？这事完全取决于你自己。上完四年级，你将进入中学，他们可能去当工人，但是你们还是和以前一样都生活在同一个城市里。这种情况也许还要经历很多年，那么你们为什么再也不能相见了呢？就是当你上了大学或是专科学校以后，你也还是可以到他们的店里或工厂里去看望他们。看到你童年的同学都长大了，正在辛勤劳动，那是多么令人高兴的事啊！柯莱蒂和普雷科西无论他们将来在什么地方，你都应该去看他们，跟他们在一起待上几个小时。你会发现，当你要研究人生、研究世界的时候，从他们那里你可以学到有关他们的技艺，了解他们生活的社会和你所在城市的不少东西，而这些是任何其他人都不能教给你的。你要知道，如果你现在不珍惜这种友谊，将来你很难再得到它，我是指你所属的阶层之外的友谊。这样你只能生活在一个阶层内，而只有一个社会阶层生活经验的人，就如同一个学者只读一本书一样。因此，我建议你从现在就开始保持这种友谊，即使你们将来分开之后，也继续交往，而且从现在起就开始培养这种友谊，因为他们是工人的儿子。你看，上等社会的人就像是军官，工人就是劳动大军中的做工的士兵，社会就是军队；士兵未必不如军官高贵，因为高贵在于劳动，而不在于收入，在于价值而不在于身份。如果论功劳的大小，那么劳动者的功劳最大，因为他们从自己的劳动中只获得最微薄的报酬。所以，在你的同学中，你应该特别尊重和爱戴这支劳动大军的子女，因为他们尊重他们父辈所付出的辛勤劳动和牺牲。你要蔑视财富和等级的差别，以此来划分亲疏是卑下的，只有浅薄的无知的人才会以此来划分感情和礼节。你要想到拯救我们祖国的神圣血液是从工厂和田间里的劳动者的血管里流出来的。去爱卡罗内、普雷科西和柯莱蒂，去爱你的小泥瓦匠，在他们小小的工人胸膛里蕴藏着高贵的心灵。你发誓，将来无论命运如何变化，在你的心灵深处都不能忘记这孩提时的友谊。你发誓，假如四十年后，在某个火车站，你认出一个穿着火车司机服装的人正是你的老朋友、黑脸膛的卡罗内——啊，我不需要你发誓，我相信你即使做了王国的参议员，也会跳上火车，用双手搂住他的脖子的。

——你的父亲

卡罗内的母亲
28日　星期五

我回到学校后马上就听到一个不好的消息：卡罗内因

为母亲病重，有好几天没有来上课了，上星期六晚上他的母亲已经去世了。昨天上午，老师一进教室就对我们说："可怜的卡罗内遇到了很大的不幸，他的母亲死了。这件事对这孩子来说是最大的打击。明天他回来上课，孩子们，希望你们对他内心的痛苦表示同情。他进教室时，你们要亲切地问候他，不许开玩笑，不许与他逗笑，我提醒你们。"今天上午可怜的卡罗内来上学了，他比大家晚到了一会儿。我看见他，心里像挨了一棍似的不禁一颤：几乎都认不出他来了，卡罗内今天穿着一身黑衣服，脸色苍白，两眼发红，两腿站不稳，好像生了一场大病似的，真是令人同情。大家看着他，谁都没有说话。他回到学校，看到母亲几乎每天都来接他回家的学校，看到他的座位，想到考试期间母亲总是俯身叮嘱他的情景，而他时时想念母亲，一下课就迫不及待地跑出去迎接她——想到这里，卡罗内突然绝望地失声痛哭起来。老师将他拉到身边，紧紧地搂在胸前，说："哭吧，哭吧，可怜的孩子。不过，要勇敢起来。你母亲虽然不在人世了，但她仍看得见你，仍在爱你，仍和你生活在一起……有一天你会见到她的，因为你和她一样善良、正直。你要勇敢点！"说完，老师陪着他到旁边的座位上坐下，我不敢看他。他拿出许多天都没有打开的书本，看到阅读课上母亲拉着孩子手的插图，卡罗内又一次把头埋在双臂里哭了起来。老师示意我们别打扰他，便开始上课了。我很想和他说些什么，但却不知道该说什么好。我把一只手放在他的胳膊上,在他耳边小声说:"别哭了,卡罗内。"他没有答话,也没有抬头,只是用手抓住我的手,握了一会儿。放学时,大家没有跟他说话,都充满同情地默默地绕开他。我看见母亲在等我,便跑过去拥抱她,可母亲推开了我,注视着卡罗内。我一时不明白为什么,这时我才发现卡罗内孤零零地一人在旁边看着我,他在用一双无法形容的忧郁的眼睛看着我,仿佛在说:"你还可以拥抱你的母亲,而我呢,再也不能了!你还有母亲,而我的母亲已经死去了!"这时我才明白母亲为什么推开我。我没有再把手伸给母亲,就出了校门。

朱塞佩·马志尼
29日 星期六

今天上午,卡罗内仍然是脸色苍白地、眼睛哭得红红地来上学了。我们大家为了安慰他,给他在课桌上放了一些小礼物,但是他只是稍稍瞥了一眼桌上的东西。老师为了鼓励卡罗内,特地拿来了一本书,准备要读给他听。读这本书之前,老师告诉我们,明天中午一点钟,全体同学要去市政厅参加为从波河中勇敢救出儿童的少年授予公民荣誉奖章的颁奖仪式。下星期一,老师还要给我们做一篇关于授奖仪式的记叙文的听写,这篇记叙文就是这个月的每月故事。说完后,老师转向垂着头的卡罗内说:"卡罗内,打起精神来,你也和大家一起听写吧。"于是大家都拿出笔来,老师就开始读了。

朱塞佩·马志尼于1805年出生在热那亚,1872年死于比萨。他是一位伟大的爱国志士和伟大的作家,是意大利革命的先驱者之一。他怀着爱国的热忱,饱受四十年的贫困、迫害和放逐,但他的信仰和决心却始终坚定不移。朱塞佩·马志尼热爱自己的母亲,母亲给予了他坚强和善良的性格中最崇高最纯洁的灵魂。在他的一个挚友遭受到人生最大的不幸时,他写信安慰他的朋友。这封信的大意是这样的:"朋友,在这个世界上你再也见不到你的母亲了,这是个可怕的事实。我不去看望你,因为你的痛苦是一种庄严而神圣的悲痛,必须由你自己来承受并且由你自己去战胜。你理解我所说的必须战胜悲痛这句话的含义吗?这就是说要战胜那些使悲痛不够神圣、不够纯洁的东西,那些不能使你振奋,反而使你软弱、使你消沉的情感。然而悲痛还有另一方面,有崇高的一方面,会使你的心灵变得伟大、高尚的那部分你应该保持,决不能丢弃。在人世间,母亲的位置是不可替代的,无论人生再给你什么样的痛苦或欣慰,你永远不能忘了母亲。你应该怀念她,热爱她,要以一种有价值的方式为她的死而悲伤。啊,朋友,请听我说,死亡是并不存在的,没有死亡,死亡是不可理解的。而生命就是生命,并且遵循生命的规律,生命就是进步。昨天,你有一个尘世间的母亲,今天你却有一个彼世的天使。所有美好的事物都是能生存下来的，像世间的所有生命力一样顽强地生长壮大。所以，你母亲的爱也是这样。你的母亲现在比任何时候都更爱你，你对她也应该比以前更尽到责任。你能否在另一个世界与她相会完全取决于你自己，取决于你的行为。因此，为了你对母亲的热爱和崇敬，你应该变得更好，让她分享你的快乐。从今以后，无论做什么事，你都应该扪心自问：母亲是否会同意我这么做？母亲虽然死去，但她变成了这个世界上的一个守护天使，你遇到每一件事都应该请教她。要坚强，要善良，要勇敢地与绝望和庸俗的悲痛做斗争，在经受苦难时，要让伟大的灵魂保持豁达和平静，因为这才是母亲所希望的。"

"卡罗内，你要坚强、平静，这才是你母亲所希望的。你明白吗？"老师又说。

卡罗内点点头表示明白，这时，大滴大滴的眼泪从他的面颊洒落下来，滴在了他的手上、练习本上和课桌上。

公民荣誉奖章（每月故事）

下午一点钟时，我们和老师一起来到了市政厅前，参加给从波河中救同学的少年颁发公民荣誉奖章的仪式。

市政厅大楼正面的大阳台上迎风飘扬着一面巨大的三

色国旗。

我们都走进市政厅的院子里。

院子里人们已经站得满满的了。院子里面摆着一张铺着红台布的桌子，上面放着奖状，桌子后面是为市长和市政府官员们准备的一排镀金的大靠背椅，还站了几个身穿蓝色背心和白色袜子的市政厅服务人员。院子右侧站立着一队佩戴着勋章的警察，他们的边上是一队税务警察；院子的另一侧是穿着礼服的消防队员和许多来观看仪式、没有秩序地站在一起的骑兵、狙击手和炮兵。除此之外，院子周围还挤满了绅士、老百姓、军官，妇女和孩子们。我们挤在一个角上，那里已经站满了不少其他学校的学生和老师。紧挨着我们的是一群十到十八岁的普通百姓的子女，他们正在大声说笑，能听得出他们是波河镇人，是今天受奖的少年的同学或朋友。抬眼望去，所有的窗口都挤满了市政厅的职员，图书馆的门廊上也有很多人挤靠在栏杆边观看。我们对面，市政厅大门上方的门廊处站满了市立学校的女学生和戴着天蓝色面纱的军人的女儿。整个院子就像个大剧场一样热闹。大家都兴奋地交谈着，时不时地朝那张红桌子瞥上一眼，看看是否有人出现。乐队在拱廊下悠扬地演奏着乐曲，灿烂的阳光洒在高高的院墙上，真美啊！

突然，院子里、门廊上、窗户边的所有人都鼓起掌来。

我踮起脚尖使劲看。

站在红桌子后面的人群向两边分开，走出一个男人和一个女人，男人的手里领着一个男孩。

那就是救同学的少年。

那个男人是他的父亲，是个泥瓦匠，穿着节日的服装。那个女人是他的母亲，瘦小、金发，一身黑色装束。少年也是金发，身材瘦小，穿着一件灰色的短上衣。

看到眼前的人群，听着震耳欲聋的掌声，三个人站在那儿不知所措，既不敢看，也不敢动。一个市政厅服务员将他们三人安排到桌子的右侧。

大家静了一会儿，然后，院子里四处又爆发出一阵掌声。少年朝上望了望窗户，然后又看了看站着军人女儿的门廊，他双手拿着帽子，像是不明白自己在什么地方。我觉得他的脸长得有点像柯莱蒂，只是显得更红些。他的父母低着头看着桌子。

这时，我们身边那群波河镇的学生向前探着身子，朝他们的同学打手势，想使他往这边看，还叫着他的名字："平！平！平诺特！"同学们不停地叫着他。少年看见了他们，偷偷地在帽子下面微笑。

忽然，警察们全体立正。

市长在许多绅士的陪同下走了出来。

市长一身白色服装，身佩三色绶带，站在桌子前面，其他人在他身后分两侧排开站好。

乐队停止了奏乐，市长示意让大家安静下来。

市长开始讲话。开始几句我没有听清楚,但我知道是在讲述少年的事迹。之后,市长提高了嗓门,清晰、洪亮的声音在整个院子里回响,每个字我都听得十分真切:"……当他在河岸上看见他的同学惊恐万分地在河里挣扎时,他一边毫不犹豫地跑过去,一边脱衣服。许多人朝他喊:'你会淹死的!'他没有理会;大家拽住他,他挣脱开;人们呼唤他的名字,他已经跃入水中。河水正在上涨,就是大人下去也有生命危险。可是他,用他那弱小的身体和巨大的勇气,奋不顾身地向河中游去,游到后及时抓住了已经开始往下沉的不幸的同学,将他拉出水面。少年托着同学,奋力与激流搏斗。那个同学试图抱住他,少年好几次沉下去,然后又拼命努力浮出水面。他表现出顽强的意志和不屈不挠的高尚精神,他不像是一个拼力在救儿童的少年,倒是像一个父亲要挽救自己落水的儿子,儿子是他的希望、他的生命。最终,上帝保佑,他的英雄行为不是徒劳的,少年从湍急的河水中将溺水的同学救上了岸,又与其他人一起安慰了同学一番,然后少年若无其事地回家了,并且将发生的事轻描淡写地告诉了家人。先生们,英雄主义是崇高的美德,但是,当它从还没有任何功名利禄思想的孩子身上,从勇气十足却身单力薄的孩子身上,从无须尽任何义务、也不必做什么,只要理解和承认别人做出的牺牲,是在已经招人喜爱的孩子身上迸发出来的时候,这种英雄主义是多么神圣!先生们,我不多说了，我不愿给如此朴实却高尚的行为再添加任何无谓的赞誉。现在，这位勇敢的、高尚的英雄就站在你们面前。士兵们请向他致以兄弟般的敬礼；母亲们，请给他以儿子般的祝福；孩子们，请牢记他的名字，将他的形象刻在你们的脑海中，永远不要把他从你们的记忆中和心灵里抹掉。过来，好孩子，我现在以意大利国王的名义，授予你公民荣誉勋章。"

此时，许多声音交汇成一片响亮的欢呼声，在市政厅里回荡。

市长从桌子上拿起奖章，将它挂在少年的胸前，然后热情拥抱并亲吻了他。

少年的母亲用一只手挡住双眼，他的父亲头垂在胸前。

市长与少年的父母握了握手，把系着丝带的奖状递给母亲。

然后，市长又转向少年，说："今天是你最光荣的日子，是你父母最幸福的日子，记住今天吧！让它在美德和荣誉的道路上陪伴你走过人生。再见！"

市长走了，乐队奏乐，仪式好像是要结束了。忽然，消防队员的队伍向两边分开，一个看上去有八九岁的儿童被一个妇女推上前来，那个妇女马上又不见了。男孩扑向受奖少年，倒在他的怀里。

这时，院子里又一次响起欢呼声和鼓掌声，大家这才明白刚才的情景：原来是那个被少年从河里救起的男孩在

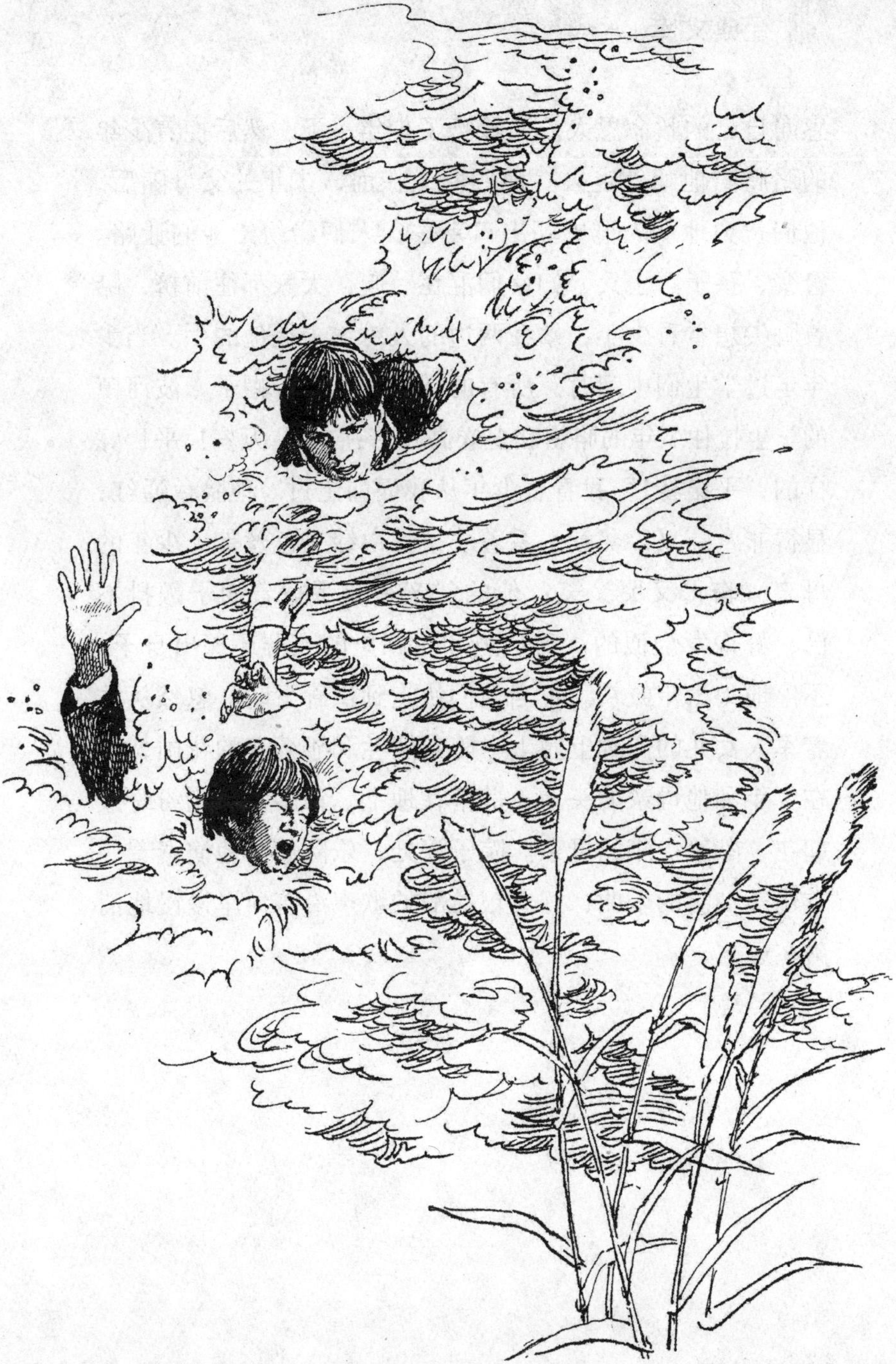

感谢自己的救命恩人。男孩吻了少年一下,然后挽着少年的胳膊陪他朝外走去。他们两人在前,少年的父母随后,他们费力地从人群中朝出口走去,人们纷纷给他们让路。警察、孩子、士兵、妇女们混在一起,大家都往前挤,踮着脚尖想看看少年,站在两边的人纷纷去握他的手。当少年走过学生们中间时,所有的学生都挥动着帽子。波河镇的学生拉住少年的胳膊和上衣高呼着:"平!万岁!平!好样的,平诺特!"我看着少年从我面前走过。他脸色通红,显得非常高兴,奖章上系着一条红白绿三色丝带。少年的母亲兴奋得又哭又笑;他的父亲一只手捻着胡子颤抖不已,好像发烧似的。窗户里和门廊里的人群还探出身子,不停地为少年鼓掌。正当他们快走到拱廊下时,忽然从站着军人女儿的门廊上撒下一阵紫罗兰和雏菊花的花雨,落在少年和他母亲的头上,散落在地上。许多人立刻纷纷捡起花,献给少年的母亲。院子深处,乐队悠扬地演奏着一首优美动听的乐曲,好像银铃般的歌声沿着河岸慢慢地消失在远方。

5月

佝偻病儿童

5日　星期五

今天，我因为身体不好请了假未去上学，与母亲一同去了佝偻病儿童学校，因为她想请求学校收下看门人的小女孩入学，但到了学校母亲却没有让我进去……

恩里科你知道我为什么没有让你进学校吗？这是因为不想让学校里那些不幸的孩子，面对你这样一个健康、强壮的男孩而感到痛苦。他们已经有太多的场合面对这种痛苦的比较，这是多么令人悲痛的事啊！走进学校，眼泪几乎要从心头涌出。在这所学校里，总共有六十多个残疾的男孩女孩……可怜他们骨骼弯曲，手脚僵硬、歪斜，身体像木头做的一样。但我很快又看到他们当中很多孩子清秀伶俐，聪慧热情。有一个小女孩，鼻子和下巴尖尖的，像个小老太太，但是笑容却很甜美可爱。有些孩子你从背面看上去很端正，不像是有残疾，但是一转过身来……真让人心头一颤。恰好那时有医生在给他们看病。医生让孩子们笔直地坐在椅子上，撩起衣服，检查他们胀起的肚子和肿大的关节。这些可怜的小生命并没有感到难为情，可以看出他们已经习惯于脱去衣服，转动身体各个部位让医生检查。可以想象现在是他们病情中最好的时期，因为他们已经几乎不再感到痛苦。但是，谁又知道，他们在身体刚刚开始出现畸形时，忍受了多么大的痛苦。病情加重时，可怜的孩子们会看到周围的人渐渐地对他们漠不关心，被长时间孤独地抛弃在院子和房间的某个角落里，只有残羹剩饭；有时甚至要被别人嘲笑，治疗时他们要忍受数月绷带或者矫正器械的折磨。当然，现在有了良好的治疗、精细的饭菜和有效的体育锻炼，很多孩子逐渐好起来。老师教他们做操，看着他们按口令在椅子下面伸展着缠着绷带、绑着夹板、畸形的弯成几节的腿脚，真让人心疼。他们的脚上到处都有关怀的亲吻！有一些孩子不能独自从椅子上站起来，他们坐在那里，头歪靠在胳膊上抚摸着拐杖；其他一些孩子双臂用力，却感到气喘呼呼，又无力地倒在椅子上，面无血色。但他们却用微笑来掩饰痛苦。啊，恩里科，你这样不珍惜健康，难道认为健康是件小事吗？我想到那些漂亮、健壮的孩子，他们的母亲带着他们走在外面好像战士凯旋，为他们的漂亮而感到骄傲。但我宁愿去拥抱那些可怜的孩子，不顾一切地将他们紧紧地搂在胸前。我要说，假如我是独身一人，我将永远不离开这里，我愿为他们献出生命，照顾他们，做他们的母亲直到生命的最后一天……这时，孩子们在歌唱，声音纤弱、甜润、悲伤，感人肺腑。老师表扬他们，他们格外高兴。当老师走过孩子们的座位时，孩子们吻她的手和手臂，因为他们对爱他们的人非常感谢，他们非常热情。老师对我说，那些小天使同样也很聪明、爱学习。这位女老师年轻、和蔼，慈善的面孔上带着一丝忧郁，或许是因为每天照顾、安慰那些不幸的孩子的缘故。亲爱的姑娘，我的孩子，在所有工作的人中，没有一个人比你更神圣！

——你的母亲

牺 牲
9日 星期二

我的母亲是个善良的人，我的姐姐希尔维娅也像母亲一样有一颗伟大、善良的心。昨天晚上，我正在抄写每月故事《寻母记》的一部分——因为文章很长，老师就让我们所有的人一人抄写一部分，希尔维娅姐姐悄悄走进来，很着急但又是悄声地对我说："跟我一起去妈妈那儿，今天早晨我听见他们议论，爸爸的一笔生意没有做好，他很伤心，妈妈安慰他。我们家里有困难，你明白吗？没有钱了。爸爸说要重整旗鼓必须做出牺牲。现在我们也要做出牺牲，对不对？你准备好了吗？好的，我对妈妈说，我说什么你都要同意的，而且我说什么，你都要向妈妈发誓做到。"说完，她拉起我的手一同去母亲那里。母亲这时正在做针线活，好像满腹心事。我坐在沙发一边，希尔维娅坐在另一边，她马上说道："妈妈，我有话要说，我们两个都有话要说。"母亲惊奇地看着我们。于是，希尔维娅开始说："爸爸没有钱了，对吗？"母亲脸一红，回答说："你在说什么？这不是真的！你怎么知道？谁对你说的？"希尔维娅肯定地说："我知道。好啦，听我说，妈妈，我们也应该做出牺牲，你答应5月底给我买一把扇子、给恩里科买一盒颜料，我们都不要了，我们不想浪费钱。我们一样会很高兴的，你明白吗？"母亲想说什么，但不等母亲开口，希尔维娅接着说："不，就这样，我们决定了。在爸爸有钱之前，我们不再吃水果和其他好东西，有汤就足够了，早饭就吃面包。这样，吃的方面可以少花钱，因为我们在吃的方面花了太多的钱。我们向你保证，你会看到我们像以往一样开心，对不对，恩里科？"我回答说："对。"希尔维娅用手捂住母亲的嘴又重复说："我们会像以往一样开心。另外，如果还有其他东西要做的，无论是衣服，或是别的方面，我们都很愿意牺牲。我们也可以把礼物卖了。我愿意拿出我所有的东西。我帮你干家务，所有的家务活都自己干，我每天跟你一起干活，让我干什么都行，我所有的事情都可以做，所有的事情！"希尔维娅说着扑上去，双手搂住母亲的脖子,"只要爸爸和妈妈不再失望,只要能看见你们两人在你们的希尔维娅和恩里科面前,像以前一样安心,心情舒畅就行。我们非常爱你们,愿为你们牺牲一切。"听完这些话,母亲特别高兴,啊,那样子是我从来没有见过的,而且她也从来没有以那种方式吻过我们。她笑着,眼睛里饱含着泪水,说不出话来。然后,母亲向希尔维娅保证说她听错了,值得庆幸的是家里不像她以为的困难到那个地步。母亲又一次对我们说谢谢,整个晚上都显得很高兴。父亲回来,母亲对他讲述了一切,父亲没有开口。我可怜的父亲!但是今天上午坐在饭桌边……我感到既快乐又伤心,因为我在餐巾下面看到了颜料盒,希尔维娅在餐巾下发现了扇子。

火 灾

11日 星期四

今天上午,刚刚抄完每月故事《寻母记》我该抄的那一部分,正想着老师布置让我们自由命题作文的题目时,忽然听到楼上有异常的响声。过了一会儿,家里进来两个消防队员,对我父亲说要检查一下炉子和壁炉,因为楼顶上有个烟囱在向外冒火,他不知道是从谁家引发的。我父亲说:"请查吧!"尽管我家没有燃着火,他们还是在各个屋子里仔细观察,把耳朵贴在墙壁上,听一听是否在通向上面楼层的烟道里有火苗爆裂的声音。

在消防队员巡视各个房间的时候,父亲对我说:"恩里科,有了,这不是一个很好的作文题目吗?——就叫它《消防队员》吧。我来讲个故事,你把大意写下来。两年前,我看见过他们怎么救火。一天深夜,当我从巴尔博剧院出来,走到罗马大街,看到一片异常的火光,许多人在往那里跑去。一幢楼房失火了,火舌和浓烟从窗户和楼顶上蹿出来,只见男人和女人在窗口晃动,发出绝望的呼叫。楼门前一片混乱,人们喊叫着:'他们要烧死了!救命啊!消防队员!'这时来了一辆马车,从马车上跳下来四名消防队员。他们是从市政厅来的,是最先赶到的。马车刚到楼门口,还没有停稳,他们便冲进楼房。他们刚进去,就发生了一件可怕的事情:一位妇女出现在四楼的一个窗口,叫喊着,抓住窗户的栅栏,跨出去,手抓住栏杆,身体背向外蜷曲着,几乎吊在半空中。浓烟和火焰从房间里蹿出,几乎要烧到她的头上了,人群中发出惊恐的呼叫声。消防队员一时被惊慌失措的房客们搞错了,上到第三层,已经凿开了一堵墙壁,冲进了房间。这时,众人齐声喊道:'在第四层,在第四层!'他们又立即冲上第四层。这里已经全部坍塌了,房梁倒下来,楼道里到处是火焰,烟雾令人窒息。要想进入房客们被关着的几个房间内,没有别的路,只有从楼顶过去。他们又马上爬上去。没多久,在楼顶的浓烟中跳出一个黑影,他就是冲在最前面的消防队长。但是，要想从被火包围的那一块地方走向着火房间的屋顶，必须通过阁楼和屋檐之间一个极其狭窄的地方，其他部分都起了火，只有那一小片地方还覆盖着冰雪，但是没有能攀扶的地方。"那里也过不去。"众人在下面呼唤着。消防队长沿着屋檐往前走，所有的人都为他担着心，屏住呼吸看着他。他终于过去了，下面的人一齐高声欢呼起来。这个消防队员继续往前跑，跑到那个位置后，他用斧子狠命地打碎瓦片，砍断木梁和椽子，准备破洞而入。此时，那个妇女仍然吊在窗外，火焰就要燎到她的头了，再有一分钟，她就会坠落到街上。洞凿开了，消防队长解下背带，攀缘而下，后面赶到的其他消防队员紧跟着也下去了。就在这时，来了一架高高的消防云梯，云梯竖起来，靠近屋檐，搭在蹿出火焰和发出疯狂叫喊声的窗户前面。但是大家都认为太晚了，众人叫着：'没有人会活命，消防队长烧着了。完了，他们都死了。'突然，消防队长被熏黑的面孔出现在那个栅栏窗前，全身从上到下被大火照得通红。那个妇女紧紧抱着他的脖子，他用双臂搂住妇女的腰，使劲往上提，然后将她放在房间里。人群中发出各种各样的叫唤，淹没了大火的爆裂声。还有别的人呢？他们怎么下来？靠在屋顶另一扇窗前的云梯离他们的窗台还有好长一段距离，他们怎么上去？正当人们议论纷纷的时候，一个消防队员爬出窗外，右脚踩在窗台上，左脚踏在云梯上，就这样直直地立在半空中。其他队员从里面把房客一个一个地交给他,他抱住后再交给从云梯下上来的另一个消防队员。房客们踩好梯子,再一个接一个地下去,下面有其他消防队员帮助他们。第一个是刚才吊在栅栏上的妇女,接着是一个小女孩、另一位妇女和一位老者,所有的房客都脱险了。老者之后,留在房间里的消防队员才下来,最后是那个最先上去的消防队长。人们一齐鼓掌欢迎他们。当那个冲在最前面救人却最后下来、多次面对危险、出生入死的勇士——那个消防队长出现在人群中的时候,人们热烈欢呼,伸手向他致意,大家心中充满了敬佩和感激,像迎接凯旋者一样地迎接他。没有多久,朱塞佩·鲁比诺这个普通人的名字和他的英雄事迹就在人们中间传颂起来……你知道吗?这就是勇气,它来自心灵深处,没有丝毫的虚伪,关键的时候毫不动摇。在他人陷入危难之际,他会像闪电一样毫不犹豫地冲上去。有时间的话,我将带你去看看消防队员是怎么训练的,领你去见见那位英雄的鲁比诺队长,你会很高兴认识他,对吗?"

我回答说是的。

"就是他。"父亲说。

我猛地转过头去,这时,两个消防队员检查结束后正准备穿过房间出门。

父亲指着其中一个戴着军衔的矮个子,对我说:"快去和鲁比诺队长握手。"

鲁比诺队长停下脚步,微笑着伸出手,我握着,他问候了一句便出了门。

父亲说:"好好记住他,因为一生中与你握手的人成千上万,但值得你握手的却没有几个人。"

寻母记(每月故事)

很多年以前,一个工人家庭的十三岁的男孩,只身一人从热那亚出发去美洲寻找自己的母亲。

由于连续遭受不幸,这个男孩家境非常贫寒,债务累累。两年前,他的母亲为了赚钱还债,去了阿根廷首都布宜诺斯艾利斯,给富人家里做女佣。有不少勇敢的妇女带着这种想法长途旅行去了美洲,由于在那里做女佣收入丰厚,她们往往在短短几年里就能赚上几千里拉带回国。可怜的母亲与十八岁和十一岁的两个儿子告别时止不住地痛哭,但她还是勇敢地怀着美好的愿望走了。路途上一切顺利。她一到布宜诺斯艾利斯就通过一个长期在那里开铺子的热那亚人——她丈夫的表兄,找到一个很好的阿根廷人家做工。这家人给她的工资很高,待她也很好。在开始的一段时间里,她按照事先约定好的方式与家人保持着定期的通信联系。他们约定好,她丈夫先把信寄给他表兄,通过表兄再转给她;她再把回信交给表兄,表兄再在信后面加上几句话后再寄往热那亚。她每月挣八十里拉,自己没有任何开销,每三个月能寄给家里一笔数目不小的钱。她丈夫为人厚道,渐渐把最急的债务还清了,重新赢回了好的声誉。同时,她丈夫也在不停地工作,他对自己干的活还比较满意,就盼着妻子能早点回来,因为没有她,他总觉得家里冷冷清清的。尤其是小儿子特别思念母亲,他总是很伤心,他不能忍受母亲的离开。

自她走后一年过去了,但自她寄来一封长信说她身体不好之后,家里人就再也没有得到她的消息了。他们写过两封信给那表兄,但没有回信,又写信给她做用人的那个阿根廷人家,也没有得到回信,可能是因为把地址或姓名写错了,信没有寄到。家里人担心她发生意外,又写信给意大利驻布宜诺斯艾利斯领事馆,请求他们帮助查找。三个月过去了,领事回信讲,尽管在报上登了寻人启事,但是没有人前来,也没有人提供任何消息。也许因为某些原因,比如是为了保护家人名声,怕做女佣影响他们,这个好女人不得不对阿根廷人家隐姓埋名的缘故。除此之外,还会有什么情况发生呢?又过去了几个月,仍是杳无音信,三个人都失望了,小儿子伤心得终日无法解脱。怎么办呢?向谁求助呢?父亲首先想到去美洲找他的妻子,但工作怎么办?谁来抚养他的孩子们?大儿子也不能走,他刚开始挣点钱,而且家里也需要他赚钱。父子三人一直生活在焦虑不安之中,每天都重复着同一个痛苦的话题,或者相互对视默默无语。一天晚上,小儿子马可突然坚定地对父亲说:"我要去美洲找我的母亲。"父亲伤心地低下了头,没有回答。在父亲看来,儿子有这个心意很难得,但这是不可能的事。他才是个十三岁的孩子,就要只身一人远涉重洋去美洲,光旅途就需要一个月的时间呢!但是,男孩仍然坚持,很有耐心地说服父亲。一天又一天,他每天都心平气和地像大人一样地对父亲耐心地讲述自己的理由。他说:"其他孩子都去了,他们比我还小呢。一上船,我就能像其他孩子一样到达那里。到那里以后我马上去找表伯伯的铺子。那里有很多意大利人,有人会给我指路。找到伯伯,就找到了母亲。如果找不到伯伯,我就去找领事,找那个阿根廷人家。不论发生什么事情,在那边谁都能找到工作,我也能找到一份工作,至少可以挣到回家的路费。"就这样,他逐渐地说服了父亲。父亲很佩服他,知道他思维周密、有勇气,而且平时知道省吃俭用,能吃苦,所有这些好品质都能帮助他去为寻找他挚爱的母亲而增加信心。另外有一艘轮船的船长是父亲一个熟人的朋友。讲起这事时,那个船长答应帮助搞一张去阿根廷的三等舱免费船票。这样,父亲犹豫再三之后,还是同意了,定下了启程的日子。父亲替他准备好行装,在口袋里放了几块银币,交给他表兄的地址,在4月一个晴好的傍晚送他上了船。父亲满含热泪,在轮船的舷梯边与他最后吻别,说:"马可,我的孩子,不用怕,你此行的目的神圣,上帝一定会帮助你的。"

可怜的马可，虽然他早已下定决心，准备面对寻母之行的最严峻的考验，但是，当他看到美丽的热那亚渐渐地消失在地平线上，巨大的轮船在海上越走越远，船上到处是移居国外的农民，他却孤身一人，连一个认识的人都没有，只有两个小小的包裹里包着他全部希望的时候，突然间他所有的勇气一下子就都消失了。开始两天，他像小狗一样蜷缩在甲板上，不想吃也不想喝，只想哭。各种不祥的兆头在头脑中盘旋，最令人痛苦的、最可怕的想法总是不停地在头脑里转来转去缠着他，那就是他母亲已经死了。他痛苦得不能入睡，脑子里时常出现一个陌生人的面孔，在半空中怜悯地看着他，并附在他耳朵上小声对他说："你的母亲已经死了。"于是，他惊叫起来，从梦中惊醒，醒来才知道是在做梦。船一过直布罗陀海峡，进入大西洋以后，马可振奋起了精神，又充满了希望，但那不过是暂时的。茫茫大海一望无际，气温渐渐升高。周围是那些忧愁可怜的农民，孤独再次战胜了他。一天一天在寂寞中度过，使他像病人一样记忆紊乱，忘记时间的存在。他觉得在海上已经漂泊了一年的时间，每天早晨醒来，看到无边无际的大海，知道自己依然孤身一人在去美洲的旅途上，他总是为路途的遥远而感到愕然。美丽的飞鱼时而跳到甲板上；傍晚在大西洋上，目睹热带洋面上绚丽的落日，一片片火红火红的晚霞，海水像火山熔岩般闪着道道粼波，对他来说仿佛是虚幻的景象，梦境般的奇观。天气恶劣的时候,他始终把自己关在船舱里。船舱里到处是东西发出震动和破碎的声音,还夹杂着人们难听的抱怨和诅咒,让他感到世界的末日来临了。有时大海风平浪静,海水变成暗红的颜色,天气酷热难熬,他感到无聊至极,真仿佛时间都凝固了。这时,疲惫不堪的旅客们像死人一样躺在甲板上,一动也不动。船好像永远也到不了终点似的。天连水,水连天,今天和昨天,明天和今天,还是一总是一永远是一样。马可靠在船舷边,长时间、呆呆地看着那一眼望不到边的大海,茫然地想着母亲,不知不觉困倦地低下头闭上眼睛睡去。于是,睡梦中他又看到那个陌生面孔在半空中怜悯地看着他,并附在耳边低声重复地说:"你的母亲已经死了。"听到那个声音,他一下子惊醒过来,睁开眼睛,盯着远方单调的地平线,继续回想着梦中的情景。

二十七天的航程!只有最后几天他才感觉好一些。那几天风和日丽,空气清爽。马可认识了一个好心的伦巴第老人,他是去美洲找在罗萨里奥城附近种地做农民的儿子。马可向老人讲述了发生在自己家里的事情,老人不时用手拍着他的肩膀,反复对他说:"不用怕,小家伙,你会看到你母亲平安无事的,她看见你会很高兴的。"路上有了同伴使马可感到安慰,不祥的感觉减轻了很多。坐在甲板上,夜空中繁星点点,旁边是抽着烟袋的伦巴第农民老人,周围有很多迁往国外的农民在唱歌,他竟无数次想到

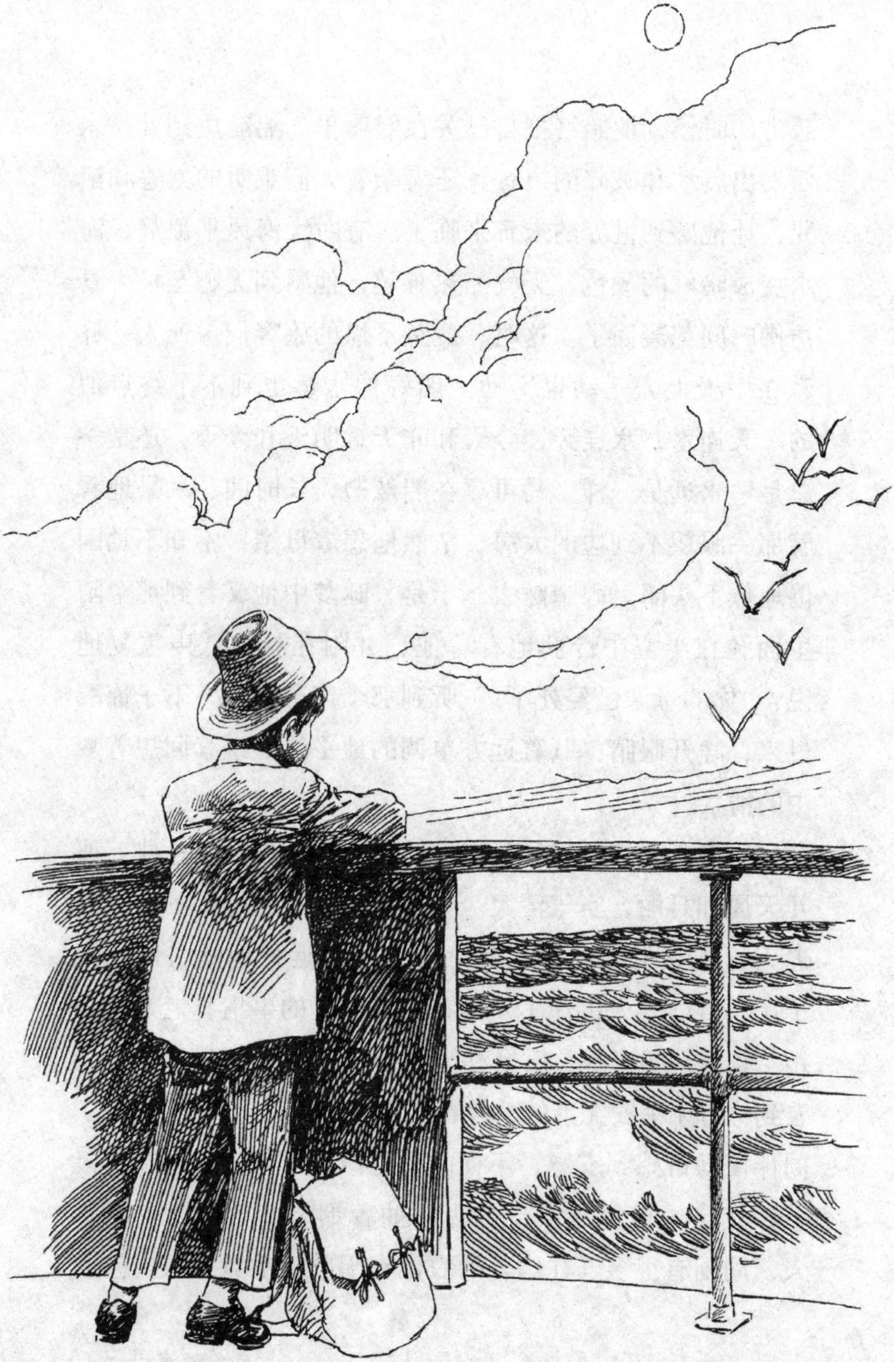

他已经到达了布宜诺斯艾利斯,来到那条街上,找到了店铺,扑到表伯伯面前问:"我母亲怎样?她现在在哪儿?快点领我去找她吧!"于是他们一起跑去,跨上台阶,门打开了……沉思默想总是在这里戛然而止,他的想象又变成一种无法表达的温情,于是他偷偷拉出挂在脖子上的小胸章,吻一吻,低声地祈祷着。

启程后的第二十七天,他们终于抵达了目的地。这是5月一个朝霞明媚的早晨,船终于在宽阔的拉普拉塔河上抛锚,河的一侧就是阿根廷的首都布宜诺斯艾利斯,一眼望不到边的城市。马可感到晴天是个好兆头,他抑制不住心头的喜悦和焦急。母亲就在离他几里以外的地方,再过几个小时就可以见到母亲了!他到了美洲——一个新的世界,他勇敢地一个人来了!此时,他感到漫长的旅途只不过是瞬间的事情,他在梦中飞翔,恰在这个时候醒来了。他高兴极了,当他摸摸口袋,发现他当初怕把钱一下子都丢失,因此将它分成两份分别装在两个口袋里,现在只剩下一份时,他已经不介意、不伤心了。别人偷了他的钱,他现在所剩无几,但是,他如今已经离母亲很近了,丢钱又有什么关系?他拿上衣包,随着其他的意大利人上了一艘汽船,到河岸不远处再换上一只名为"安德烈亚·多里亚"的小船。船到码头,他与伦巴第老人告别后,便急忙迈开大步向城里走去。

走到第一条街口,马可问行人劳斯阿提兹大街怎走。他问的正好是一个意大利工人，这个人好奇地打量了他一会儿，然后问他识不识字。马可点点头，那个工人于是指着他刚走出的街道说："那儿，一直向前走，看着每条街道的街名，你就会找到你要去的街了。"马可谢过之后，朝他所指的方向走去。

这是一条笔直的街道，一眼看不到尽头，路很狭窄，两旁是很多白色的、低矮的房屋，像是小别墅。街上行人、大小马车熙熙攘攘，一片喧闹嘈杂，四处还挂着一些各种各样的大广告，上面用大字写着开往什么地方的轮船班期广告。每走到一个路口，向左右望去，两侧都是一眼望不到尽头的街道，白色、低矮的房屋，行人、车辆拥挤。远处美洲大陆一望无际的平原，恰似一道地平线展现在街的尽头，也好像在向海洋中延伸一样。城市好像广阔无际，走上几天甚至几个星期看到的还是同样的街道，好像整个美洲都被这个城市占据着。马可注意着每个街名，努力地读着那些奇怪的名字。每到一个路口，他都心跳不已，想着这可能就是他所要找的街道。马可注意地看着所有过往的妇人，希望能够遇上他的母亲。看到前面一个妇女像他的母亲，他不觉心头一震，马上跑上去仔细一看，原来是个黑人妇女。马可加快步伐向前走去，走到一个十字路口，看了看街名，他一下如同被钉住似的站在路口上，那正是劳斯阿提兹大街。马可转过头，看到一一七号，他停下来喘口气，自言自语地说："噢，我的母亲，我真的马上就要见到你了!"他继续向前跑着,来到一个小店铺前面,是这里了。马可一下子冲进铺子,看见一个灰头发、戴眼镜的妇女在里面。

"孩子,你要什么?"妇人用西班牙语问。

"这是弗朗切斯科·梅内利的店吗?"马可吃力地问。

"弗朗切斯科·梅内利已经死了。"妇人用意大利语回答。

马可感到心头一震。

"什么时候死的?"

"嗯,有一段时间了,几个月前生意不好,逃走了。有人说他躲到离这儿很远的布兰卡港,一到那儿就死了。如今这店铺是我的。"妇人回答。

马可脸色苍白。

他马上又急切地问道:"梅内利认识我母亲,我母亲在这里给梅基内斯先生家做工,只有他能告诉我母亲在哪里。我到美洲来找我母亲。我们的信都是梅内利转给她的。我要找到我母亲。"

妇人回答说:"可怜的孩子,这我可不知道。我可以问问后院那个男孩,他认识给梅内利做事的年轻人,或许他知道什么。"

妇人走到店铺后面,叫男孩进来,对他说:"我问你,你还记得替梅内利做事,有时去给那个富翁家的女佣送信的年轻人吗?"

男孩回答:"去梅基内斯家,是的,太太,有几次。就在劳斯阿提兹大街的那一头。"

马可喊出声来:"啊,太太,谢谢您!请告诉我门牌号……要是不知道,请让他领我去,朋友,你马上领我去吧,我这儿还有一些钱可以给你。"

马可十分热情地说,那个男孩不等妇人开口便回答说:"我们走吧。"说完拔腿先走了出去。

他们两人一路上顾不上说话,小跑着来到长街那头的一所小白房子前面,在一个漂亮的铁栅栏门前停下了。栅栏里面是一个小院子,小院子里面摆满了盆花。马可用力拉了一下门铃。

一个小姐从里面走出来。

"这是梅基内斯家,对吗?"马可不安地问道。

"以前是,现在是我们住在这里,姓塞瓦略斯。"小姐用西班牙语调的意大利语回答。

"梅基内斯一家到哪里去了?"马可的心嗵嗵地跳,着急地问道。

"他们去科尔多瓦了。"

"科尔多瓦!"马可惊叫道,"科尔多瓦在哪儿?他们家那个用人呢?那个女人,是我的母亲,那个女佣是我的母亲。他们把我母亲也带走了吗?"

小姐看了看他,说:"我不知道,也许我父亲知道,我父亲是在他们搬走时认识他们的。你们先等一等。"

小姐跑进房子里去，不一会儿又跟着父亲一同出来。她的父亲身材高大，长着灰白的胡须。他盯着这个头发金黄、鹰钩小鼻子、像是个可爱的热那亚小海员的男孩，把他上下打量了一番，然后用蹩脚的意大利语说："你母亲是热那亚人吗？"

马可回答说，是的。

"那就对了，那个热那亚女佣和他们一起走了，我可以肯定。"

"他们去哪里了？"

"科尔多瓦，是另外一个城市。"

马可倒抽了一口凉气，然后无可奈何地说："那么……我就去科尔多瓦。"

那位先生用怜悯的神情看着他惊呼道："啊，我的天哪，可怜的孩子！科尔多瓦离这里有几百里呢。"

马可一只手扶着铁栅栏门，脸色变得惨白，像个死人似的。

这时，那位先生出于恻隐之心，打开门，说："咱们想想办法，咱们想想办法，你先进来待一会儿，让我们看看能做点什么。"他坐下，让马可也坐下，然后认真地听马可讲自己的经历，沉思片刻之后，他肯定地说：

"你现在没钱了，是不是？"

"还有……一点点儿。"马可回答。

那位先生思考了几分钟，然后坐到桌前，写了一封信，封好后交给马可，说道："听着，意大利小孩，拿着这封信先去博卡那个小城市，那里一半都是热那亚人，离这里有两个小时的路。那里谁都会给你指路的。你到了那里以后，去找信封上写的这位先生，他明天会让你去罗萨里奥市，把你交给那里的人，再由他们设法让你继续前往科尔多瓦，你会找到梅基内斯家和你的母亲的。还有，这些也拿着。"说着，他在马可手里放了几个里拉，"去吧，别害怕，这里到处都有你的同乡，他们不会抛弃你的。再见吧。"

马可除了说声谢谢之外，一时找不到其他更合适的感谢的话来了，于是便拿起衣包走了出来。与小向导告别以后，他便怀着伤心与恐惧，穿过喧闹的街道，缓缓踏上了去博卡的路程。

从这时到第二天傍晚所发生的一切都使马可感到混乱和迷茫，就像热病患者怪诞狂乱的幻想一般。他感到疲惫不堪，恐慌而绝望。当晚，他在博卡城的一间破房子里与港口的一个搬运工在一起住了一夜。第二天几乎一整天都坐在港口的一堆木材上，看着上千艘大小轮船、帆船、汽船胡思乱想着。黄昏时分，他搭上了一艘开往罗萨里奥市运水果的大帆船。驾船的是三个热那亚的壮汉，他们皮肤晒得黝黑，听到他们的口音，听到他们所讲的熟悉的热那亚方言，马可心中感觉到了一些安慰。

他们出发了。路上需要航行三天四夜的时间，这对于这位小旅客来讲又是无限的惊恐不安。三天四夜要在巴拉那河上度过。意大利的波河与壮观的巴拉那河比起来只不过是一条小溪，整个意大利长度的四倍也赶不上巴拉那河长。帆船缓缓地沿着极其宽广的河道逆水而上，时而绕过长长的岛屿，岛上过去是虎蛇的巢穴，如今长满了橘子树和柳树，远远地看去像是漂浮着的树林；时而又穿过狭窄的，像是永远也走不出去的水道；时而又出现在宽阔的水面上，水面平静得像是湖面一样。然后眼前又是岛屿，又是与一系列岛屿交错在一起的狭长的水道。置身于枝繁叶茂的丛林之中，周围寂静无声，长长的河流、寂静宽广的河岸和河水让人感到如此荒凉，这可怜的船好像第一次来到这个地方探险。他们越往前走，魔鬼般的河流越使马可沮丧和失望。他不由得又想到他的母亲在河水的源头，而船要走上好几天才能到达那里。他和船夫们在一起，每天两顿饭只吃一点面包和咸肉，船夫们看见他那么忧伤，便不与他搭话。夜晚，睡在盖水果的帆布上，他时常被皎洁的月光惊醒。月亮照在宽阔的河面和远处的河岸上，泛出一片银白色的光芒。他心头一颤，又重复起那个好像在童话故事里听到的某个神秘城市的名字："科尔多瓦！科尔多瓦！"他又想：我母亲曾经到过这里，看见过这些岛屿和河岸。于是，他不再感到这些地方奇怪、荒凉，因为他母亲的目光留在了这里……入夜，一个船夫唱起了歌，那声音使他想起小时候母亲哄他睡觉时唱的歌。最后一夜，他听到船夫们唱歌时竟然哭泣起来。船夫止住歌声，对他叫道:"打起精神来,振作些,孩子!怎么能哭呢!热那亚人不能离开家就哭呀!热那亚人走遍全世界是最自豪、最光荣的!"此话使他突然醒悟,他感到热那亚热血的呼唤。他毅然抬起头来,用拳头敲打着船舱,自言自语:"对啊,我也要走遍全世界,我还能长途旅行,步行千百里。我应该继续前进,直到找到我的母亲,哪怕倒下,死在母亲的脚边,只要我能再见到母亲,要振作起来!"马可怀着这样的心情,在第二天一个寒冷、红日初升的早晨,抵达了坐落在巴拉那河上游的罗萨里奥市。河岸边倒映出上百艘来自各个国家的船只,桅杆上挂满了旗帜。

一上岸,马可就提着衣包进城去找那个阿根廷人。他到博卡城时,在那里认识的那位先生给他介绍了一个阿根廷人,还给了他一张名片,上面写了短短的几句话。走进罗萨里奥城里,马可觉得似曾相识,到处是笔直的、看不到尽头的街道,街道两侧是鳞次栉比的白色、低矮的房屋,屋顶上架起的电线、电话线密如蛛网;行人道上人群熙攘,车马喧嚣。他头昏脑涨,以为又回到了布宜诺斯艾利斯,又要去找他的表伯伯。他在城里转来转去转了一个小时,每一次都又回到同一条街上,他只好不停地问路,终于找到了那户人家,于是拉响了门铃。一个金发、肥胖、粗鲁、管家模样的男人出现在门口,操着外国人的口音粗野地问:

"干什么?"

马可说出主人的名字。

管家回答:"主人和他家人昨天去布宜诺斯艾利斯了。"

马可一时说不出话来。

然后又结结巴巴地说:"可是我……这里什么人也不认识,我孤零零的一个人!"说着递上名片。

管家接过来看了看,然后毫不客气地说:"没办法。主人一个月以后回来,我再交给他。"

"但是,我,我一个人,我得见到他!"马可恳求地说。

"嘿,行了!你们国家来罗萨里奥的乡巴佬还不够多吗?回你的意大利乞讨去吧。"管家说完,迎面关上了门。马可站在那里就像块石头一样。

过了一会儿,他慢慢拿起衣包离开,心烦意乱中无数困惑向他袭来。怎么办?去哪儿?从罗萨里奥去科尔瓦多还有一天的火车。身边只剩下几个里拉了,除去一天需要的开销所剩无几,到哪里找钱来付路费?他可以去干活,但是怎么干活?去问谁呢?乞讨吗?啊,像刚才一样被拒绝、被侮辱、丢脸?不,决不,永远不,宁可去死!但是想到这儿,再看到在他眼前长长的街道尽头消失在远处一望无际的平原,他又一次感到失去了勇气。于是,他把包放在路边,背靠墙坐下,将头埋在手臂里,他只能是欲哭无泪。

行人不时地从他面前走过,脚还不时地碰到他,马车从他身边擦过,噪声充斥了整个街道,几个男孩子看着他。马可就这样坐了一段时间。

这时，他忽然听到一个人用半意大利语半伦巴第方言对他说：

"怎么了，小家伙？"

他随着声音抬起头来，不禁跳了起来，惊喜地叫道："您在这儿？"

船上相识的伦巴第老人也跟他一样感到惊喜。马可不等老人询问，便很快给老人讲了他的经历。"现在，我没有钱了，所以我要工作，求您给我介绍找个工作吧，好让我挣些钱。我什么都能干，扛包，扫街，替别人跑腿，干农活也行，只要有块黑面包吃就满足了。为了能很快上路，将来能找到我母亲，求求您请看在上帝的分上，能帮我找个工作，我一点儿别的办法都没有了！"

老人看了看四周，抓了抓下巴说："糟糕，糟糕，这可怎么办？……工作？……说找就能找到吗？我再想想看，难道就没有办法在那么多同胞中找到三十里拉吗？"

马可怀着一线希望看着老人，心里感到好受了些。

"跟我来。"老人对他说。

"去哪里？"马可抓起衣包问。

"跟我来。"

说完，老人转身就走，马可紧跟着他。他们一路无话，走了很长一段路。老人在一家饭馆门前停下来，饭馆招牌上有一颗星，下面写着"意大利之星"。老人探头看看，转身对马可高兴地说："我们来得正是时候。"他们走进一间大屋子，屋里摆着好几张桌子，桌边很多人坐着在喝酒，高声说笑着。伦巴第老人走近第一张桌子，看见他与桌边六位客人打招呼的样子，就知道刚才他还和他们在一起。那六个人脸红红的，一边碰杯喝酒，一边谈笑着。

伦巴第老人站在旁边，立刻介绍马可说："伙计们，这个可怜的孩子是我们的同乡，一个人从热那亚跑到布宜诺斯艾利斯来找他的母亲。在布宜诺斯艾利斯有人对他说，这里没有，在科尔多瓦。他便带上一张写着两行字的纸片，坐了三天三夜的船来到罗萨里奥。把纸片递过去，人家没有给他好脸色。他现在口袋里连一分钱都没有了，一个人在这里感到绝望了。他是个勇敢的孩子，我们得想办法帮助他。就看着他没钱买票去科尔多瓦找他的母亲吗？我们把他像小狗那样丢在这儿行吗？"

"决不能，该死的！""决不能这样做！"六个人用拳头敲着桌子一齐喊道。"他是我们的同乡。""过来，孩子。""有我们这些人呢！""你看这孩子多英俊。""伙计们，掏钱。""真棒，一个人来这儿，真有胆量！""来喝一口，小同乡。""我们送你到母亲那里去，别担心。"一个人在他脸上捏了一下，一个人拍拍他的肩膀，另一个人拿过衣包。邻桌其他一些移民也起身凑过来。饭馆里的人都知道了马可的故事。有三个阿根廷人也从隔壁房间走过来。不到十分钟，伦巴第老人手中的帽子里已经有四十二里拉了。这

爱的教育 | 253

时老人转过头对马可说:"你看,在美洲办事痛快吧?"有一个人递给马可一杯葡萄酒,叫道:"喝酒!为你母亲的健康干杯!"所有的人一齐举杯,马可也跟着说:"为我的……"但是马可因一时喜悦哽咽了一下,他把酒杯放在桌子上,一下子扑上去抱住老人的脖子。

第二天早晨,天刚蒙蒙亮,马可便启程去科尔多瓦。他信心十足,笑着,心里充满了美好的信念。但是,他高兴的心情不久就被一路上凄凉的景色一扫而光。天色昏暗,空荡荡的火车在人烟稀少的大草原上奔驰着。火车像是在运送伤员,长长的车厢里只有马可一个人坐着。他往左右窗外望去,只见无边寂寞的荒野,只有一丛丛以前从未见过的小树,树干和树枝扭曲着,像是发疯般地在痛苦地挣扎,幽暗、零落、凄凉的草木使大草原变得像是无边无际的墓地。马可打着盹。半小时后醒来望去,仍然是那番景象。沿途车站上冷清无人,像是到了隐居者的小屋。火车停在途中时,周围寂静无声,他感到一个人像是在迷途的火车上,被抛弃在荒野之中。每到一站他都以为应该抵达终点了,而再向前走就要进入野人出没的神秘又可怕的地方了。一阵寒风打在他的脸上,4月底,马可从热那亚启程后,他家人没有想到他会在美洲赶上冬天,所以只给他准备了夏天的衣服。几个小时后他开始感到很冷,再加上几天来的疲倦、剧烈的内心波动、夜晚伤心睡不好觉,使他昏昏睡去。他睡了很长时间,醒来时感到难受,手脚冰凉。于是他感到一种恐惧,害怕自己在路上会病倒或死去,害怕被抛弃在荒野上,尸体被野狗或猎鹰吞食,就像不时看到的散落在路边的几具乳牛残骸一样,他不自觉地厌恶地移开视线。在这种不安和自然界阴郁的寂静之中,他越想越激动,越感到前途一片黑暗。母亲肯定是在科尔多瓦吗?如果她不在那里怎么办?如果住在劳斯阿提兹大街的那位先生搞错了?如果母亲已经死了?想着想着马可又睡了过去。他梦见自己夜里到了科尔多瓦,听见人们从门窗里向他喊道:"不在!不在!"他一下子惊醒了,与此同时他看到车厢尽头有三个长着大胡子的人,三个男人脖子上都围着由各种颜色拼成的大围巾,一面看着他,一面交头接耳地不知道在说着什么。他心里忽然闪过一个念头,他们一定是强盗,他们要杀他,抢他的包。寒冷,身体不适,再加上害怕,他的想法变得更加混乱。三个男人仍然盯着他,其中一个朝他走了过来。这时,马可几乎丧失理智,发疯似的张开双臂向他跑过去,一边跑一边叫喊道:"我什么也没有,我是个可怜的孩子,从意大利来找我的母亲,就我一个人,别伤害我啊!"那三个人似乎马上明白了,同情地爱抚他,安慰他,对他讲了很多他听不懂的话。他们看到马可冷得直打哆嗦,便把一条大围巾给他披上,叫他躺下睡觉。天黑时,马可又睡着了。等那三个长着大胡子的人把他叫醒时,火车已经到了科尔多瓦。

啊,马可深深地呼出一口气,迫不及待地飞步跑下火车。他问火车站上的一位职员,梅基内斯工程师的家在哪里,那人说了一个教堂的名字,又说他家就在教堂附近。马可急忙跑出火车站。已经是深夜了,马可进了城。他觉得好像又回到了罗萨里奥,看到的仍然是笔直的街道,两侧白色、低矮的房屋,又长又直的街道相互交错。只是科尔多瓦城里人很少,稀稀拉拉地只有几盏路灯,灯光下看到当地人的脸色很古怪,不黑不绿。马可一边走一边抬头看,教堂的建筑也很古怪,像个硕大的影子耸立在夜空中。城市昏暗、寂静,但对刚刚穿过荒野的马可来说,已经是充满生机了。马可向一个神甫问路后,很快找到了教堂和梅基内斯的家。他用颤抖的手去拉门铃,另一只手放在胸前,抑制住激动得就要跳到喉咙的心。

一位老妇人手里拿着一盏油灯开了门。马可一时说不出话来。

"你找谁?"老妇人用西班牙语问。

"梅基内斯工程师。"马可说。

老妇人双臂交叉在胸前,摇摇头回答:"你也是来找梅基内斯工程师的,也该有个完哪!这三个月不知费了多少口舌,看来只是在报纸上登还不够,还得在街口贴张告示,明明白白写上梅基内斯先生已经搬到图库曼去了才行。"

马可打了一个绝望的手势,然后又怒气冲冲地说:"真该死!我即使死在路上也找不到母亲了!我要发疯了,我想去死,我的上帝!那个地方叫什么?在哪儿?有多远?"

老妇人同情地回答:"唉,可怜的孩子,那可不容易啊!至少也有四五百里地呢。"

马可双手掩面,呜咽地问:"那现在……我怎么办?"

"让我跟你怎么说呢?可怜的孩子,我也不知道。"老妇人回答。

但是老妇人马上想到一个主意,连忙说:"听我说,我想到一个办法。你这样做,往前走到路口,向右转,第三个门那里有一个院子,有一个叫'头儿'的,是个商人,明天要带领他的牛车队去图库曼。你去试试,给他帮忙,看他能不能带着你一同上路,或许他会在车上给你留出个位子,快去吧!"

马可抓起衣包,谢过老妇人,一路小跑着,不一会儿就到了老妇人说的那个大院子。院子里挂着很多灯笼,满院子里灯火通明,有一些人正忙着往大车上扛粮食口袋。大车像马戏团的活动房屋,圆圆的顶,高高的车轮。一个高个子、留着胡须、披着黑白方块相间的斗篷、穿着大高筒靴子的男人正在指挥搬运粮袋。马可走上前去,小心翼翼地问他,说自己是从意大利来找母亲的。

"头儿"的意思是队长(整个车队的驾车人的头儿),他从上到下打量了马可一番,然后干脆地回答:"我没有空位。"

马可祈求说:"我有十五个里拉,我给您十五个里拉,一路上我可以干活。我去给牛打水、喂草，我什么都能干，给我一口面包就足够了。给我一个位子吧，先生！"

头儿又看了看他，换了口气，客气地说："没有位子了……再说……我们不去图库曼，我们去另一个城市圣地亚哥—德尔埃斯特罗。半路上我们就必须把你放下，你徒步还要走很长一段路呢！"

"啊，再长一倍也行啊！我能走，您别担心，我会想尽一切办法到那里。请您给我个位子吧，先生，求您别丢下我一个人！"马可说。

"你想好啊，路上可要走二十天！"

"没关系。"

"一路上很苦。"

"我什么都能忍受。"

"之后你要一个人走路。"

"我什么都不怕，只要能找到母亲。求求您了！"

头儿拿过一盏灯笼，凑近他的脸看了又看，然后说：

"好吧。"

马可吻吻他的手。

头儿走开时又补充了一句："你今晚就睡在车上。明天早晨四点钟我来叫醒你，晚安。"

清晨四点，长长的车队头顶星辰在一片喧闹声中上路了，每辆车都有六头牛拉着，后面还跟着好几头牛以备替换用。马可醒过来，换乘另一辆装满粮袋的牛车，又很快沉沉地睡着了。当他再次醒来时,车队已经停在一片荒僻的原野上,太阳已经高高升起来了。所有的男人——车夫们围坐在一堆轻风拂动的篝火旁边,篝火旁边的地上插着一根像剑一样的大铁棒,上面正在烤着一大块小牛肉。他们一起吃饭,一起睡觉,然后又启程出发。旅行这样一天天持续着,像士兵们行军一样有规律。每天早晨五点钟起来赶路,九点钟休息,到傍晚五点钟再上路,晚上十点钟停下过夜。车夫们骑着马,用长长的杆子赶着牛群前进。马可负责为烤肉点燃篝火、给牲畜喂草、擦洗灯笼、打水喝。沿途的景色像海市蜃楼,大片棕色低矮的树林,零零落落小村庄的几间红色、有垛子的房屋,宽广的空地或许是古代大盐湖的河床,上面泛着白光,一眼望不到边。无论在哪里,无论走到何处,平原的寂静笼罩了一切。一路上难得遇上三两个牧马人骑马领着马群旋风般地掠过。这样的情景日复一日,每天都像在海上旅行时一样令人烦躁不安,给你一种永无止境的感觉。好在一路上天气晴朗。但是,车夫们对他却一天比一天苛刻,他们把马可当成一般的用人,毫不客气地让他伺候,让他扛大包的饲料,到很远的地方去打水。有些人甚至粗暴地虐待他,威胁他。马可几乎要垮掉了,牛车剧烈不停地颠簸,震耳欲聋的车轮声和木轴的嘎吱声使他彻夜难眠。而且,狂风卷起细小油腻的红沙遮住了所有的东西,刮进车里,灌进衣服、眼睛和嘴里,使他睁不开眼睛,呼吸困难。风还在不停地刮着，真让人难以忍受，劳累、疲倦、失眠，衣服又脏又破，从早到晚饱尝斥责和虐待，使可怜的马可日渐消沉。如果没有头儿时常对他讲几句安慰的话，他几乎就要完全丧失了意志。他经常一个人躲在车角落里，把头埋在如今只剩下一些破烂衣衫的小包裹上偷偷地哭泣。每天早晨起来他都感觉到自己越来越虚弱，越来越灰心丧气。远远望去，看到的仍然是无边无际的、永无休止的原野，好像大地变成了海洋。他不禁自言自语："噢，要是今天晚上还不到，我就要死在路上了！"他不仅越发疲劳，而且备受虐待。一天早晨，头儿不在时，马可打水稍晚了一会儿，一个车夫抬手就打。以后，车夫们派他做事，动辄拳打脚踢成了习惯，而且还打他的后脑勺说："把这个装起来，小流浪汉！把这个带给你的母亲！"马可心力交瘁，终于病倒了，连续三天发高烧，盖上条毯子躺在车里。除了头儿过来给他送水喝，号号他的脉搏，没有别人来看他。他觉得自己真的快要死了，绝望中呼唤着母亲，无数次叫着母亲的名字："噢，母亲，母亲，救救我！我要死了，你快来呀！噢，母亲啊，我再也见不到你了！母亲啊，你看我要死在半路上了！"说着，合掌在胸前祈祷。由于头儿的照顾，马可的身体渐渐恢复起来，病终于好了。但是，病虽然好了，他这一路上最可怕的一天也来临了，这一天他必须开始单独旅行。他们已经走了两个多星期，当车队行至去图库曼和圣地亚哥－德尔埃斯特罗的岔路口时，头儿告诉马可他们必须分手了。头儿讲了几句关于前面的路的话，并帮他把衣包绑在身上，使它不妨碍走路。头儿怕一时感情冲动起来，只简单说上几句话便与马可告别了，马可刚刚来得及吻了吻头儿的手。那些一向狠狠虐待马可的车夫看到要留下他独自一人，也出于恻隐之心，在离去时打了手势向他告别，马可也举手与他们告别。他站在那里一直目送车队消失在原野的红尘之中，才一个人悲伤地启程了。

但是，有一件事使马可从一开始就感到一些安慰，那就是在无边无际的单调的原野上旅行数日后，眼前终于出现了青翠高大的山峦、白雪皑皑的山脉，这使他不禁联想起阿尔卑斯山，使他仿佛感到家乡就在山那边。这些山脉就是安第斯山脉，纵贯美洲大陆的脊柱，从火地岛一直绵延至北极的冰海之中，南北跨越一百多度的纬度。此外，气候变得温暖也令他感觉舒服一些，这是因为越往北走，越靠近热带地区的缘故。走上很远的路才能偶尔看到几处小村落，一个小店铺，买上些吃的东西。有时，路上偶尔也遇上骑马的人，见到有小孩坐在地上一动不动，表情呆滞。他们的长相很特别，红土地般的脸色，眼角向上挑，颧骨突出。他们直瞪瞪地看着马可，眼睛在呆板的面孔上慢慢地转动，目送着他。他们是印第安人。马可第一天尽力往前赶路，夜晚睡在一棵树的下面，第二天开始体力渐渐不支了，走的路也少了，夜晚来临时，他突然害怕起来。在意大利时他就经常听说那些国家有很多蛇，马可总觉得有蛇在爬，他停下脚步，又猛地快跑起来，但还是感到毛骨悚然。有时他甚至怜悯起自己来了，边走边默默地流泪，心里想着：唉，如果母亲知道我害怕，该有多痛苦！但是这样一想，他反而又有了勇气。于是为了驱散心中的恐惧，他开始想他母亲的许多事情。他想起母亲离开热那亚时说的话，想他每天晚上睡觉时，母亲将被子拉到他颔下为他盖好。他小的时候，母亲有时抱着他，很长时间脸贴着脸，边想事边说："和我在一起待一会儿。"马可不觉自言自语："亲爱的妈妈，我还能见到你吗？我能走得到吗，我的母亲？"他不停地走着，走过陌生的树林，大片的甘蔗园，无边无际的草地，眼前依然是青翠的山峦，巍巍的山峰耸入云霄。四天，五天，一个星期过去了。马可的力气在很快地减弱，脚被磨破流出了血。终于在一个日落西山的傍晚，有人对他说："到图库曼还有五里。"马可听了高兴得叫起来，一下子重新又获得了失去的力气，加快脚步往前走着。但是，这只不过是瞬间的错觉，他突然精疲力竭地跌倒在沟边。可是，他心里仍然很高兴，觉得繁星闪烁的夜空从来没有像这样漂亮。马可躺在草地上，仰面观赏星空，他准备睡上一觉。他想，或许这时母亲也在看着星空，于是又自言自语地说："噢，母亲，你在哪儿，你在干什么？你想你的儿子吗？你想你的马可吗？他现在与你近在咫尺了。"

可怜的马可，假如他能够看见他母亲那时的情况，他一定会付出超出常人的力量继续赶路，提前几小时来到母亲的身边。他的母亲已经病倒了，正躺在梅基内斯家楼下一间屋子里，梅基内斯一家格外关心照顾她。其实梅基内斯工程师突然决定离开布宜诺斯艾利斯时，她已经生病了，科尔多瓦宜人的气候也没有使她康复。而且，她再也没能收到丈夫和表兄的回信，不祥的预感困扰着她，她越来越心神焦躁不安，在是去是留之间犹豫不决，每天都害怕收到不幸的消息。这一切使她的病情加重，最终她得了重病——后窄性肠疝气。她已经连续十五天不能起床，必须进行手术才能挽救她的生命。就在马可呼唤她的时候，梅基内斯家的男女主人正守在她的床前，非常温和地劝她做手术，而她哭着执意不肯。图库曼城里一个名医上个星期已经来过一次，但是没有能够说服她。她说："不，好心的主人，不必再为我费心，我已经没有力气再坚持下去了，我会死在手术刀下的。最好就让我这样死吧。我如今已经不在乎自己的生命了。对我来说一切都结束了，最好在我还不知道我家里发生了什么事之前就死。"主人连忙说"不能这样"，劝她振作起精神来，说最后直接寄往热那亚的那封信的回信就要到了；又劝她做手术，哪怕是为了自己的儿子也行。可是一想到自己的儿子时，她变得比以前更痛苦，更加消沉，她一直在为自己的儿子担心。提到儿子，她一下子哭起来，合拢双手叹息道："噢，我的儿子，

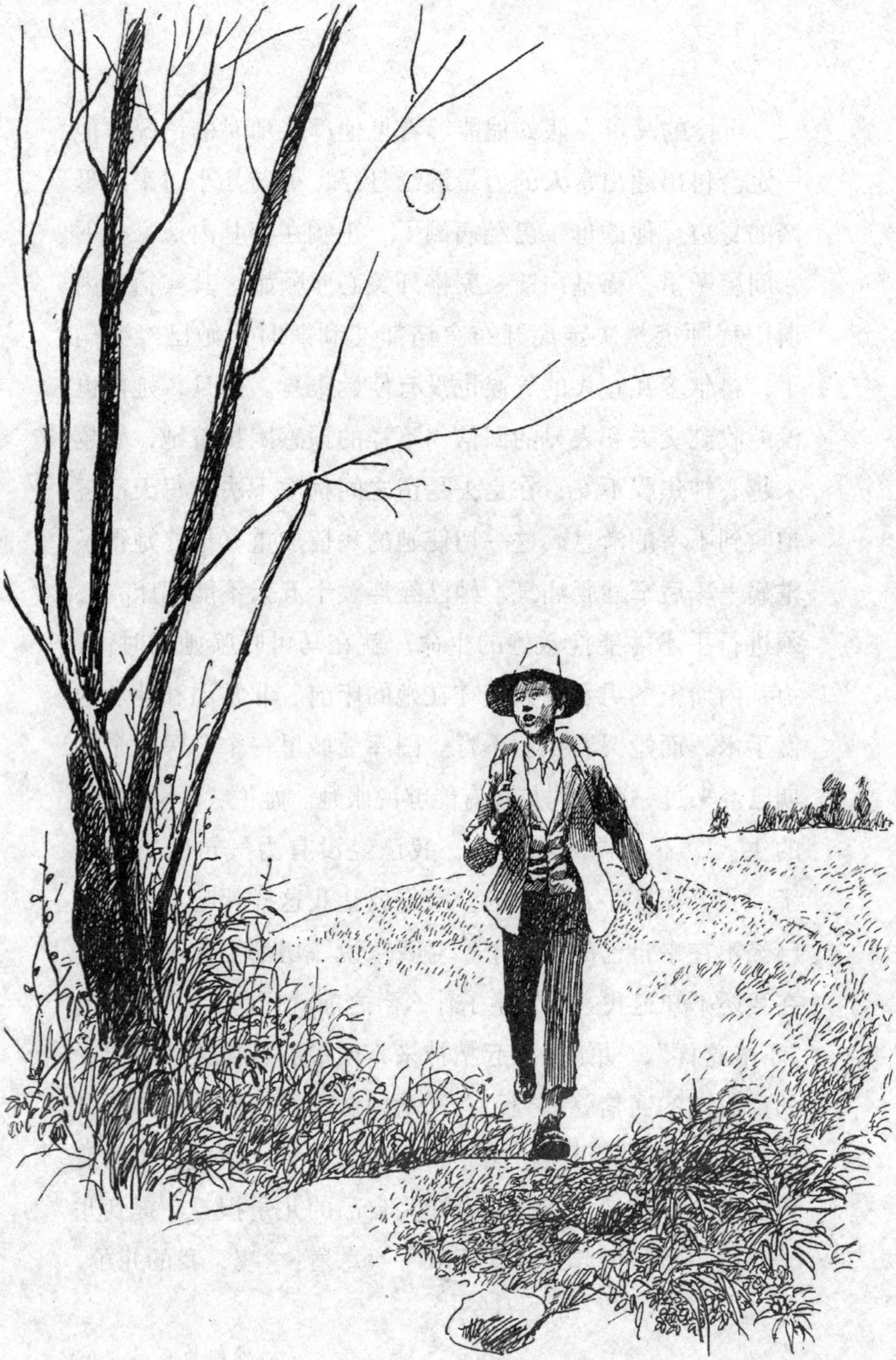

我的儿子，也许他们已经不在人世了，我也死了最好。谢谢你们，好心的主人，我真心地感谢你们。可是我还是死了的好，反正我相信做手术也好不了。谢谢你们如此关心我，好心的主人。医生后天不用再来了。我愿意死在这里，死在这儿是命中注定，我决定了。"主人仍继续安慰她，握着她的手，恳求说："不，你不要再说这些。"但是，她已经非常虚弱，昏昏沉沉地闭上了眼睛，看上去就像死人一样。主人在微弱的灯光下极其同情地注视着这位可爱可敬的母亲。可怜的妇人，为了拯救家庭，背井离乡，来到六千里以外的地方辛苦工作，积劳成疾。她真是位正直善良而又多么不幸的母亲。

第二天天刚刚亮，马可便背上包，弓着背，跛着脚，但却是精神昂扬地走进阿根廷共和国的最年轻、最繁荣的城市之一——图库曼城。他似乎又看到了科尔多瓦、罗萨里奥、布宜诺斯艾利斯，同样笔直的长街，白色、低矮的房屋，但新奇高耸的树木、芳香的空气、绚丽的晨光、清澈高远的天空，是马可即使在意大利也从来没有领略过的。径直走在大街上，他又一次感受到刚到布宜诺斯艾利斯时的那股热情和激动。他边走边注意两旁房子的大门和窗户，瞧着过往的妇女，渴望能遇上他的母亲。他真想问路上所有的人，但又不敢。人们站在门口打量着这个看上去来自远方、衣衫破旧、满身尘土的男孩。马可努力在人群中寻找一张可以信任的脸，好向那人问他在心中积蓄已久的问题。他的眼睛落在一家店铺的店牌上,店名是用意大利文写的,店里坐着一个戴眼镜的男人和两个女人。他慢慢移步上前,鼓足全部勇气问道:"先生,您能告诉我梅基内斯家在哪儿吗?"

"梅基内斯工程师家吗?"店主反问。

"梅基内斯工程师家。"马可细声细气地回答。

"梅基内斯家不在图库曼。"店主说。

就像被刺了一刀一样,一声绝望痛苦的叫喊紧随店主的话应声而出。

店主和两个女人慌忙站起身,旁边的一些人也围拢来。

"出什么事了?你怎么了,孩子?"店主边说边把马可拉进店里,让他坐下,又说,"用不着失望啊!梅基内斯家不在这儿,但住得不很远,离图库曼只有几小时的路程。"

"在哪儿?在哪儿?"马可像是又复生一样跳起来叫道。

"离这儿十五里。"店主继续说,"在萨拉蒂洛河边的一个地方,那里正在建造一座大型糖厂,有一些房子,梅基内斯家就住在那儿。大家都认识,走几个小时就可以到。"

"我一个月之前去过。"一个闻声而来的青年人说。

马可面色苍白,睁大眼睛,急切地问:"你有没有看到梅基内斯先生家里的女佣,那个意大利人?"

"那个热那亚人?见到了。"

马可一下子颤抖着呜咽起来,不知是在哭还是在笑,然后他满怀决心,冲动地说:"路怎么走,快告诉我,我马上就走,告诉我路!"

"有一天的路呢。你累了,该休息一下,明天再走吧。"大家劝他说。

"不行!不行!告诉我路怎么走,我一刻也不能等了,我要马上走,就是死在半路上也没有关系。"马可回答。

人们见他执意坚持,也就不再劝阻,对他说:"愿上帝保佑你。穿森林时要小心,一路顺风,意大利小孩。"一个男人送他出城,给他指了指前面的路,又叮嘱了几句,站在路边目送他远去。马可挎上包,跛着脚离去,几分钟后便消失在两旁树木茂密的道路尽头了。

这一夜对可怜的病妇来说真是可怕。因为剧烈的疼痛,她声嘶力竭地叫喊,几乎快要把血管胀裂了,甚至时常昏迷不醒。看护她的女人们慌了手脚,女主人不时跑过来看,也显得惶恐不安。大家担心的是,尽管她已下决心做手术,但医生要第二天早晨才能来,到那时恐怕已为时过晚。当她神志清醒时,看得出她最大的痛苦并不在于自己的疾病,而是惦念远方的亲人。她脸色苍白憔悴,面孔也变了形,她不时绝望地双手揪着头发叫喊:"我的上帝!我的上帝!我要死在这遥远的地方,再也看不见他们了!我可怜的孩子没有了母亲,我的小儿子,我的骨肉!我的马可还那么小,才这么高,非常听话可爱!你们不知道他是多么好的孩子!女主人,假如您能知道就好了!我出来的时候,他使劲搂住我的脖子不松手,哭得让人可怜,好像他知道将来再也见不到母亲似的，我可怜的孩子。我的心都要碎了。唉，如果我那时候死，在分别的时候死，被闪电劈死该有多好！我可怜的孩子没有了母亲。他是那样爱我，需要我。马可，我的马可，没有了母亲，他会贫困、饥饿，伸手向别人乞讨。啊，永恒的上帝！不，我不想死！医生！快叫他来，快给我开刀，就是剜心，让我发疯也不要紧，只要能救我的命！我想好，想走，逃离这里，明天，马上！医生！救救我，救救我！"女人们抓住她的手安慰她，让她平静下来，渐渐使她恢复了理智。她们给她讲上帝和希望，但有时她一下子又变得疯狂起来，好像一切希望都破灭了，她长吁短叹，揪住自己的头发像小孩子似的呜咽，不时喃喃地说："啊，我的热那亚，我的家！那一片大海……啊，我的马可，我可怜的马可！他现在在哪儿？我可怜的小儿子！"

已经是午夜时分。可怜的马可此时正沿着一条河渠走了好几个小时，早已经精疲力竭了。经过河渠他又穿行在一片大森林之中。巨人般的大树像妖魔一样，高大参天的树干像教堂里的石柱，极高处树冠繁茂的树枝交错在一起，在月光下闪着银白色的光。半明半暗之中，马可隐约看见有无数千奇百怪的树木，直的、斜的、弯曲的，有的交叉在一处，摆出威胁或角斗的异常姿态。有些树木像一座塔整体倒伏在地上，上面长满了茂密杂乱的植物，犹如愤怒的人群在争抢什么东西，谁也不让谁；有些则一群群簇拥在一起，笔直向上，像巨大的长矛，矛尖直刺云霄。马可从未见过如此宏伟壮丽、纷繁奇妙、气势磅礴、震撼人心的景观，他一时间惊异万分。但是他的心绪很快又回到母亲身上。他已经疲惫不堪，脚底淌着血，孤身一人在偌大的一片森林里，走出很远才能偶尔看见在大树下几间像蚂蚁窝一样的小屋，几头水牛在路边酣睡。他疲倦但并不觉得累，只身一人但并不害怕。森林虽大，也使他的热情更大，母亲就在不远处的念头给了他男人般的力量和勇气。他回想起在海上所经历和战胜的恐惧和所克服的痛苦，坚强的决心使他高昂起头，热那亚人坚强高尚的热血在他心中沸腾，更增添了他的信心和勇气。这时又有一种新的感觉荡漾在他的脑海中：分别两年之后，母亲的形象一直是模糊、朦胧的，在那一刻却倏然清晰，如同久别重逢；可以清楚地看见母亲的脸，母亲就在眼前说话，光彩照人。他能看见母亲眼睛和嘴唇瞬间的变化，她全部的表情、手势、想法。对母亲的回忆驱使马可加快了步伐，一种更深沉的爱和一种无法表达的感情激励着他，在心中越来越强烈，不知不觉热泪已经悄悄地流到他的面颊上。马可走在黑暗中，对母亲说着话，说着他不久以后准备在母亲身边低声说的话："我在这儿，母亲，我来了，我不再离开你，我们一起回家，一起乘船，我守在你的身边，没有人能把我们分开，没有人，永远不能，一生一世不再分离！"这时，马可没有察觉，在高大的树冠上，阿根廷的月光渐渐隐去，柔和白色的曙光已经出现在地平线上。

早晨八点，图库曼的医生——一个年轻的阿根廷人在助手的陪同下已经来到病妇的床前，最后一次努力地劝她做手术，梅基内斯工程师和他的妻子也同样恳求她。但一切都无济于事，病人自觉精力已经耗尽，又失去了做手术的信心，她确信做手术时她就会死，或者即使白白地忍受比自然死亡更剧烈的痛苦，最多也只能多活几个小时。医生反复地劝说她："手术很安全，肯定会治好你的病，只要多一点勇气！如果坚持不做手术，肯定要死的！"医生的话是徒劳的。她用微弱的声音回答："不，我已经准备好死了，再也没有力气承受无用的痛苦了。谢谢你，大夫。我命该如此，请让我安静地去死吧。"医生失望了，无话可说，其他人也不再劝说。这时，她把脸转向女主人，用垂死般的声音最后请求女主人，竭尽气力啜泣着说："亲爱的夫人，请将我那一点钱和那些可怜的东西……通过领事先生交给我的家人，我希望他们都还活着。瞑目之前，我愿他们都平安。请写一封信……说我想他们，我是为他们工作……为我的孩子们……我唯一的痛苦是再也见不到他们了……但我不怕死……认命……我为他们祝福。我就把最小的儿子可怜的马可……托付给我的丈夫和大儿子了……我死后仍放心不下……"她突然激动起来，双手合拢高声喊道："我的马可，我的孩子，我的生命！"但是，当她转过满含泪水的眼睛时，却不见了女主人，她被悄悄地叫了出去。她又找男主人,也不在。屋子里只剩下看护的女人和医生的助手。她听到隔壁房间里有匆忙的脚步声,急速低沉的说话声和压低的惊叹声。病妇湿润的眼睛盯着门口,等待着发生什么事情。几分钟后,医生走了进来,脸色不同寻常,后面跟着男主人和女主人,他们也是表情异常。三个人都神态异常地看着她,接着又低声互相交谈了几句。好像是医生在对女主人说:"最好是在现在。"病妇不明白。

"何塞法,"女主人声音颤抖地说,"有个好消息告诉你。请准备听一个好消息。"

病人盯着女主人。

女主人显得更加激动,继续说:"一个令你喜悦万分的消息。"

病妇睁大眼睛。

女主人又说:"准备好见一个人……一个你非常想见、又非常爱的人。"病妇抬起头,不时地看看女主人,又看看门口,眼睛闪烁着光芒。

女主人激动得脸色发白,说:"这个人刚刚到……谁也没有料到。"

"是谁?"病妇好像受到惊吓,哽咽着,声音奇怪地喊道。

顷刻之间,她尖叫一声,腾地一下坐起来,一动不动地瞪圆眼睛,双手按在太阳穴上,就好像眼前突然出现神仙一般。

马可衣衫破烂，满身灰尘地站在门口，医生一只手挽着他的胳膊。

病妇尖叫道："上帝！上帝！我的上帝！"

马可冲上去，她伸出纤弱的双臂将马可紧紧抱在胸前。她猛地笑出声来，接着沉痛地哭起来，她没有了眼泪，最后又倒在枕头上大声地喘息着。

但是，她马上又恢复过来，欣喜若狂地喊叫，发疯似的吻马可："你怎么在这里？为什么？是你吗？你长高了！谁带你来的？就你一个人吗？你没事吧？你是马可吗？不是做梦吧！我的上帝，对我说话呀！"然后她突然语调一变："不，别说！等等！"接着转过身对医生急促地说："大夫，快点，马上，我想治好病，我已经准备好了。请别耽搁，先把马可带走，别让他听到。我的马可，没有什么。一会儿再给我讲，再吻一下，走吧。大夫，我准备好了。"

马可被带出房间，男女主人和看护的女人也很快走出来。里面只剩下外科医生和助手，他们关上了门。

梅基内斯想带马可到远一点的房间里去，但是怎么也不行，马可像钉子一样站着不动。他问："出了什么事？我母亲怎么了？他们做什么？"

梅基内斯先生仍想拉他离开，于是慢慢地说："听我说，现在我告诉你，你母亲生了病，需要做个小手术，我把一切都告诉你，跟我来。"

"不，我一定要站在这里，请在这儿告诉我。"马可固执地回答。

梅基内斯工程师一边拉他，一边讲述事情的经过。马可越听越害怕得发抖。

突然，一声像垂死挣扎的病人发出的尖叫声在屋里回荡。

马可也一下子绝望地惊叫起来："我的母亲死了！"

医生出现在门口，说："你的母亲得救了！"

马可看着医生，愣了一会儿，然后扑倒在医生脚下，哭泣着说："谢谢，大夫！"

医生立刻将他扶起，说："起来！……是你，勇敢的孩子，是你救了你的母亲。"

夏　天

24日　星期三

热那亚少年马可的故事是本学年我们要学的倒数第二个小英雄的故事，现在，只剩6月份的最后一个每月故事了。除此之外，还有两次月考，二十六天的课程，六个星期四和五个星期日的假期。现在已经让人感到本学年即将结束的气氛了。校园里的树木枝叶茂盛，挂满了花朵，大片的绿荫投在体育器械上。学生们已经换上了夏装，如今看他们下课走出校门的样子，真是与几个月前完全不同了，令人赏心悦目。以前披肩的头发一律剪得短短的，腿和脖子都裸露了出来，草编的小帽子各式各样，丝带垂到背后，衬衫和小领带五彩缤纷，年龄最小的学生身上都缀了一些红或蓝色的东西：一个翻领，一条花边，一只穗子。甚至就是贴上一小块色彩鲜艳的布头儿，母亲们都要为孩子们精心打扮，即使是穷人家的孩子也是如此。很多学生上课时不戴帽子，像是刚从家里逃出来似的。也有些学生穿着白色的运动服。德尔卡蒂老师班上的一个男孩从头到脚穿了一身红色，活像一只煮熟的大虾。还有的学生穿着海军服。但最有意思的还是小泥瓦匠，他戴着一顶大草帽，好像半支遮着灯罩的蜡烛，看他在草帽下做兔脸真好笑。柯莱蒂也不再戴他的猫皮帽子了，而是换了一顶旧的灰色丝绸旅行帽；沃蒂尼穿着一件非常讲究的苏格兰式衣服；克罗西袒露出前胸；普雷科西套在一件肥大的铁匠穿的蓝色衬衫里。而卡洛菲呢？他如今脱下了可以隐藏东西的大斗篷，鼓鼓囊囊地装有各种各样小旧货的衣袋全部暴露无遗，抽彩名单插在口袋里。现在所有人带的东西都让人看得一清二楚：半张报纸折成的扇子、小竹管、打鸟的弹弓、花草。还有金龟子，从口袋里钻出来，慢慢爬到衣服上。许多小学生带了花边给女教师。女教师也都穿上了夏装，色彩鲜艳。只有小修女老师依旧是一身黑衣服；头插红羽毛的老师仍然戴着红羽毛，她还在脖子上打了一个玫瑰红的丝带结，丝带被她的学生们用小爪子揪得皱巴巴的,这时她总是边笑着边躲避。5月的樱桃熟了,蝴蝶飞舞,街头响起音乐,人们开始到乡间去散步了。很多四年级的学生已经跑到波河里去游泳,所有的人都盼望着暑假来临,每天放学后大家都显得更加迫不及待,对又过去了一天感到格外高兴。只是见到卡罗内仍然为他母亲穿着孝服我心里就感到很难过,还有我一年级的老师越来越消瘦苍白,咳嗽得也更加厉害;现在她走路时都已经直不起腰来了,她和我打招呼时显得很忧郁的表情真让我伤心。

诗 意

26日 星期五

恩里科,现在你开始懂得学校生活中处处包含着诗意了吧。但你只是身在其中,现在看到的还只是学校的内部生活。三十年以后,你要到学校送孩子们上学去,像我这样从外部观察学校生活时,你就会感到学校更美,更富有诗意。每天你放学时,我沿着寂静的街道在学校周围漫步,侧耳倾听着一层关着百叶窗的教室里面的动静。从一扇窗子里传出一位女老师的声音说:"哎呀,那个t的小横写得不好!孩子,你父亲看了会怎么说呢?"从另外旁边的一扇窗子里可以听到一位男老师用粗大的声音慢慢地说:"我买五十米布……每米四十五里拉……你们再买……"再过去,听到的是帽子上插红羽毛的女老师的声音,她在高声朗读:"于是,彼得·米尔拿着点燃的导火索……"从隔壁教室里传出学生们的说话声,叽叽喳喳地像无数只小鸟在叫着,这大概是老师临时走出教室去了。再过去一些,在拐角处,只听见一个学生的哭声,老师在批评他,但又在安慰他。这时,还可以从各个教室的窗户中听到伟大人物的、著名人士的名字和他们教导人们要热爱祖国、要正直和勇敢的警句与格言。一会儿,就又听不到什么声音了,感觉不到学校里有七百个孩子在上课。这时,忽然听到学生们哄堂大笑起来,原来是一位老师开了一个幽默的玩笑……过往的行人走过学校时,都要驻足倾听,都对学校投去亲切的目光,因为学校充满了无限的青春和希望。突然间,听到突如其来的一阵嘈杂声,合上书本和夹子的声音、噼啪的脚步声、说话的嗡嗡声从一个教室传到另一个教室,从楼上传到楼下,就像是在传递什么消息似的,四处散开。这是工友在楼上楼下地通知下课了。在学校外面等候的家长们就都拥到校门口,等候接他们的孩子或兄弟姐妹或孙子、外孙放学回家,这时小学生们潮涌似的从教室门口挤到大厅取外套、拿帽子,叽叽喳喳,一片混乱,直到校工一个一个地把他们赶出去。终于,他们排好了队,步伐整齐地走出来。于是家长们走上前去雨点般地发问:"课听懂了吗?有多少作业?明天上什么课?什么时候月考?"即使那些不识字的父母也打开作业本,看看作业题,问问成绩:"就得八分?十分加表扬?阅读课九分?"

家长们有的着急，有的高兴，有的询问老师，问问课程和考试的事。这一切是如此美好，如此伟大，整个世界充满了前途和希望！

——你的父亲

聋哑女孩

28日　星期日

没有比用今天上午的参观来结束5月的生活更有意义的了。早晨听到门铃声，我们正要跑过去开门，就听见父亲惊喜的声音说："啊，是您，焦尔焦。"正是焦尔焦，我们过去在吉耶里的园丁。他的家人现在都住在孔多维。焦尔焦刚刚从热那亚来，三年前他曾去过希腊，在那里的铁路上做工，昨天才乘船回到热那亚。他怀里抱着一个大包袱。他看起来比以前老了，但脸色仍然是红红的，很精神，充满了朝气。

我父亲请他进门，他说声"不了"，马上表情严肃地问："我家里怎么样？吉佳好吗？"

"他们一直都很好。"母亲回答。

焦尔焦松了一口气："噢，感谢上帝！不知道吉佳的消息，我实在没有勇气到聋哑学校去。我把包袱放在这里，去接她。有三年没有见到我可怜的女儿了！三年没有见过家里任何人了！"

父亲对我说:"快陪他去。"

"还有一句话要说,对不起。"园丁焦尔焦在楼梯口说。

父亲打断他问:"您在外面干得怎么样?"

他回答:"还好,感谢上帝,我带了些钱回来。我想问的是小哑巴的教育情况怎样,请您讲一讲。我离开她时,她像一只可怜的小动物,可怜的小东西。我过去不太相信这类学校。她有没有学会哑语?我妻子写信说得挺好,学说话,有进步。可是我说,我又不会哑语,即使她学会了又有什么用呢?我们之间怎么才能互相明白呢?可怜的小东西。要是两个聋哑人之间能够明白也好。那她到底怎么样?"

父亲笑了笑,回答说:"我什么也不说,您自己去看看,快去吧,别再耽搁时间了。"

我们一起出去了,聋哑学校很近。路上,园丁一边大步向前走,一边伤心地对我说:"啊,我可怜的吉佳,天生的不幸!可以说我从来没有听她叫过爸爸,她也从来没有听见过我叫她女儿。来到这个世界上她没有讲过一句话,一句话也听不懂。多亏遇到一个大好人负担了她的全部学费。但是……八岁之前她不能进去。她已经离开家三年了,现在快有十一岁了。告诉我,她是不是长大了?她还好吗?"

"您马上就会看到,您马上就会看到的。"我加快了脚步,回答说。

"学校在哪儿?"他问,"我妻子陪她来的时候,我早已经离开家了。我觉得就在这附近。"

正说着,我们就来到了学校门口,我们走进了接待室,一个守门人迎上来。园丁说:"我是吉佳·沃吉的父亲,快让我见见女儿。"守门人回答:"他们在休息,我去通知老师。"说完就跑了出去。

园丁很激动,他坐立不安,也不想说话,只是茫然地环顾周围墙上的画。

门开了,一个穿黑衣服的女老师领着一个小女孩走了进来。

父女两人面对面注视了一会儿,然后叫着,紧紧地拥抱在一起。

小女孩穿着一件白底玫瑰红色带条纹的连衣裙,外面罩着一件灰色围裙,比我的个子要高。她双手紧紧地搂着父亲的脖子,不住地哭着。

父亲挣脱女儿的双手,从头到脚仔细地打量着她。他眼睛里含着泪水,像是刚刚跑了好长的路后喘着粗气,惊喜地说:"啊,你长大了,你真漂亮!啊,我亲爱的,我可怜的吉佳!我可怜的小哑巴!夫人,您是她的老师吧?请您告诉她,她和我打哑语没关系,我会明白一些的,将来我也一点一点地学,您让她做手势给我讲点什么吧。"

老师笑了,低声对女孩说:"来找你的人是谁?"

女孩微笑着回答:"他是我……的……父……亲。"她的声音粗粗的,很古怪,就像野蛮人第一次讲我们的语言时的那种声调,但是发音却很清楚。

园丁惊奇地向后退了一步,像疯子似的喊叫起来:"她会说话了!这不可能!这不可能!她突然能说话了吗?我的孩子,你能说话吗?告诉我,能说话了?"说完,他又抱住女儿在她额上亲吻了三下,"可是,老师,他们不是用手比画着说话吗?不是用手指这样吗?这是怎么回事?"

"不,沃吉先生,"老师回答,"现在不用手语,那是老办法。这里采用新方法,口型法。怎么,您不知道吗?"

"我什么也不知道!"园丁惊奇地回答,"我在国外待了三年,家里人写信告诉过我,可是我是个木头脑袋,弄不明白是怎么回事。噢,我的女儿,那你能听懂我的话了吗?听到我在对你说话吗?"

"不行,好心的先生,"老师说,"她因为聋,所以听不到声音。她是通过您说话的口型的变化去理解,就是这样,但是她听不到您的声音,也听不到她自己对您说的话。我们是一个字母一个字母地教她发音,教她怎样运用嘴唇和舌头,胸和喉咙怎样用力才能发出声音的。"园丁张口结舌,还不明白。他仍然不相信。

他附在女儿耳边问:"告诉我,吉佳,爸爸回来你高兴吗?"说完抬起头,等待女儿回答。

父亲显出有些不安。

老师笑了,然后说:"好心的先生,她不能回答,因为她没有看见您嘴唇的动作,您是在她耳边说的。您现在对着她的脸,把问题再重复一遍。"

于是父亲面对面看着她,重复说:"爸爸回来你高兴吗?以后不再走了,好吗?"

女孩很仔细地看着他的嘴唇,甚至要看到嘴里面是什么,然后很认真地回答:"是的,你……回来,我……高兴,再也……不要走了。"

父亲激动地上前拥抱她,为了使自己更加确信,他迫不及待、一连串地问道:

"你妈妈叫什么名字?"

"安……托尼娅。"

"你妹妹叫什么名字?"

"阿……德……莱德。"

"这个学校叫什么?"

"聋……哑……学校。"

"十乘二等于多少?"

"二十。"

我们都以为他会高兴得不得了,谁想到他会突然哭了起来,当然他是因为高兴才哭起来的。

老师对他说:"别这样,您应该高兴才是,别哭呀。您看弄得您女儿也哭起来了。您是高兴,对吗?"

园丁握住老师的手,吻了两三下,说:"谢谢,谢谢,一千次、一万次地谢谢您,亲爱的老师!请原谅我不知道

爱的教育 | 281

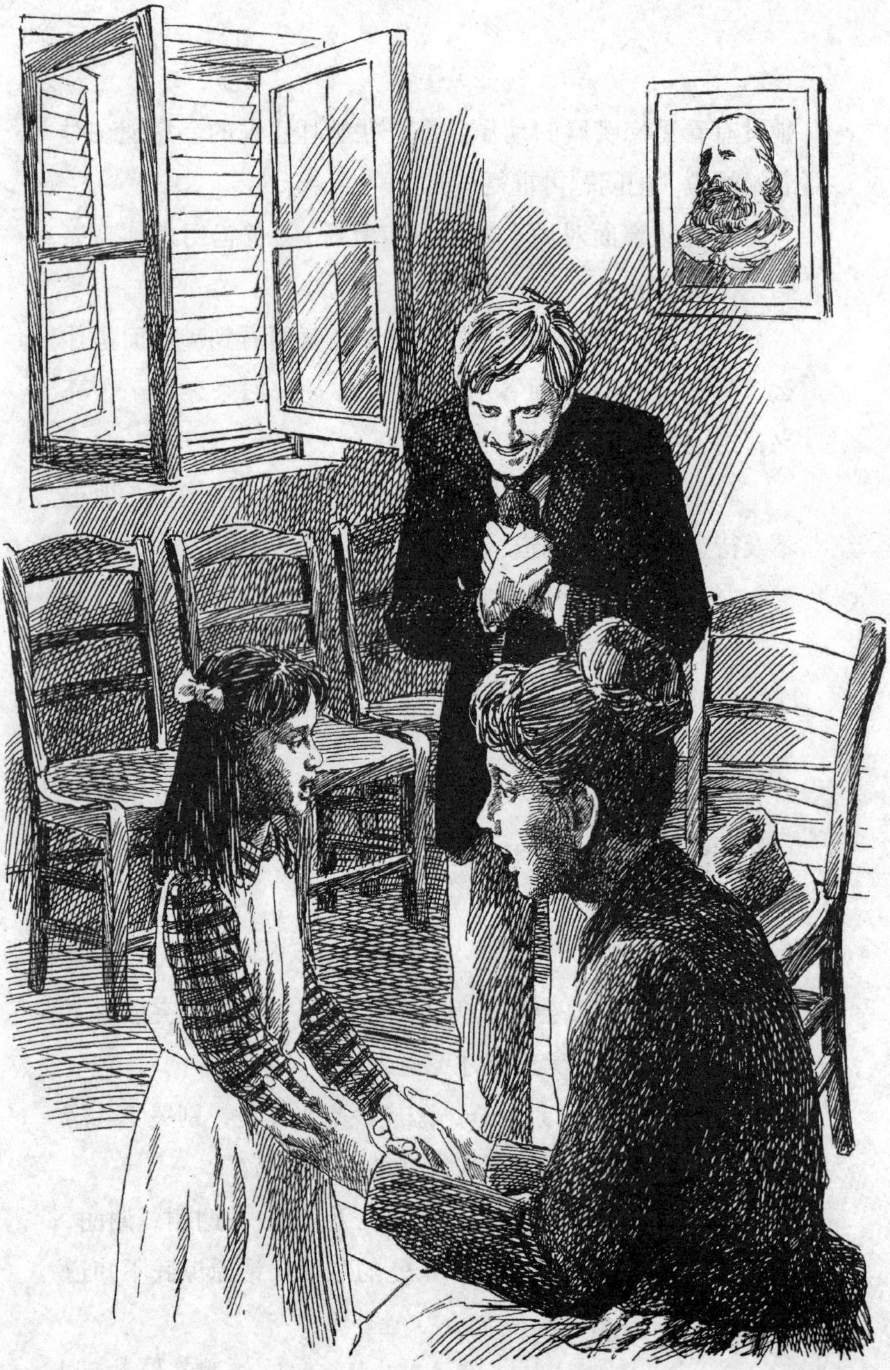

该说什么才好。"

老师又对他说:"您女儿不仅会说话,还会写字,会算术,日常用品的名字都能说得出来,还懂历史和地理。现在她在普通班,再上两年学,她会知道更多更多的东西。离开这里以后,她能够自谋职业,我们学校已经有一些聋哑人如今在商店里当售货员,他们能和其他人一样工作和生活。"

园丁听了,更加惊异,也越来越糊涂了。他看看女儿,抓抓额头,似乎是希望能再给他讲点什么。

于是老师对身边的看门人说:"请叫一名预备班的女孩子来。"过了一会儿,守门人带来了一个八九岁的刚刚入学没几天的聋哑女孩子走过来。老师说:"像她这样的孩子,我们教他们一些最基本的东西。比如,我要教她发 e 的发音,请注意看。"老师张开嘴,做出发元音 e 的口型,并示意让女孩也像她一样张开嘴。女孩照样做了。于是老师又示意她发出声音。女孩发出声音,但不是 e,而是 o。老师说:"不对,不是这个音。"她抓起女孩的双手,一只手张开放在喉咙上,另一只手放在胸部,重复说 e。女孩感觉到老师喉咙和胸部的活动,又像刚才一样张开嘴,非常准确地发出 e 的声音。老师仍然抓住两只小手放在喉咙和胸部,用同样的办法让她发 c 和 d 两个音。"现在明白了吗?"老师问。

园丁虽然觉得明白了,但显得比没有明白时还要惊讶。他看着老师思索了片刻，问道："你们用这种方法教他们说话吗？就是用这种方式耐心地一点一点地教所有的孩子说话吗？一个又一个？长年累月地？你们是圣人！你们是天使！世界上没有什么可以报答你们的。我怎么说才好呢？……啊，请让我和女儿单独在一起待一会儿，就五分钟。"

他拉着女儿到一边坐下，女儿一一回答。他笑着，眼里含着泪水，用拳头敲打着膝盖，又握住女儿的手，仔细地看着她。听到女儿说话他欣喜若狂，好像那声音是从天而降。过了一会儿，他问老师："可以见见校长当面致谢吗？"

老师回答："校长不在，但是另外有一个人您应该感谢。在这里每个小一点的女孩都由一个年纪稍大一点的同学来照顾，她既做姐姐，又做母亲。照顾您女儿的是一个十七岁的聋哑女孩，她是一个面包师的女儿，很可爱，非常爱您的女儿。两年来她一直帮助您的女儿，从早晨穿衣服、梳头发到教她缝纫、整理东西，还经常陪伴她。——吉佳，你学校的妈妈叫什么名字？"

女孩微笑着说："卡特丽娜·乔尔……达诺。"然后又对她父亲说："非常……非常……好。"

老师示意守门人，守门人出去了又很快和一个聋哑女孩一同走进来。这女孩金头发，身体健壮，有张活泼可爱的面孔，也穿了一件白底玫瑰红色带条纹的连衣裙，外面也罩了一件灰色的围裙。她站在门口,脸一红,笑着低下了头。她的个头已经长得像个大人一样了,但从脸上看上去,仍然还是一个孩子。焦尔焦的女儿一见到她,立即跑上去,拉住她的手走到自己的父亲面前,声音粗粗地说:"卡……特……丽娜·乔尔……达诺。"

"啊,好心的姑娘!"父亲感叹道,他伸出手想抚摸她,但马上又收了回来,说,"啊,好心的姑娘,愿上帝祝福你,给你所有的幸福和慰藉,让你和你的全家永远幸福。——这样好的姑娘,我可怜的吉佳。一个老实的工人,一个可怜的父亲衷心祝愿她。"

大女孩抚摸着小女孩,一直低头微笑着,园丁像注视圣母一样注视着她。

"今天您可以带走您的女儿。"老师说。

"我真的能带走她?"园丁回答,"那我带她回孔多维,明天上午就送回来。如果不能把她带走,简直难以想象会有多么难过。"女儿跑去穿衣服。园丁又说:"三年没见了,她现在竟然会说话了!我马上带她回孔多维,但在这之前我要领着我的小哑巴逛一逛都灵,让所有的人看看,到几个熟人那里走走,让他们也听一听。啊,今天真好,这才是安慰!来,把手给你爸爸,吉佳!"女孩这时已经回来,穿了一件小斗篷,戴了一顶小帽子,她伸手拉住父亲。

父亲走到门口,回身说:"感谢大家,真心地感谢大家!下次回来再谢谢大家!"

他迟疑了一下，突然又放开女儿的手，跑回去，一只手在内衣袋里摸索了一番，然后又发疯似的叫道："我还不至于那么穷。噢，这里有二十里拉，留下给学校，是一块崭新的金币！"

说着，把金币重重地放在桌子上。

老师感动地说："不，不，好心的先生，钱请您拿回去，我不能做主。等校长在时您再来。但是您放心，他也不会接受的。这是您付出太多辛苦挣的钱，可怜的人，我们心领了。"

园丁固执地回答："不，留下，以后……再说。"

但是老师不容他再说什么，已经将金币塞到他的衣袋里去了。

于是园丁低下头只好不再坚持。接着，他很快给了老师和大女孩一个飞吻，然后拉起女儿的手，奔向门外，并对女儿说："来吧，我的女儿，我可怜的小哑巴，我的宝贝！"

女儿用粗粗的声音喊道："啊……多……好的……太阳……啊！"

6月

加里波第

3日　星期六　明天是国庆日

　　加里波第昨天晚上逝世了，今天举国哀悼他。你知道加里波第是谁吗？他是将一千万意大利人从波旁王朝的暴政下解放出来的人。他去世时享年七十五岁。他在尼斯出生，是一个船长的儿子。他八岁时就救过一个女子的性命，十三岁时他救起因翻船而落水的所有同学。二十七岁时，他在马赛海边救起一名溺水的青年。四十一岁时，他在大海上又使一艘轮船免遭火灾。他在美洲为那里的人民获得自由战斗了十年。他三次参加了为解放伦巴第和特兰提诺的反对奥地利人的战争，1849年为保卫罗马与法国人战斗，1860年参加解放巴勒莫和那不勒斯之战，1867年为解放罗马而战，1870年为保卫法国与德国人作战。他凭着一腔英雄主义的热情和他在军事方面的天才，在一生中一共参加了四十次战役，共赢得了三十七次胜利。在非战时的生活中，他以劳动为生，隐居在孤岛上，垦荒种地。他还是教师、水手、工人、商人、士兵、将军和执政官。他非常伟大，但同时又很质朴和善良。他憎恨压迫者，热爱一切人民，保护所有弱者。他乐行善事，别无他求，拒绝荣誉，藐视死亡，他热爱意大利。正因为他的这些高尚的品质，战争时，只要他振臂一呼，大批勇敢的人们就会从四面八方汇聚到他的旗帜下——绅士们舍弃自己的家园，工人们离开工厂，青年们走出校门，跟随他的光辉与他共同去战斗。他强健的体魄英姿飒爽，他在战场上总穿一件红衣衫，犹如一团猛烈的火焰。他温柔如孩童，刻苦如圣人。成百上千的意大利人为祖国而战死疆场，但只要他们能看到他的威武英姿，他们死也甘心了。成千上万的人都愿为他而战死，几百万的意大利人都永远为他祝福。他死了，整个世界为之哭泣。你现在还不能理解他，但是今后你将了解他的功绩，将会听到人们不断地颂扬他的一生。随着你不断地成长，你会逐渐感到他的形象也在你面前渐渐高大起来，当你长大成人时，他在你眼中将如同巨人一般。而当你离开人世时，你的子孙及子孙的子孙都将会死去，但后来的人们将永远会记住这位人民的解放者的光辉形象，他所取得胜利的战役的名称，犹如群星一般在他头上闪闪发光。只要提起他的名字，每一个意大利人无不为之感到无上荣耀。

——你的父亲

军　队

11日　星期日　国庆
因为加里波第逝世　国庆日活动推迟了七天

　　今天我们到城堡广场去看阅兵式。阅兵的队伍从军团司令和站在他两旁的观众面前通过。随着一排排队伍在军乐队的乐曲声中通过，父亲指着每个部队给我讲述每一面军旗的光荣历史。走在最前面的是大约三百多人的军事院校的士官生，他们将成为工兵部队和炮兵部队的军官，他们都穿着黑色的军服，带着士兵和学生的神情，威武潇洒地走过去。他们的后面是步兵：有在科依托和圣马蒂诺打过仗的奥斯塔旅和在卡斯特费达尔多打过仗的贝尔加莫旅，共四个团。这四个团一个接一个地向前走着，他们帽子上的红色缨穗像一对对血红色的花环从前面向后面延伸，连成许多红色的彩带，随着他们的身体在飘舞。在步兵之后走过来的是工兵，他们是战争中的工人，帽子上系有黑色的马鬃和棕红色的饰带。当工兵队伍行进的时候，可以看到在他们后面，伸出了成百上千又直又长的羽毛，这些头顶羽毛的士兵组成守卫意大利国门阿尔卑斯山的山地兵团，他们个个高大威武，面颊通红，身体强壮，头戴卡拉布里亚式的帽子，军装漂亮鲜明的草绿色象征着祖国山川的一草一木。山地兵团的队伍还未走完，人群忽然激动起来，原来是最先攻下比亚城门进入罗马城的老十二营的狙击手们过来了。士兵们皮肤棕黑，精神抖擞，帽子上的羽毛随风飘舞，就像是一股黑色的巨浪一样从广场上通过。嘹亮的号角声，如同胜利的欢呼声一样回荡在广场上空。但是，狙击兵的军乐很快就被一阵低沉的轰鸣声所淹没，原来是野战炮兵过来了。六百匹剽悍的骏马拉着高大的弹药车厢，野战炮兵自豪地坐在上面，英俊的士兵都佩戴着黄色的饰带，长长的铜炮和钢炮闪耀着光芒，轻型的车轮滚动发出轰隆隆的巨响，使大地震颤。随后而来的是山地炮兵，他们缓缓而行，在艰苦的环境中锤炼出庄严和威武，队伍里是英雄的士兵和强壮的骡子。只要是人迹所至之处，山地炮兵就能带去恐惧和死亡。最后过去的是威武的热那亚骑兵团，这支部队曾在十次战役中——从圣露西亚到维拉弗兰卡——像风暴一样横扫战场。士兵们骑着马，头盔在阳光下闪亮，长矛如林，小旗飘舞，到处是一片金银闪烁的光芒、叮当声和马嘶声。"多好看啊！"我感叹道。但父亲听后几乎是责备地对我说："别把军队阅兵当作一场漂亮的表演。所有这些充满活力和希望的年轻人，或许有一天要听从召唤去保卫我们的国家，一上战场就有可能会饮弹身亡。每次当你听到人们欢呼'军队万岁！意大利万岁！'的时候，你应该想到在这些行进的队伍后面是横尸血染的战场。那时，'军队万岁'的呼唤将更发自你内心深处，意大利的形象将变得更加庄严和伟大。"

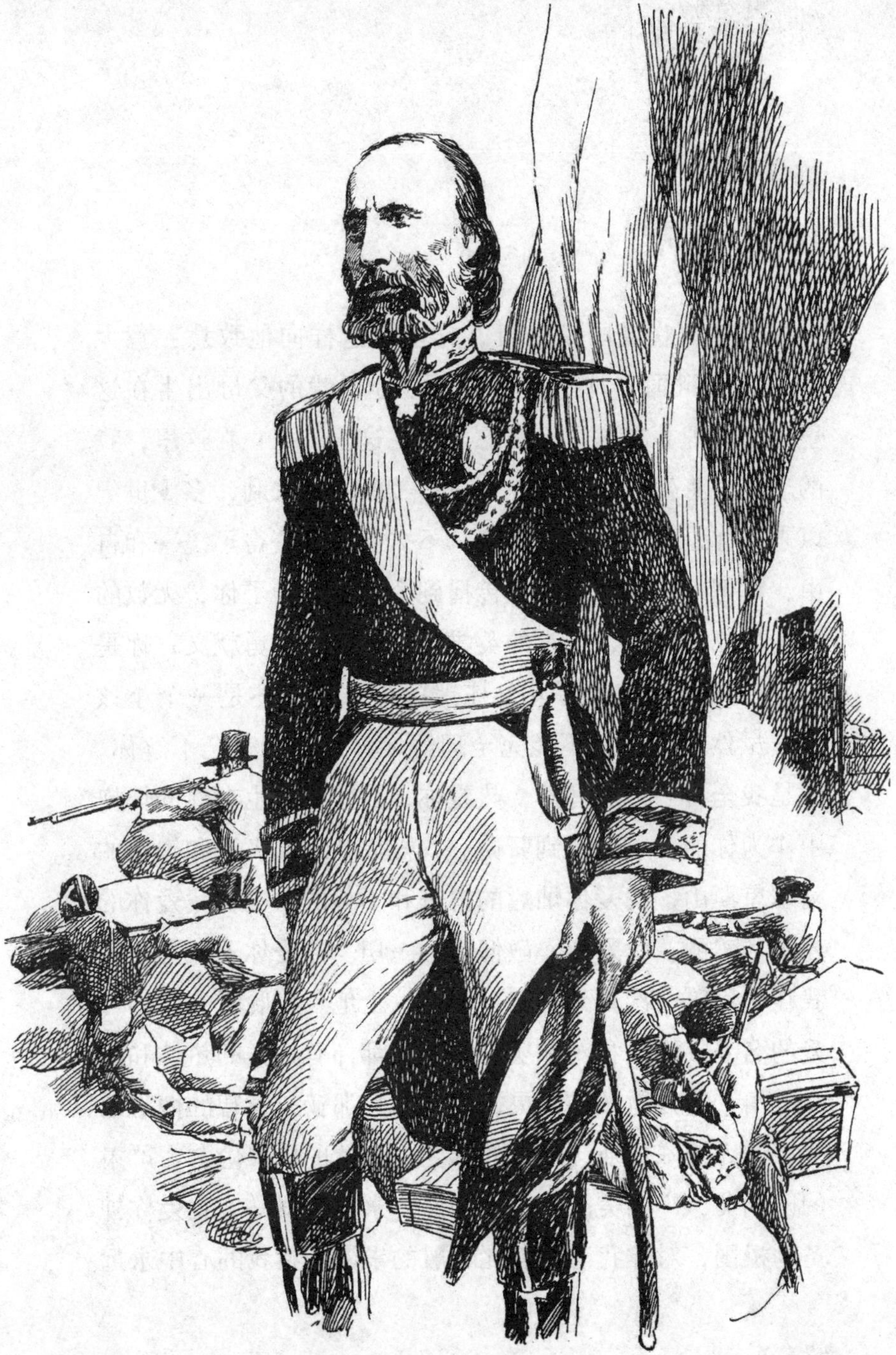

意大利

14日　星期三

　　在举国欢度国庆之日，你应该这样向他致意：意大利，我的祖国，神圣而可爱的土地，我的父母出生在这里，也将埋葬在这里，我愿生长在这里，死亡在这里，我的子孙也将生长和死亡在这里；美丽的意大利，多少世纪以来，你是这样伟大和光荣。不久前你又获得了统一和自由，你把神圣的智慧之光传播到全世界。为了你，无数的勇士战死在沙场，无数的英雄在绞刑架下英勇就义；你是三百座城池和三千万儿女庄严的母亲。我还是一个小孩子，虽然我现在还不能完全理解你，还不能完全了解你，但是我全身心地敬仰你，热爱你，而且我为生在你的怀抱中作为你的儿子而感到骄傲。我爱你壮丽的大海和巍峨的阿尔卑斯山，我爱你灿烂的古迹和不朽的历史，我爱你的光荣和美丽，我爱你，敬仰你的一切。热爱你不仅是因为我在这里第一次看到日出，在这片土地上我聆听到你的可爱的名字，而且我对你所有的城市都怀有一样的热忱和感激之情。我爱勇敢的都灵，高贵的热那亚，睿智的博洛尼亚，迷人的威尼斯，强大的米兰，温情的佛罗伦萨，严肃的巴勒莫，广阔美丽的那不勒斯，永恒的罗马。我爱你神圣的祖国，对你我满怀着儿子般的崇敬。在我的心中永远敬仰这片土地上的伟大生者和死者。我发誓，要做一个勤劳而正直的公民，始终保持高尚的情操，无愧于你。为了你我要贡献自己微薄的力量，以求有一日能抹去你脸上的贫穷、愚昧、不公正和罪恶，使你可以安乐地生活，并得以展示你的权威和力量。我发誓要谦卑、勇敢，用你赋予我的全部才智和身心尽心竭力地为你工作。如果有一天我必须为你奉献出自己的鲜血和生命，我将毫不犹豫，仰天呼唤你神圣的名字，并在你神圣的旗帜上献上最后一吻后，慨然死去。

酷 暑

16日　星期五

国庆节刚刚过去，五天之内气温就升高了3摄氏度。现在已经是盛夏了，大家开始感觉到倦怠无力了。春季脸上的红润漂亮颜色早已消失，脖子和腿都变得细长了，头晃来晃去的，眼睛也睁不开了。可怜的奈利耐不住炎热，脸色蜡黄，上课时经常趴在书本上睡着了。这种时候，卡罗内总是小心地翻开一本书竖在他前面挡住他，不让老师看见。红头发的克罗西把头倚在课桌上，看上去他的头像是离开了身体放在一边似的。诺比斯抱怨我们教室里的人太多，空气不好。啊，现在要用多大的毅力来学习呀！从教室窗口望出去，看着外面茂盛的大树投下的浓郁的阴影，我真想一下子跑出去，再也不愿意来上课、关在桌椅中间了。当我放学后，看到我的好母亲来接我，总是要留意看一下我的脸色，看我的心情是好还是坏，我只好又振作起精神来。我做功课的时候，母亲经常来问我："你还难受吗？"每天早上六点钟，母亲准时叫我起床准备上学，每次都对我说："起来吧！没有几天了，然后你就可以自由了，可以休息，可以到街上树荫下去玩耍了。"是的，母亲是有道理的，她给我讲，有些孩子头顶烈日在田间或在耀眼燎人的河边卵石上干活，有些孩子在玻璃制造厂里，整天一动不动地低头靠在一束煤气火焰边，他们都比我们起得早，而且没有假日。好吧，再加把劲！即使在这方面，德罗西也属全班第一。他不怕热，也不打瞌睡，始终像冬天那样精神饱满，一头金色鬈发还是显得那么活泼。他学习毫不费力，使周围的同学也振作起来，似乎他的声音使空气清爽了。另外还有两个人也同样清醒和专注：一个是执着的斯塔尔迪，他怕自己睡过去，用手戳自己的脸，天气越是热，他越咬紧牙齿，睁大眼睛，好像是要吃掉老师似的；另外一个是做生意的卡洛菲，他一心一意在忙着做他的红纸扇，用火花的彩图做上面的装饰，卖两角钱一把。但是最令人佩服的是柯莱蒂，可怜的柯莱蒂，清晨五点就起床帮助他的父亲扛木柴了，到了十一点，他坐在教室里就再也睁不开眼睛了，不觉垂下头去。但是他一醒过来，就马上用手拍打自己的脖颈儿，向老师要求出去洗洗脸。

有时也让周围的同学推醒他，捏他一下。但是今天他实在坚持不住了，昏昏沉沉地睡过去。老师大声地叫他"柯莱蒂"，他也没有醒过来。老师生气地又叫了一声："柯莱蒂！"这时，住在柯莱蒂家隔壁的烧炭人的儿子站起来说："他今天早晨五点到七点一直在干活搬木柴。"于是老师让柯莱蒂睡觉，又继续讲了半个小时的课，然后，老师走到柯莱蒂的课桌前面，轻轻吹拂他的脸，叫醒他。柯莱蒂看见老师站在面前，吓得向后一退。但是老师双手托住他的下巴，吻着他的头发，说："我不怪你，孩子。你睡觉并不是因为懒惰，而是由于太劳累的缘故。"

我的父亲

17日　星期六

我相信，你的同学柯莱蒂和卡罗内，决不会像你今天晚上那样，用那种口气回答自己父亲的问话。恩里科，你怎么能这样对待你的父亲呢？你要向我发誓，只要我还活着，就永远不再发生这样的事情。每当你父亲对你稍加责备，而你出言不逊的时候，你都应该想一想，有一天——这一天终归要来临——当他把你叫到床前，对你说："恩里科，我要走了。"噢，我的儿子，当你最后一次听到他的声音，即使在许多年后，当你独自一人在他遗留下的房间里，埋在那些书中哭泣，望着他永远再也不能翻开的书籍时，回想起有时你对他的不恭，你一定会扪心自问："我怎么能做出这种事情呢？"那时，你将会明白，他一直是你最好的朋友，当他不得已责罚你时，他比你更加伤心痛苦，他让你哭也是为了你好。那时你一定会悔恨不已，哭着吻那张你父亲在上面曾经长久工作过、为他的儿女们耗尽心血的书桌。你现在不会知道，他经常是把忧愁和烦恼都埋藏在心里，只把慈爱留给你们。你哪里知道，有几次他曾累得精疲力竭，甚至觉得自己活不了几天了，就在这种时候他还总是想起你，他唯一担心的是留下你一个人贫穷无助！多少次想到这些，他便在你熟睡时，举着灯走进你的房间看你，然后又忍着疲劳和痛苦振作精神继续工作。你要知道，他经常找你，和你在一起，是因为他像世界上所有的男人一样心中也有苦衷和不愉快。他找你，把你当作朋友，是为了寻找安慰和寄托，他需要在你的感情中得到庇护，恢复平静和勇气。你想一想吧，他没有得到你的热情，而得到的却是冷漠和不恭敬，他该是多么伤心啊！再也不要用这种忘恩负义的可耻行为玷污自己了！你想一想，即使你好得像个圣人，你也永远无法报答他过去和现在一直为你所做的一切。你还要想一想，生命只有一次，当你还只是一个孩子，一场不幸也许会永远夺去你的父亲，两年，三个月，也许就是明天。啊，我可怜的恩里科，那时你周围的一切都将改变，你会觉得家里空荡荡的，母亲披着黑纱！去吧，儿子，到你父亲那儿去吧，他正在房间里工作,你进去时要踮起脚尖,别让他听见,把你的额头伏在他的膝上,请求他的宽恕和祝福吧。

——你的母亲

郊 游

19日　星期一

我的好父亲这次又原谅了我,还答应我按照上星期三与柯莱蒂的父亲商量好的去郊游。我们大家早就想呼吸一下山里的空气了。这次我们高兴得就像过节一样。昨天下午两点,我们在斯塔图托广场集合,有德罗西、卡罗内、卡洛菲、普雷科西、柯莱蒂父子和我。大家准备了水果、大香肠和煮鸡蛋,另外还带了几皮囊的葡萄酒和铁皮杯子。卡罗内还带了一个装满白葡萄酒的葫芦,柯莱蒂背了他父亲以前用过的一个军用水壶,里面装满了红葡萄酒。小普雷科西穿着铁匠的上衣,胳膊下面夹了一个两千克重的圆面包。我们乘公共马车到格兰玛德雷迪奥后,便下车快步朝山上走去。山上到处是浓荫覆盖,空气清新,凉爽宜人。我们在草地上翻筋斗,在小溪边洗脸,在丛篱中跳来跳去。老柯莱蒂把上衣搭在肩上,远远地跟在我们后面,边走边抽他那用石膏做成的烟斗,还不时地提醒我们别把裤子弄破了。普雷科西吹起口哨,我以前从没有听他吹过。柯莱蒂边走边在路上做着各种各样的东西。这个小家伙什么都会做,他用他那把一指长的小刀子能做出小水车、小叉子、小水枪,而且他还总要帮别人背东西,他带的东西很重,已经汗流浃背,但是他仍然机灵得像一只小狍子。德罗西经常停下来对我们讲看到的植物和昆虫的名字,我真不明白他怎么能知道这么多东西。卡罗内啃着面包,一言不发。可怜的卡罗内自从失去母亲之后,啃起面包来也不像过去那样有滋有味的了。但是,他还是他,像面包一样好。过沟的时候,不管是谁,他总要先跑到沟的那一面伸过手来接我们一把。因为普雷科西小的时候被牛顶撞过,见到牛就害怕,所以每次有牛走过,卡罗内总是挡在他的前面。我们一直走到圣玛格丽塔,然后沿着山脊蹦蹦跳跳,翻滚着爬下山坡……每张脸都红得像苹果似的。普雷科西被灌木丛绊倒,上衣被扯破了,撕开的布片挂了下来,他难为情地站在那里。卡洛菲口袋里总装着大头针,他马上为他别上,使人看不出有破口。普雷科西一个劲儿地说:"对不起,对不起。"可是等衣服一别好,他又立刻跑起来。卡洛菲路上也不肯浪费时间,他边走边采可以拌生菜吃的野菜,捉蜗牛,只要有点闪光亮的小石头,他都要拾起来装在口袋里,想着或许里边含有金银。无论是在绿荫下还是在阳光下,无论是在山上还是在山下,翻山还是走小路,我们走啊,跑啊,跳啊,爬啊,最后满身大汗,气喘吁吁地来到一个小山的顶上,然后就在草地上坐下来吃东西。抬眼望去,眼前是一片辽阔的平原,远处是蓝蓝的阿尔卑斯山脉和白皑皑的雪峰。大家都饿极了,狼吞虎咽地吃起来。老柯莱蒂切好大香肠放在南瓜叶上分给大家,我们边吃边议论起老师、没能来的同学和考试的事情来。普雷科西有点不好意思吃,卡罗内把他那份最好的部分使劲塞到普雷科西嘴里。柯莱蒂盘腿坐在父亲身边,他们父子俩坐在一起,都是红扑扑的脸膛,一笑露出洁白的牙齿,就像一对亲兄弟一样。老柯莱蒂津津有味地喝着酒,我们剩下的半皮囊的酒和杯子里的酒,他也全部一饮而尽,还对我们说:"你们这些读书的孩子喝酒不好,倒是卖木柴的需要喝酒。"然后他又捏住儿子的鼻子扭了扭,对我们说:"孩子们,请你们爱护这个小家伙,他是个十足的大好人,这可是我说的!"除了卡罗内,我们大家都笑了。老柯莱蒂又喝了一大口酒,接着说:"真可惜啊!你们现在相处在一起都是好朋友,谁知道再过几年,也许恩里科和德罗西当了律师或是其他什么,你们四个人在商店里卖东西或是干什么事情,或许都没有音信了;那时,你们这些伙伴们就'再见'了。""哪里的事!"德罗西马上反驳道,"对我来说,卡罗内永远是卡罗内,普雷科西永远是普雷科西,其他人也一样,即使我成为俄国沙皇也是一样,他们走到哪里我就跟到哪里。""但愿如此!"老柯莱蒂举起皮囊感叹道,"应该这样说,太好了!来,碰杯!好同学万岁!学校万岁!不论贫富贵贱,学校使你们亲如一家!"我们一齐举杯碰碰他的皮囊,然后一饮而尽。老柯莱蒂站起来,喝下最后一口酒,叫道:"四十九团四营万岁!孩子们,如果你们参军,也要像我们一样坚强!"时间不早了,我们唱着歌,飞跑下山,手挽着手一起走了很长一段路。走近波河时,天色将黑,无数只萤火虫在空中飞舞。我们在斯塔图托广场分手,并约好星期日一同去维托里奥·埃马努埃莱剧院观看给夜校学生的颁奖仪式。今天过得真是愉快,如果不是遇到我可怜的女老师,我回到家里该会有多么高兴!我上楼梯时在黑暗中遇见她,她刚离开我家。她一认出我便抓住我的手,在我耳边说:"再见了,恩里科,别忘了我!"我注意到她哭了。我上楼进门后对母亲说:"我遇见我的老师了。"母亲眼圈红红的,回答说:"她需要回家卧床休息。"然后母亲又极其悲痛地注视着我,说,"你可怜的老师……病得很重。"

劳动者的颁奖仪式

25日 星期日

今天我们如约去了维托里奥·埃马努埃莱剧院,观看劳动者的颁奖仪式。剧院里布置得和3月14日那天一样隆重,里面坐满了人,几乎全都是劳动者的家属。合唱学校的男女学生在楼下的池座里,唱了一首献给克里米亚阵亡将士的歌曲,他们唱得十分动听。歌唱完以后,所有的人都起立鼓掌欢呼,学生们又从头演唱了一遍。歌曲结束后，获奖者便走上台领奖，由市长、省督和其他官员给他们颁发书籍、奖金、毕业证书和奖章。在楼下池座的一个角落里，我看到小泥瓦匠坐在他母亲一边，另一边是校长，在他后面是有着满脑袋红头发的我二年级时的老师。首先上台领奖的是夜校绘画班的学生，有首饰匠、雕刻匠、石板印刷工，还有木匠和泥瓦匠；然后是商业学校的学生；后面是音乐专科学校的学生，其中有许多是年轻女子和劳动妇女，她们都穿着节日的盛装，笑逐颜开，大家都给她们鼓掌致意。最后走上台的是小学夜校的学生，这时才有意思呢。他们年龄不一样，职业也不相同，穿着也不一样。有满头白发的老者，有在工厂做工的年轻小伙，还有满脸黑胡子的劳动工人。年少的在台上还很自然，年长的就显得局促不安了，人们为年龄最大和年龄最小的获奖者鼓掌。但是与我们那一次不同的是没有一个观众嬉笑，人们都表现得很认真严肃。很多获奖者的妻子和孩子坐在台下，有些小孩子看到自己的父亲走上台，高声地叫着父亲的名字，朝父亲挥手致意。还有农民、搬运工也上台领了奖，他们来自布翁孔帕尼小学。我父亲认识的一个擦鞋匠也上了台，他来自齐塔德拉小学，省督给他颁发了毕业证书。我看到一个长得像巨人似的高大男子跟在他后面走上台来，我觉得从前在哪里见过……是小泥瓦匠的父亲，他得了二等奖。我想起来了，我在他家那间阁楼里见过他，他那时守在生病的儿子床前。我马上转头去看他的儿子——可怜的小泥瓦匠，他正看着他的父亲，眼睛里的泪水闪闪发光，他装出兔脸来掩饰内心的激动。就在这时，又响起一阵掌声来。我朝台上看去，原来是一个小清扫烟道工，他的脸洗得干干净净，但身上仍然穿着那件工作服，市长握着他的手正在和他说话。在扫烟道工之后上台的是一个厨师，然后是一个来自拉伊内利小学的市政清洁工。我说不清心里是什么滋味，就像是怀着一种强烈的热爱和尊敬的感情；我想这份奖励对所有那些既是劳动者，同时又要操心做父亲的人来说是多么珍贵，他们要在辛苦之上再加上多少辛苦，要挤出多少他们本来需要睡眠的时间，要付出多少努力来活动他们已经不太习惯读书的大脑和被劳动磨炼得粗大的双手啊！一个在工厂做工的孩子上台领奖，大家看出他的父亲为了这件事特意把外衣借给他穿，衣袖长长地晃荡着，使他上台时不得不卷起袖口领奖，很多人都笑了。但是笑声立即被掌声所淹没。接着一个秃头白胡子的老人走上台去领奖。在这之后上台领奖的是来自我们学校夜校的炮兵，还有税警和那些为学校守门的市政警察。最后，夜校的学生们又唱起那首献给克里米亚阵亡将士的歌曲，不过这一次歌声充满了高昂的热情、发自内心的感情，人们没有再鼓掌，但都被深深地打动了，缓慢地依次走出剧场。不一会儿街上就挤满了人，清扫烟囱的小孩站在剧院门口，手中拿着他获得的奖品——一本系着红绸带的书，有几位先生围着他和他在说话。很多工人、孩子、警察和老师在街上互相打着招呼。我二年级时的老师走在两个炮兵中间，和他们一同走出剧院。有几个工人的妻子怀抱着孩子，孩子的小手里拿着父亲的毕业证书，骄傲地展示给众人看。

女教师之死
27日 星期二

当我们在维托里奥·埃马努埃莱剧院观看颁奖仪式的时候，我的可怜的女老师去世了。她是下午两点去世的，也就是上次她来我家找我母亲的七天之后。昨天上午校长在学校里宣布了这个消息，他说："你们当中做过她的学生的都知道她是一个多么好的人，她多么爱孩子。对孩子们来说，她就是母亲。现在，她永远地离开了，一种可怕的疾病耗尽了她的生命。如果不是为了生计而要拼命地工作，她完全可以去治疗，也许会痊愈。如果她能休息的话，她的生命至少还能延续几个月。然而，她愿意和孩子们在一起，直到生命的最后一天。17日，星期六下午，她终于支持不住了，她不得不与学生们告别。她知道她以后再也见不到他们了，她依然对他们谆谆叮嘱，还与他们一一吻别，才哽咽而去。如今，谁也见不到她了。孩子们，要记住她。"小普雷科西上一年级大班时是她的学生，这时他把头伏在课桌上失声痛哭起来。

昨天下午放学后，我们一起去了老师家，准备护送她的灵柩到教堂。街上已经停放着一辆两匹马拉的灵车，许多人等在那里，低声交谈着，有校长、学校全体教师，还有她以前教过书的学校的老师。她班上的所有学生都来了，都由手里举着蜡烛的母亲领着，还有许多其他班级的学生和约五十个巴勒底学校的女生，他们有的拿着花圈，有的拿着玫瑰花。马车上已经放满了鲜花，车上还放着一个大的金合欢花圈，上面用黑体字写着"献给老师——四年级学生敬挽"。大花圈下是她的小学生们送的一个小花圈。人群中有不少手持蜡烛的女佣，是女主人派她们来的，有两个身穿制服、手里拿着点燃的蜡烛的男侍者，还有一位富有的绅士，他是老师的一个学生的家长，乘着蓝绸缎相衬的马车也来了。大家都聚集在大门口，几个女孩子不住地抹眼泪。我们静静地在那儿等候了一会儿，这时老师的棺木被抬出来了。看到棺木被推进马车，几个小孩子放声大哭起来，还有一个大声叫起来，似乎这时才明白他的老师死了。他抽噎得很厉害，别人不得不把他领走了。送葬的队伍慢慢地集合好，出发了。走在队伍最前面的是穿绿色服装的贞洁圣母修会的女孩子，然后是穿白色衣服戴蓝带子的圣母玛丽亚会的女孩子，最后是神甫。老师们、一年级大班的学生们还有其他的学生们跟在灵车后面，其他的人群跟在学生的后面。一路上，人们都站在窗口或门口，看到那些学生和花圈，他们说："这是学校的老师。"有几个陪着孩子的妇人一路哭着。到了教堂，棺木从马车上被抬下来，安放在教堂大殿中央的大祭坛前。女教师们把花圈放在棺木上，孩子们用鲜花盖满了棺木，人们围在棺木四周，手持点燃的蜡烛，在又大又暗的教堂里唱起了祈祷词。最后，当神甫最后说了一遍"阿门"的时候，突然，所有的蜡烛同时熄灭了，人们都匆匆走出教堂，女老师独自一人留在那里。可怜的老师，待我那么好，那么富有耐心，操劳了多少年啊！她把自己仅有的几本书都留给了她的学生，她留给这个学生一个墨水瓶，那个学生一幅画，她把所有的一切都给了他们。去世前两天，她还对校长说，不要让那些小孩们去送灵，因为她不愿让他们哭。她做了好事，忍受了痛苦，现在她死了！可怜的老师，孤独地躺在昏暗的教堂里。再见了，永别了，我的好朋友，我童年时代甜蜜而又悲伤的回忆！

感 谢

28日 星期三

　　我可怜的老师她本来想坚持教完这个学年的，不承想眼看还有三天课程就要结束了，她却离去了。后天，我们再去学校听最后一篇每月故事《海难》，然后……这一学年就结束了。7月1日是星期六，开始考试。下一学年就该上四年级了。今年终于过去了！假如没有女老师去世的事，这个学年应该说过得挺顺利的。回想去年10月份开学时的情景，我觉得自己在这一学年里的确学到了不少新知识，说、写能力比以前都增强了，还能帮不懂算术的大人们算账了，能在生意上帮助他们了。我的理解能力强多了，凡读过的东西几乎都能理解了。我真高兴啊！有多少人在督促我，帮助我学会了知识啊！有人用这种方式，有人用那种方式，在家里，在学校，无论我在哪里，都在以不同的方式教给我许多知识。此时，我要感谢所有教给我知识的人。我第一个要感谢的就是您，我的好老师。您对我是那么宽容，那么亲切，每一种令我欣喜、令我自豪的知识，都饱含了您的辛劳。我还要感谢你，我所钦佩的同学——德罗西，我有困难时你随时热情地为我讲解，帮助我理解了许多疑难问题，使我顺利地通过了考试。还有你，出色、坚强的斯塔尔迪，你让我明白有铁一般的意志将是无往不胜的。我也感谢你，善良而慷慨的卡罗内，你使所有认识你的人都变得大方、善良。还有你们——普雷科西和柯莱蒂，你们在痛苦时所表现出来的勇气和对待工作的认真态度，给我做出了好榜样。我要感谢你们，我要感谢所有的同学。但我特别应该感谢的是您，我的父亲，您是我的启蒙老师，是我的挚友。是您给了我很多启迪，您为了我辛勤工作，把忧伤隐藏起来，想方设法地使我学习轻松并生活愉快。也感谢您，我亲爱的母亲，我尊敬的和神圣的守护天使，您分享了我所有的快乐，也分担了我所有的烦恼。您与我共同学习，分担我的劳累和忧伤，您抚摸着我的额头，给我指引前路。我愿像小时候那样，跪在你们面前，为你们在这十二年中为我所倾注的爱和为我所做出的牺牲感谢你们，用你们给予我的全部感情来报答你们。

海难（最后的每月故事）

几年前，在12月的一个早晨，一艘巨轮从利物浦港起锚出发。船上大约有两百人，其中包括七十名船员。船长和水手，几乎所有的人都是英国人。旅客中也有一些意大利人：三位妇女、一位神甫，还有一个乐队。船是要开往马耳他岛的。启程时天气阴沉沉的。

在船头的三等舱旅客中间有一个十二岁的意大利男孩，个子矮小得与他的年龄有些不大相称，但一看就知道他身体结实。他长着一副英俊、坚强和严肃的典型的西西里人的面孔。他独自一人坐在靠近前桅杆下面的一堆绳索上，一只手搭在身旁装着自己衣物的破旧手提箱上。他脸色棕红，黑黑的鬈发几乎垂到肩头上了。他衣着贫寒，身上披着一条破毯子，一个旧皮包斜挎在肩膀上。他若有所思地看着他周围的旅客、轮船、忙来忙去的水手和波涛汹涌的大海。他的样子好像是因为他家里最近发生了什么不幸的事而出走的，虽然他长得像个小孩子的样子，但他的表情却已经俨然是个成年人了。

船刚刚起程不久,一个头发灰白的意大利水手领着一个小女孩来到船头,他走到西西里小男孩面前停下来,说:"给你带来一个旅伴,马里奥。"

说完,转身走了。

女孩也坐在男孩身边的绳索上。

他们彼此对视了一会儿。

西西里男孩问:"你去哪儿?"

女孩回答:"去马耳他,然后再从那里去那不勒斯。"

然后,女孩又接着说:"我去找我的父母,他们在等着我。我叫朱莉埃塔·法贾尼。"

男孩没有说话。

过了一会儿,男孩从包里掏出面包和苹果,女孩拿出饼干,两个人吃起来。

这时,意大利水手快步从他们面前走过去,喊道:"看吧,现在要开始跳芭蕾舞了!"

风越刮越大,船身颠簸得很厉害。但是两个孩子并没有感到晕船,所以他们一点儿也不在意。女孩子还在微笑着。她和她的旅伴年龄差不多,但是个子却要高出许多。她面孔棕红,略带忧郁,穿着极其俭朴,一头鬈发剪得短短的,头上包着一块红手帕,耳朵上戴着一副银耳环。

他们两人边吃边讲自己的身世。男孩的父母已经去世了,父亲曾经是个工人,前不久死在利物浦,留下男孩一个人，意大利领事送他回巴勒莫老家的远房亲戚那里。女孩去年到伦敦她婶婶家，婶婶是个寡妇，很爱她。女孩的父母因为家里贫穷，临时把她寄养在婶婶家，指望婶婶答应在死后给他们一份遗产。但是还不到几个月，婶婶就被公共马车轧死了，身后没有留下一分钱，女孩只好去找领事，就这样她坐上了开往意大利的船。两个人都被托付给刚才那个意大利水手。女孩说："我的父母还以为我回去时会很有钱呢，但是我回去却还是很穷，不过他们仍然还会很爱我的。还有我的四个弟弟，他们都很小。我在家里最大，帮他们穿衣服。他们见到我时会很高兴的。我会踮起脚尖走进家门……风浪越来越大了。"

然后她又问男孩："你要去和亲戚住在一起吗？"

"是的……如果他们要我。"男孩回答。

"他们不爱你吗？"

"我不知道。"

"到圣诞节了，我就十三岁了。"女孩说。

之后他们开始谈论起大海和周围的人们。他们整整一天都坐在一起，时而说说话，旅客们以为他们是姐弟俩。女孩子织着毛线袜子，男孩子沉思默想着。海浪越来越大。晚上两个人分手去睡觉时，女孩对马里奥说："睡个好觉。""谁也睡不了好觉，可怜的孩子们！"意大利水手这时被船长唤去，从两人身边跑过去时喊了一声。男孩正要对他的伙伴说"晚安"时，猛然一个恶浪打来，将他掀倒，撞在一把椅子上。"我的妈呀，你出血了！"女孩扑上去惊叫。此时旅客们都各自逃向下面的船舱，谁也顾不上注意他们。女孩跪在昏倒的马里奥面前，为他擦净额头上流出来的血，扯下红手帕包在他的头上，然后把他的头靠在自己胸前，为他在脑后打了一个结，她黄色外衣的前胸上因此染上了一块血迹。马里奥清醒过来后，摇摇晃晃地站起来。"你觉得好点吗？"女孩问。"没什么。"马里奥回答。"睡个好觉。"朱莉埃塔说。"晚安。"马里奥回答。于是两个人就近下了两层楼梯，各自回到船舱。

水手说的话果然应验了。他们还没有睡着，可怕的暴风雨就来到了。顷刻之间狂风巨浪席卷而来，很快一根桅杆就被折断了，三只悬吊着的救生艇和船头上拴着的四头牛就像树叶一样被卷走了。船舱内顿时充满了惊慌和恐惧，到处是东西翻倒碰撞的声音、嘈杂的哭喊声、呼叫声、祈祷声，使人毛骨悚然。狂风暴雨持续了整整一夜，而且越来越大。到天亮时，暴风雨仍然有增无减。惊涛骇浪发疯一样拍打得轮船左右摇摆，巨浪涌上甲板，把甲板上所有的东西击得粉碎，然后卷入大海。机舱盖被浪头击碎，汹涌的海水一下子灌入机舱，汽轮机熄灭了，轮机手逃了上来。肆无忌惮的海水从四面八方涌入船舱。一个雷鸣般的声音吼叫道："拿水泵来！"这是船长的声音，水手们奔向水泵。但是突然间一个大浪从船尾打过来，击碎了栏杆和舱门，海浪翻滚着一下子涌了进来。

所有的旅客都被吓得逃进了大客厅。

过了一会儿,船长也走进来了。

"船长!船长!"大家一齐喊叫起来,"怎么办?现在情况怎么样?有希望吗?快救救我们啊!"

船长等大家安静下来后,很冷静地说:"只有听天由命了。"

这时,一个妇女叫了一声"慈悲的主啊!"。在很长的一段时间里,大家一句话也说不出来,恐惧使所有的人都吓呆了。过了很长时间后,船舱内仍是死一般沉寂。大家面面相觑,脸色惨白。大海仍在咆哮,令人不寒而栗,船仍在不断地颠簸着。过了一会儿,船长试图放下一只救生艇,五个水手跳了进去,救生艇吊下去,但海浪立即把它掀翻,两个水手淹死了,其中一个就是那意大利人,其余的三个水手好不容易奋力抓住绳索才回到船上来。

这时,水手们已经绝望了,他们失去了勇气。船已经在开始下沉,又过了两个小时,海水已经淹没了底舱。

甲板上一片混乱悲惨的景象。母亲们绝望地紧紧地把孩子抱在胸前,朋友们拥抱着互相告别,有几个不愿看到大海而死,下到客舱里去了。一个旅客对着头部开枪自杀,仰面重重地倒在客舱的梯子上面死去,还有许多人发疯般紧紧地抱在一起,几个妇女抱成一团在抽搐着,很多人跪在神甫周围。人们的哭泣声、婴儿的啼叫声、各种哀号声、刺耳的惨叫声响成一片。到处可以看见惊呆了的人群,像雕塑似的瞪大眼睛一动不动地站立在那里,就像死人和疯子一样。马里奥和朱莉埃塔抱着一根桅杆,毫无意识地、直瞪瞪地盯着大海。

大海稍微平静了一些,但是,船仍在继续慢慢地下沉,再用不了几分钟船就要沉没了。

"放下舢板!"船长喊道。

最后一只舢板放到水中,十四个水手和三个旅客下到舢板上。

船长留在了船上。

"快跟我们下来!"下面的人喊。

"我要死在我的岗位上。"船长回答。

"我们会遇到一艘船,一定会得救的。下来,你疯了。"水手们喊。

"我留下。"

"还有一个位置,过来一个妇女!"水手们于是朝其他旅客喊。

一个妇女由船长扶着走过来,但是一见到距离舢板很远,她不敢跳下去,又倒在甲板上。其他女人几乎都失去了知觉,像死人一样了。

"过来一个小孩!"水手喊。

听到这声喊叫,西西里男孩和他的伙伴,原来还极度惊恐地像石头一样待在那里,突然被强烈的求生本能驱使,一下子离开桅杆,像两只发疯的野兽,争着要把对方甩下，奔向船边，齐声喊道："让我上去！"

"要那个小的！船已经超载了，要那个小的！"水手喊。

听到这句话，女孩像被闪电击中了似的垂下手臂，一动不动地站在那里，呆呆地看着马里奥。

马里奥看了她一会儿，见到她胸前的血迹，他一下子想起那一幕，一种神圣的念头在脑海中一闪而过。

"快！那个最小的，我们要走了！"水手们焦躁不安地喊。

这时，马里奥用变了声调的嗓音喊道："她比我轻，让她去吧，朱莉埃塔！你有父母，我就一个人！我把位置让给你，你去吧！"

"把她扔到海里！"水手们继续喊。

马里奥抱起朱莉埃塔，把她扔到了海里。

女孩大叫一声落进海里，一个水手抓住她的一条胳膊把她拖上了船。

男孩站在船边，高昂着头，头发随风飘扬着。他一动不动，崇高、平静、安详地站在那里。

这时，女孩恢复了知觉，抬起头望着马里奥，已经泣不成声。

"永别了，马里奥！"她朝马里奥伸出手臂，眼泪汪汪地喊道，"永别了！永别了！永别了！"

"永别了！"男孩举起手回答。

舢板在阴暗的天空下，随着翻滚着波涛的大海快速地向远处驶去。大船上再没有人叫喊了,海水已经没过甲板边了。

突然,男孩跪下,双手合拢,面向天空。

女孩用手捂住了脸。

当她再抬起头来看周围大海的时候,船已经不见了。

7月

母亲最后的话
1日　星期六

恩里科，学年结束了。在这最后的一天，让你读到为了朋友献出自己的生命，这样一种崇高的少年形象，作为一种回忆，真是太好了。现在，我不得不告诉你一个令你伤心的消息。你就要离开你的老师和你的同学们了，而且这次的离别不是三个月，而是永远的离别。你的父亲因为工作调动的原因，必须离开都灵，我们全家也要一起去。秋天我们就要动身了，你将进一所新的学校读书。这让你感到遗憾，是吗？因为，我深知你爱你的学校，在那里，你读了三年书，每天都要去两次，你领会到了学习的乐趣；在那些时间里，你总是能见到你那些同学、老师、家长，见到你父亲或是母亲微笑着等候你放学回家。你爱你的学校，正是在这所学校，你的智慧得到启迪，你找到了许多好伙伴，你所听到的每一句话都是为了你好。尽管有时让你听到后你觉得有些刺耳，但对你也是有益处的！因此，你就用这种感情真心实意地与伙伴们告别吧。他们当中有的将来可能会遭遇不幸，很快就会失去自己的父母；有的可能英年早逝；有的可能会英勇地浴血沙场。但更多的人将会成为正直、出色的工人，成为勤劳、正直人家庭的父亲，又养育起像他们一样的子女。谁也猜不出，也可能他们当中会有人为国家做出卓越的贡献而流芳千古。因此不管怎样，你要满怀感情地与他们告别，在你心中要牢记这个大家庭。因为，当你来到这个大家庭时，你还是一个无知的孩子；从那里走出来时，你已经成长为一个茁壮的少年了。你的父亲母亲也热爱这个大家庭，因为它曾给予你无限的爱。学校就像母亲，我的恩里科。当它把你从我的怀抱里带走的时候，你才刚会说话，如今，它把你再交还给我的时候，你已经是一个高大、健壮、善良、好学的人了。祝福你的学校，你永远不要忘记它，孩子。噢，你不可能忘记你的学校！当你长大成人，去周游世界，你将看到许多大城市和令人赞叹的古迹。那时，你也许已经忘记了它们其中的一部分，但是那幢简朴的、有着百叶窗的白色建筑，那个使你绽开第一朵智慧之花的校园，它将使你终生难忘，就像我永远不会忘却我听到有你第一次哭泣的这幢房子一样。

——你的母亲

考 试

4日 星期二

　　考试终于来临了。学校附近的街上，无论学生、家长甚至管家谈论的话题除了是关于考试、分数、平均分、补考或升级的内容之外，再没有其他的内容了。昨天上午我们考的是作文，今天上午考算术。所有的家长都领着孩子来到学校参加考试，家长们边走边在路上最后叮嘱孩子们一番，许多母亲甚至陪着孩子到课桌边，看看墨水瓶里还有没有墨水，试试钢笔是不是好用，走出门时还再回头关照说："好好考，仔细点儿，我相信你！"那情景真是令人感动。给我们监考的是那个留着黑胡子、嗓门大得像狮子吼一般，却从来不处罚学生的柯阿蒂老师。有几个学生吓得脸色发白。当老师把市政府送来的试卷的封条拆开，从里面抽出考题时，教室里安静得只能听见大家的喘息声。老师大声念着考题，并用那可怕的眼神一会儿看看这个，一会儿又看看那个，但看到那目光我们都明白，假如他能告诉我们答案，让我们全都通过考试，那他是最高兴的。一小时以后，许多人开始变得烦躁不安起来，因为考试题目很难。有一个同学甚至都哭了。克罗西直用拳头敲打自己的头。有的同学答不出题，可怜的孩子们，不该全怪他们，因为他们平时没有足够的时间来学习，家长忽视了他们的学习。但是天无绝人之路。德罗西非常热情地帮助大家，他想方设法写答案过去或是暗示算式，干得神不知鬼不觉，他对所有的人都特别热心，好像他成了我们的老师。还有算术很棒的卡罗内也尽力帮助别人，甚至还帮助诺比斯，诺比斯因为被考题难住了，变得非常谦虚有礼貌。斯塔尔迪有一个多小时坐在那儿一动不动，双眼盯着试题，拳头撑着太阳穴，然后不到五分钟就把题目全部做出来了。老师在课桌间边走边说："沉住气！不要着急，都不要着急！"当他看见有的学生泄气时，就像狮子一样张大口，逗他笑，鼓起他的精神来。快到十一点了，我从百叶窗望下去，看见许多家长在街上焦急不安地走来走去，有穿着深蓝色工作服的普雷科西的父亲，他刚从铁匠铺那里跑过来，满脸还是黑黑的，还有克罗西卖菜的母亲，还有穿着黑衣服、急得站不住的奈利的母亲。父亲快十二点时来了，他仰头看着我所在的窗口。亲爱的父亲！到了十二点，我们大家都做完了题，交了卷子。这时学校大门口的场面真是热闹极了。所有的家长都拥向孩子们打听情况，翻看笔记本，与别的学生对答案。"有几道算术题？""得数是多少？""减法怎么样？""答案是什么？""小数点呢？"老师被四周的人叫来叫去。我父亲从我手里拿过草稿看着，说："挺好。"站在我们边上的铁匠普雷科西也有些不安地看他儿子的草稿，但他什么也看不懂，他转过身问我的父亲："您能告诉我这道题算出来是多少吗？"我父亲将答案告诉他。铁匠知道儿子算对了，便高兴地欢呼起来："太棒了，小东西！"父亲和他朋友似的相视一笑，铁匠握住了父亲伸过去的手，然后两人互相告别："口试再见！""口试再见！"我们才走出没有几步，忽然听见一个用假嗓子唱歌的声音，不觉回过头去：原来是普雷科西的铁匠父亲在唱歌。

最后的考试

7日　星期五

今天上午口试。八点整我们都已经进入教室。八点十五分，我们四人一组被叫进大厅。大厅里摆着一张铺着绿毯子的大桌子，桌子后面坐着校长和四个老师，其中有我们的老师。我是最先被叫去的学生之一。今天上午，我亲眼看到，可怜的老师真是非常疼爱我们。当别的老师问我们问题的时候，他一直紧盯着我们看。当我们回答问题犹豫不决时，他便局促不安起来，而听到我们问题回答得很好时，他便放下心来。他仔细倾听我们的回答，不住地用手和头示意我们，似乎在说："好！——不对。——注意！——慢慢地！—勇敢点！"如果能说话，他肯定会什么都告诉我们的。即使坐在他位置上的是学生家长，也不会做得更多了。我真想当着所有老师的面，一遍又一遍地高声对他说："谢谢！"当其他老师对我说："好了，你可以走了。"他高兴得眼睛放出光彩。我马上回到教室去等父亲。

这时，大家差不多都在。我坐在卡罗内身边。我还没有告诉卡罗内我不会再与他一起上四年级了，我要跟父亲离开都灵，他现在什么也还不知道。他坐在边上，低着他那大大的脑袋，趴在桌子上，身体弯成两段，正在修饰一张他父亲的照片。照片上，他父亲穿着一身火车司机制服，魁梧健壮的体魄，粗粗的脖子，表情也像卡罗内一样严肃、正直。卡罗内就这样弓着背，衬衫的衣襟微微敞开，我看见他结实的胸前挂着金十字架，那是奈利母亲得知是他保护自己的儿子后送给他的。无论如何，我必须告诉他我要走了。我说："卡罗内，今年秋天，我父亲就要离开都灵了，永远离开。"他问我，我是不是也要走，我回答说是的。"那你不再跟我们一起上四年级了？"他说。我回答说不能了。他沉默不语地待了一会儿，继续画他的画，然后，头也不抬地问："你会想念你三年级的同学们吗？""会的，我会想念大家的，尤其是你。谁又能忘记你呢？"我说。他用包含着情感的目光很认真地看着我，一句话不说，只是将左手伸给我，右手假装还在画画；我双手握住了他那有力、热诚的大手。就在这时，老师红光满面，兴冲冲地走进教室，用低沉急促充满愉快的声音说道："很好，到现在为止前面的同学都考得不错，剩下的同学也要这样。好样儿的！孩子们，努力啊！我真是太高兴了。"为了让我们看出他有多么高兴，也是为了逗我们笑，出门时他故意装作被绊了一下，然后靠在墙上，以免自己跌倒，这就是我们那个脸上从来看不见笑容的老师！事情也真怪，大家非但没有笑，反而觉得很奇怪，大家只是微微一笑，但没有人开怀大笑。确实，我也不知道为什么，老师这顽童似的快乐举动，竟令我觉得既伤感又亲切。那一刻的喜悦是对他的奖励，是对他九个月的爱心、耐心甚至遗憾的回报！为了这一快乐的时刻，他付出了多少辛勤的劳动，多少次带病坚持上课，可怜的老师！他为我们倾注了无数的心血，付出了最大的关怀，他要向我们换取的不是别的，就是这个时刻啊！现在我感到，在我眼前总是出现老师的那个动作，哪怕多少年以后，只要我又想起他，那个动作就又会出现在我眼前。将来等我长大了，如果他还活着，如果我们能见面，我一定会跟他讲起他那个曾经触动我心弦的用心良苦的动作，我要满怀敬意地去亲吻他那苍苍的白发。

告 别
10日 星期一

下午一点我们来到学校，这是大家最后一次来到学校，听老师宣布考试成绩，领取升学通知书。学校外面到处是学生家长，学校的大厅里也都挤满了人，许多家长甚至挤进了教室，挤到老师的讲台桌前面了。在我们的教室里也是这样，家长们挤在第一排课桌前的空地方。有卡罗内的父亲、德罗西的母亲、铁匠普雷科西、柯莱蒂先生、奈利夫人、卖菜妇女、小泥瓦匠的父亲、斯塔尔迪的父亲,还有许多其他的我从未见过的人。教室里到处是说话声,热热闹闹的好像在一个广场上似的。老师走进教室,大家开始肃静下来,老师拿着手里的名单立即开始宣读起来:"阿巴杜齐,升级,六十分;阿尔琴蒂,升级,五十五分。""小泥瓦匠升级了,克罗西也升级了。"然后,老师又高声读道:"埃尔内斯托·德罗西升级,七十分满分,并获得一等奖。"所有在场的家长都认识德罗西,纷纷说:"好样的,好样的!德罗西!"而德罗西甩了一下金色的鬈发,脸上露出从容、会心的微笑,望着他的母亲,他的母亲正朝他招手示意。卡洛菲、卡罗内和卡拉布里亚男孩也都升级了。有三四个同学要补考,其中一个哭了起来,因为他父亲在门口向他装出要打他的架势。老师马上对那位父亲说:"对不起,先生,不要这样。这并不见得是他的错,许多时候只是运气不好,比方说这次。"于是,老师又接着念起来:"奈利,六十二分,升级。"听到这里,奈利的母亲用扇子做了个飞吻给儿子。斯塔尔迪也升级了,他得了六十七分,但他听到那个好成绩后却没有笑,两只拳头仍旧撑着太阳穴。最后轮到沃蒂尼,他打扮得漂漂亮亮的、头发梳得整整齐齐的来听结果,他也升级了。读完,老师站起来,说:"同学们,今天是我们班最后一次相聚在一起。我们共同度过了一年时光,我们成为非常好的朋友。现在我们要分手了，对吗？我离开你们很遗憾，我亲爱的孩子们。"他哽咽了一下，又说，"假如我对你们发过脾气，假如我有处事不公平，对你们过于严厉的时候，请你们原谅，那不是出于我的本意。""没有的，没有的。"学生和家长们一齐叫起来，他们说，"不，老师，从来没有过。"老师又说了一遍："请你们原谅，希望你们爱我。明年我不和你们在一起了，但是我还能再见到你们，你们永远在我心中。再见，同学们！"说完，他走到我们中间，同学们都站起来向他伸过手去，有的拉着他的胳膊，有的拽住他的衣服，许多学生拥上前去吻他，五十多个声音一齐说道："再见，老师！谢谢老师！您多保重！想着我们！"老师走出教室时，抑制不住内心的激动。然后我们也跟着走出来了，其他班的同学也都走出了教室。学校里到处是喧闹声，学生和家长都非常激动，纷纷向老师告别。帽子上插红羽毛的女老师被四五个孩子搂得喘不上气来，四周还围着二十来个孩子。"小修女"老师的帽子都快让学生们扯掉了，黑衣服的扣眼儿里和口袋里插了十几朵鲜花。许多孩子为罗贝蒂高兴地欢呼，因为今天他第一次开始不用拐杖走路了。到处可以听到人们在相互打着招呼："新学年再见！10月20日见！万圣节见！"我们也互相道别。啊，此时此刻，所有那一切曾经有过的不愉快和相互之间出现的隔阂，一瞬间全部消失了，一直嫉妒德罗西的沃蒂尼主动张开双臂去拥抱德罗西。我同小泥瓦匠告别，我吻了吻他，他又最后为我做了一次兔脸,真是我可爱的同学。我又与普雷科西、卡洛菲告别。卡洛菲告诉我说我中了他最近一次的彩票,给了我一个缺了一个角的小瓷镇纸。我和其他同学也都一一地告别了。可怜的奈利在卡罗内后面跟得紧紧的,真是谁也不能将他们分开。大家围着卡罗内:"再见,卡罗内,再见!"与他告别的声音此起彼伏。大家都去摸摸这个出众、高尚的同学,与他握手,向他欢呼。卡罗内的父亲站在一旁,他从心里感到特别高兴,他看着,微笑着。我最后与卡罗内在街上拥抱告别,我把脸贴在他胸前,禁不住抽泣起来,卡罗内吻了一下我的额头。这时,我跑向等待我的父亲和母亲。父亲问我:"你和所有的同学都告别了吗?"我说是的。"如果你曾经做过对不起哪位同学的错事,快去请求他原谅,请他忘掉。有没有?""没有。"我回答。"那好吧,再见了!"父亲最后看了一眼学校,用充满感情的语调说:"再见了!"母亲也重复了一遍。这时我却一句话也说不出来了。